Sem despedidas

Han Kang

Sem despedidas

tradução
Natália T. M. Okabayashi

todavia

Parte 1: Pássaro 7

1. Cristal 9
2. Linha 24
3. Forte nevada 50
4. Pássaro 76
5. A luz que resta 104
6. Árvore 120

Parte 2: Noite 145

1. Sem despedidas 147
2. Sombras 166
3. Vento 175
4. Quietude 193
5. Queda 210
6. Fundo do mar 233

Parte 3: Chama 247

Palavras da autora 269

Parte 1
Pássaro

1.
Cristal

A neve caía esparsa.
O campo em que eu estava se estendia até uma colina. Ao longo do cume, se projetando na minha direção, havia milhares de árvores pretas sem copa ou galhos, apenas troncos nus. Como pessoas de idades diversas, eram árvores que se diferenciavam um pouco na altura e tinham espessura semelhante à de dormentes ferroviários. Contudo, não eram retas como eles, e sim inclinadas ou arqueadas. Por isso se pareciam com milhares de homens, mulheres e crianças magras, os ombros curvados cobertos de neve.

"O cemitério era aqui?", pensei. "Essas árvores são todas lápides?"

Flocos de neve se depositavam como cristais de sal em cada copa cortada, em cada corte na transversal. Caminhei entre as árvores pretas e os túmulos em forma de monte que se prostravam atrás delas. De repente, meus pés paralisaram, pois senti que estava pisando na água. "Que estranho", pensei, e quando me dei conta a água já havia subido até meus tornozelos. Olhei para trás. Inacreditável. Ao longe, no campo, onde achei que ficava o horizonte, na verdade estava o mar. Agora a maré subia.

Perguntei em voz alta, sem perceber: "De todos os lugares, por que usar justo este como túmulo?".

O mar avançava cada vez mais rápido. Todos os dias a maré subia e descia assim? Os ossos já tinham sido levados, e tudo que restava eram os túmulos em forma de monte?

Não havia tempo. Eu não conseguiria alcançar os túmulos já inundados, mas as ossadas que estavam mais acima na encosta precisavam ser removidas. Naquele instante, antes que o mar avançasse mais. Mas como? Não havia ninguém ali. Eu também não tinha nenhuma pá. Como ia chegar a todos esses túmulos? Sem saber o que fazer, antes que me desse conta, a água já estava na altura dos meus joelhos, e me vi correndo, atravessando as árvores pretas.

Quando abri os olhos, o sol ainda não tinha nascido. Encarei a janela do quarto escuro, no qual não havia campo com neve caindo, nem árvores pretas, nem mar que avançava. Então fechei os olhos. Percebendo que tinha sonhado de novo com aquela cidade, cobri os olhos com as palmas das mãos geladas e permaneci deitada por mais um tempo.

***

O sonho aconteceu no verão de 2014, mais ou menos dois meses depois de eu ter publicado um livro sobre o massacre naquela cidade. No decorrer dos quatro anos seguintes, nunca duvidei da ligação do sonho com aquele local. Foi apenas no último verão que pensei pela primeira vez na possibilidade de que não se tratava só disso, e que minha conclusão rápida e intuitiva, na realidade, fora um equívoco ou um entendimento muito superficial.

As noites abafadas, de calor escaldante, já se sucediam havia três semanas. Eu, como sempre, estava tentando dormir na sala de estar, deitada sob o ar-condicionado quebrado. Já tinha tomado vários banhos gelados, mas meu corpo suado não esfriava mesmo com as costas coladas no chão de madeira. Senti a temperatura cair um pouco por volta das cinco da manhã. Era uma pequena dádiva, pois dentro de trinta minutos o sol nasceria de novo. Finalmente achei que conseguiria dormir um pouco; na verdade, senti que estava quase dormindo. De repente, aquele campo apareceu massivo detrás das minhas pálpebras fechadas. A lufada de neve se espalhando sobre os milhares de troncos pretos e os flocos de neve cintilantes que se acumulavam como sal nas copas cortadas eram quase reais.

Não sei por que meu corpo começou a tremer nesse momento. Era como o tremor de quando se desaba a chorar, mas as lágrimas não escorreram: na verdade, nem chegaram a surgir. É possível chamar isso de medo? Seria uma apreensão? Um arrepio? Uma agonia repentina? Não, era como um despertar frio, a ponto de fazer os dentes se entrechocarem. Uma faca enorme — uma lâmina de metal pesada que não poderia ser erguida com a força de uma pessoa — que flutuava no ar, parecendo mirar meu corpo. Era como se eu estivesse deitada enquanto ela e eu nos encarávamos.

Aquela foi a primeira vez que pensei que talvez o mar azul-escuro que avançava para levar os ossos sob os túmulos em forma de monte não tivesse a ver com as pessoas massacradas e a época que se seguiu. Talvez fosse apenas uma profecia pessoal. Talvez aquele lugar de sepulturas inundadas e lápides silenciosas estivesse me falando sobre o futuro da minha vida.

Ou seja, minha vida de agora.

**

No período de quatro anos entre a noite em que tive o sonho pela primeira vez e aquela madrugada de verão, vivi algumas despedidas. Algumas foram escolha minha, mas outras foram imprevisíveis, e eu só queria que parassem. Se, como dizem várias religiões antigas, existir em algum lugar — no céu ou no mundo dos mortos — um espelho gigantesco que observa e documenta cada movimento das pessoas, o registro dos meus últimos quatro anos seria como um caracol saindo da concha e avançando em cima de uma lâmina. Um corpo que deseja viver. Um corpo que é apunhalado e cortado. Um corpo que rejeita, abraça e agarra. Um corpo que se ajoelha. Um corpo que implora. Um corpo que se esvai, sem parar, em sangue, pus ou lágrimas.

No fim da primavera, quando todas as dificuldades haviam sido superadas, aluguei um apartamento perto de Seul. Eu já não tinha parentes de quem cuidar nem um emprego que me ocupasse, embora fosse difícil de aceitar. Por muito tempo, sustentei e cuidei da minha família com meu trabalho. Como essas eram as prioridades, para escrever eu reduzia minhas horas de sono, secretamente esperançosa de algum dia ter tempo para escrever o quanto quisesse; esse tipo de anseio, porém, já não existia mais.

    Deixei as coisas mais ou menos nos lugares em que a empresa de mudança havia colocado e até julho passei a maior parte do tempo deitada na cama, mas quase não conseguia dormir. Não cozinhava nem saía lá fora. Eu consumia água, um pouco de arroz e *kimchi* branco, que pedia pela internet. Quando a enxaqueca acompanhada das cólicas estomacais começava, vomitava tudo na privada. Certa noite, escrevi um testamento. Na carta, que começava com a frase "Por favor, resolva estas questões", eu explicava de forma breve em que gaveta estava a caixa com as cadernetas de contas bancárias, a apólice de seguro e o contrato de aluguel. Também o quanto de dinheiro eu deixava, no que gostaria que fosse empregado e para quem desejava que fosse entregue o restante. Não tinha certeza, porém, de qual seria a pessoa para quem eu deixaria um problema desses, e o espaço do destinatário ficou em branco. Tentei ainda acrescentar uma frase de agradecimento ou de desculpas, dizendo que recompensaria a pessoa que resolvesse essas questões, mas no fim não consegui preencher nome nenhum.

Foi o senso de responsabilidade por esse destinatário desconhecido que finalmente me fez levantar da cama, onde não conseguia dormir nem por um segundo, mas de onde meu corpo se recusava a sair. Comecei a limpar a casa enquanto me recordava de alguns conhecidos, um deles teria de ser a pessoa designada para resolver minhas questões. Eu precisava descartar as garrafas plásticas de água amontoadas na cozinha, minhas roupas e cobertas, que certamente se tornariam uma dor de cabeça, e os registros pessoais, como caderninhos e diários. Com sacos de lixo nas mãos, pela primeira vez em dois meses, calcei apressada meus tênis e abri a porta de entrada. A luz do sol da tarde de verão se espalhou pelo corredor voltado para o oeste, como se fosse uma revelação. Desci de elevador, passei pela portaria e, enquanto atravessava o pátio, tive a sensação de estar testemunhando algo. O mundo em que os seres humanos vivem. O tempo naquele dia. A umidade do ar e a sensação da força da gravidade.

Voltei para casa e, em vez de continuar juntando as coisas acumuladas na sala, entrei no banheiro. Sem me despir, abri a torneira de água quente do chuveiro e me sentei ali, debaixo da ducha. Eu me lembro da sensação da superfície do piso de azulejos tocando a sola curvada dos meus pés, do vapor sufocante, da camisa de algodão colada nas costas completamente encharcada, do fluxo de água quente escorrendo pela minha franja — que crescera a ponto de cobrir os olhos —, pelo queixo, pelo peito e pela barriga.

Saí do banheiro, tirei a roupa ensopada e procurei algo que pudesse usar na pilha de roupas que ainda não fora descartada. Pus no bolso duas notas de dez mil wons dobradas várias vezes e saí pela porta de entrada. Andei até o restaurante de *juk**

---

* Mingau feito de arroz ou outros ingredientes como soja, feijão, gergelim, abóbora, pinhão, entre outros. [N.T.]

localizado atrás da estação de metrô mais próxima e pedi o de pinhão, que parecia ser o mais leve. Enquanto comia devagar o prato extremamente quente, do outro lado da janela de vidro o corpo das pessoas que passavam parecia delicado, como se fosse despedaçar. Foi nesse momento que me dei conta da fragilidade da vida. De como carne, órgãos, ossos e vidas carregavam a possibilidade de ser facilmente destruídos e liquidados. Bastava uma escolha.

Foi assim que a morte se desviou de mim. Como um asteroide em rota de colisão, mas que contorna a Terra por um erro minúsculo de ângulo. Passando em velocidade violenta, sem arrependimento, sem hesitação.

***

Não me reconciliei com minha existência humana, porém tive de viver de novo.

Percebi que havia sofrido uma perda considerável de massa muscular por causa do isolamento de pouco mais de dois meses; estava num estado próximo à inanição. Necessitava comer regularmente e movimentar o corpo para acabar com a enxaqueca, a cólica estomacal, e romper o ciclo vicioso de tomar analgésico com alto teor de cafeína. Entretanto, antes de tentar fazer um esforço real, a onda de calor se iniciou. Quando a temperatura máxima do dia ultrapassou, pela primeira vez, a do corpo de uma pessoa, tentei ligar o ar-condicionado deixado pelo antigo locatário, mas ele não funcionou. As empresas de manutenção, que estavam difíceis de contatar, disseram que só poderiam atender novos chamados a partir do final de agosto, por causa da enxurrada de agendamentos ocasionada pela temperatura anormal. Mesmo se eu comprasse um novo aparelho, a situação seria a mesma.

Seria sensato procurar qualquer lugar com ar-condicionado. Todavia, eu não queria ir a locais onde as pessoas se reúnem, como cafés, bibliotecas e bancos. O que consegui fazer foi: deitar de costas no chão da sala de estar e, na medida do possível, esfriar a temperatura do corpo; tomar banhos gelados com frequência para não ficar com os poros obstruídos e não ter insolação; sair de casa por volta das oito da noite, quando o calor da rua pelo menos diminuía um pouco, comer *juk* e voltar. Refrescado pelo ar-condicionado, o interior do restaurante de *juk* era incrivelmente agradável. Por causa da diferença de temperatura interna e externa e da umidade lá fora, as janelas ficavam embaçadas como numa noite de inverno. Lá fora, uma onda de pessoas voltava para casa carregando ventiladores portáteis, preenchendo as ruas da noite tropical cujo calor não arrefece, como se fosse eterno. Depois, seria eu a caminhar por essas ruas.

Certa noite, quando tinha ido ao restaurante de *juk* e voltava para casa, parei em um semáforo e senti uma lufada abafada no rosto por causa do asfalto ainda quente. Nesse momento, pensei que deveria continuar escrevendo a carta. Não, que fosse outra. De novo, desde o início, deveria escrever aquele texto de destinatário ainda indeterminado, que eu tinha posto dentro de um envelope identificado, com um marcador permanente, como "Testamento". Agora eu deveria escrever de maneira completamente diferente.

***

Tive de pensar como escreveria.

Quando tudo começou a desmoronar?
    Onde estava a encruzilhada?
    Qual lacuna e qual nó foram os pontos críticos?

A experiência nos mostra que certas pessoas, quando partem, pegam a faca mais afiada que possuem para cortar a parte mais sensível do outro, e elas sabem exatamente qual é, pois eram próximas.

Não quero viver como a pessoa que tomba, assim como você.

E, por querer viver, estou te deixando.
   Quero viver parecendo estar viva de fato.

* * *

No inverno de 2012, passei a ter pesadelos a partir do momento em que li o material para escrever o livro. No começo eram sonhos repletos de violência. Eu tentava fugir da tropa de paraquedistas militares quando era atingida no ombro com um porrete e caía. Agora não consigo me lembrar do rosto do soldado que chuta meu flanco no chão e, com suas botas, me vira. Só resta o arrepio sentido quando ele toma a baioneta com ambas as mãos e apunhala meu peito com toda a força.

Consegui uma sala de trabalho a quinze minutos a pé da minha casa, pois não queria ser uma influência negativa para minha família — principalmente para minha filha. Só fazia meu trabalho de escrita naquela sala, e o plano era voltar para minha vida cotidiana como se nada tivesse acontecido assim que saísse de lá. Construída nos anos 1980, a sala era um cômodo no segundo andar de uma casa de tijolos que, em mais de trinta anos, quase não havia sido reformada. Compraram tinta branca à base de água e passaram na porta de ferro cheia de arranhões; a moldura da janela, feita de madeira, muito velha e cheia de rachaduras, era coberta com um lenço em vez de uma cortina. Eu lia os documentos e fazia anotações das nove da manhã até o meio-dia, nos dias em que dava aula; nos dias em que não dava, ia até as cinco da tarde.

Como sempre, tanto de manhã quanto à noite, cozinhava e comia com minha família. Eu me esforçava para conversar o máximo possível com minha filha, que tinha acabado de entrar no segundo ciclo do ensino fundamental e teria de se deparar com situações novas. Porém, como se meu corpo tivesse se dividido ao meio, a sombra do livro relampejava em todos esses momentos privados. Quando eu acendia o fogão a gás e esperava a água da panela ferver. No breve momento em que observava os dois lados do tofu — que eu mergulhava nos ovos batidos e colocava na frigideira — ficarem dourados.

A rua da sala de trabalho serpenteava ao longo do curso de um rio e era ladeada por muitas árvores; a certa altura, depois de uma ladeira, entrava-se numa parte que se abria para todos os lados. Depois de andar por volta de trezentos metros naquele trecho descampado, chegava-se ao terreno baldio sob a ponte, que também era usado como pista de patinação. Ali sentia meu corpo vulnerável, porque imaginava que, do outro lado da rua, no telhado de um prédio, um atirador de elite estaria mirando nas pessoas. É claro que eu sabia que esse tipo de preocupação era fruto de uma ansiedade sem cabimento.

Era final da primavera de 2013; a qualidade do meu sono piorava pouco a pouco e minha respiração se tornava mais ofegante. "Por que você respira desse jeito?", minha filha se queixou comigo certo dia. Por volta da uma da manhã despertei de um pesadelo, desisti de dormir de novo e saí de casa para comprar água. Enquanto esperava o semáforo ficar verde (sem motivo algum, pois não havia pessoas nem carros), eu olhava para a loja de conveniência aberta vinte e quatro horas que iluminava o outro lado da rua de duas mãos em frente ao apartamento. Quando, de súbito, voltei a mim, vi na calçada oposta por volta de trinta homens andando enfileirados, sem fazer barulho. Aqueles homens de cabelos compridos, vestidos com o uniforme militar de reservistas, carregando rifles nos ombros, com uma postura frouxa que revelava indisciplina, caminhavam em passos lentos como se fossem crianças cansadas em fila, seguindo em frente.

Quando uma cena inacreditável é capturada por alguém que há um longo tempo não consegue dormir profundamente e está passando por um momento em que pesadelo e realidade se emaranham de forma indistinta, talvez sua primeira reação seja duvidar de si mesma. Estou mesmo vendo aquilo? Esse momento não é parte de um pesadelo? O quanto posso confiar nos meus sentidos?

A imagem dos homens de costas envolta em silêncio, como se alguém tivesse apertado o botão "mudo", desapareceu completamente quando eles viraram no cruzamento escuro. Observei tudo sem me mover nem um centímetro. Não era um sonho. Não estava sonolenta. E não tinha bebido uma só gota de álcool. Porém, não conseguia acreditar no que vi naquele momento. Pensei que talvez os recrutas do campo de treinamento para reservistas na vizinhança do bairro de Naegok-dong, que ficava além do monte Umyeonsan, estivessem fazendo um treinamento à meia-noite. Então, eles devem ter caminhado mais ou menos dez quilômetros, atravessado o monte escuro, até chegar ali à uma da manhã. Eu não saberia dizer se um exercício desse tipo era possível para reservistas. Na manhã seguinte, quis ligar para qualquer conhecido que tivesse concluído o serviço militar e perguntar. Porém, como não queria parecer esquisita — porque eu mesma achei aquilo estranho —, até hoje não comentei esse assunto com ninguém.

* * *

Junto a mulheres desconhecidas, desci pelas paredes do poço, ajudando-as a segurar seus filhos. Acharam que ali dentro seria seguro; no entanto, sem aviso, dezenas de tiros jorraram de cima. As mulheres abraçaram as crianças com toda a força e as esconderam no peito. Do chão do poço, que achavam estar completamente seco, o líquido viscoso como borracha derretida começou a subir. Para engolir nosso sangue e nossos gritos.

***

Eu estava caminhando numa via deserta com um grupo de pessoas de cujos rostos já não consigo me lembrar. Ao avistarmos no acostamento um carro de passeio preto estacionado, alguém disse: "Ele está ali dentro". Não mencionou o nome, mas todos nós entendemos exatamente o que dizia: ali estava a pessoa que ordenara o massacre na primavera daquele ano. Ficamos parados observando, mas o veículo partiu e entrou num edifício de pedra gigantesco nos arredores. Um de nós disse: "Vamos, vamos até lá também". Fomos naquela direção. Muitos tinham ido embora, e ao entrar no edifício vazio, restaram apenas duas pessoas — eu era uma delas. Alguém, cujo rosto não consigo recordar, estava em silêncio ao meu lado. Eu acreditava que era um homem e que ele me seguia sem que tivesse escolha. Éramos apenas dois — o que podíamos fazer? Uma luz escapava do final do corredor escuro. Assim que entramos naquele lugar, o assassino estava de pé com as costas viradas para a parede. Segurava um palito de fósforo aceso. De repente, me dei conta de que meu companheiro e eu também tínhamos fósforos nas mãos. Só poderíamos falar enquanto os fósforos queimassem. Ninguém tinha dito nada, mas sabíamos que aquela era a regra. O fósforo do assassino já estava quase totalmente queimado, a chama prestes a alcançar seu polegar. Ainda restavam meu fósforo e o do homem ao meu lado, entretanto eles queimavam rápido. Assassino — pensei que era o que eu devia falar. Abri a boca e disse:
"Assassino."
Minha voz não saiu.
"Assassino."
Tinha de falar cada vez mais alto.

"E o que você vai fazer com as pessoas que matou...?", pensei de repente, enquanto falava com toda a minha força.

É preciso matá-lo agora. É a última chance para todos. Mas como? Como poderíamos fazer isso? Assim que olhei para o lado, o fósforo do meu companheiro, que tinha o rosto e a respiração fracos, lançava faíscas de fogo laranja e estava se extinguindo. Naquela luz, percebi com clareza: como o dono daquele fósforo era jovem! Era apenas um menino alto demais.

***

Procurei meu editor em janeiro do ano seguinte, quando enfim terminei o manuscrito, para lhe pedir que publicasse o livro o mais rápido possível. De forma ingênua, pensava que se o livro fosse lançado eu não teria mais pesadelos. Ele disse que seria mais conveniente para o marketing que a publicação ocorresse no mês de maio.

"Não seria melhor definir uma data de publicação que resultasse em mais leitores?", disse ele.

Fui persuadida por esse argumento. Enquanto esperava, reescrevi um capítulo e então, apressada pelo editor, entreguei a versão final em abril. O livro saiu quase na data exata, no meio de maio. Os pesadelos continuaram depois disso, é claro. Agora, na verdade, fico incrédula. Eu tinha decidido escrever sobre massacre e tortura, então como esperava, de forma tão inocente — e ousada —, que de um dia para o outro pudesse acabar com a dor e mandar todos os seus vestígios para longe, com tanta facilidade?

***

E sonho pela primeira vez com aquelas árvores pretas, acordo e, deitada, cubro os olhos com as palmas geladas. Naquela noite.

Mesmo depois de acordarmos, às vezes há sonhos que parecem continuar em algum lugar, e foi o caso desse. Enquanto como, fervo e bebo o chá, tomo o ônibus, seguro a mão da menina e damos uma volta, faço as malas de viagem, subo as escadas intermináveis da estação de metrô, a neve cai no campo em que nunca estive. Cristais hexagonais ofuscantes se formam e se fragmentam sobre as árvores pretas com a copa cortada. Eu, que estava com os pés debaixo da água, olho para trás, surpresa. O mar, o mar avança.

No outono daquele ano, com a mente voltada para essa cena, que se repetia incessantemente, pensei: Não seria possível encontrar um lugar adequado para fixar as árvores? Pensando friamente, com milhares de troncos seria difícil, mas não seria possível fixar noventa e nove — um número que se abre para o infinito — e unir forças com algumas pessoas com o mesmo propósito para pintá-los de preto? Com cuidado, como se as vestíssemos com uma roupa feita da noite profunda, para que seu sono eterno não fosse interrompido. Depois de terminar todo esse trabalho, não seria possível esperar que, no lugar do mar, a neve como um tecido branco caísse do céu e as cobrisse?

Sugeri a uma amiga que outrora trabalhara com fotografia e filmagem que fizéssemos um documentário curto sobre esse processo. Ela prontamente disse que sim. Prometemos realizá-lo juntas, contudo se passaram quatro anos e não conseguimos conciliar as agendas.

***

E nessa noite da onda de calor, ao voltar andando para a casa vazia depois de ter sido atingida pelo fervor do asfalto, tomo um banho de água fria. Todas as noites o ar-condicionado é ligado nos apartamentos de cima, de baixo e ao lado; por isso é necessário fechar todas as janelas e a porta da varanda para que o ar quente expelido pela parte externa dos aparelhos não entre em casa. Na sala, que parece uma sauna úmida, me sento à escrivaninha antes que a sensação de frescor do banho tomado há pouco se desvaneça. Ali em cima está o envelope do testamento cujo destinatário ainda não escolhi; eu o rasgo.

Escreva de novo desde o começo.

Aquelas eram as palavras mágicas.

Escrevo de novo desde o começo. Não se passam nem cinco minutos e o suor começa a escorrer pelo meu corpo como se fosse chuva caindo. Tomo outro banho gelado e volto para a escrivaninha. Rasgo de novo a péssima carta que escrevi poucos minutos antes.

Escreva de novo desde o começo.
Uma despedida de verdade, de forma adequada.

No verão do ano anterior, quando minha vida começou a desmoronar como cubos de açúcar se dissolvendo num copo d'água, escrevi uma história intitulada *Despedida*, num momento em que as despedidas reais que vieram depois eram apenas um presságio. Era sobre uma mulher de neve que derretia e desaparecia na neve misturada à chuva. Ela, porém, não funcionaria como uma última despedida de verdade.

Toda vez que eu não conseguia continuar, pois meus olhos ardiam com o suor que escorria pela testa, lavava meu corpo com água fria. Voltava para a escrivaninha e rasgava o que havia acabado de escrever. Quando me deitava no chão da sala com o corpo pegajoso, deixando de lado a carta que ainda precisava iniciar, o amanhecer azulado surgia. Sentia a temperatura baixar um pouco, como se fosse uma graça. Por um momento achava que conseguiria dormir, e quando sentia que realmente tinha acabado de cair no sono, a neve começava a descer naquele campo. Uma neve que parecia estar caindo havia dezenas, ou melhor, centenas de anos.

***

Ainda estão em segurança.

Estremecendo por dentro como se uma faca enorme e maciça me mirasse, abri bem os olhos sem fugir daquele campo e pensei:

As árvores fincadas ali, do declive do cume até o topo da montanha, estão em segurança, porque a maré crescente não pode avançar e subir até lá. Os túmulos atrás das árvores também estão seguros, pois não há possibilidade de o mar subir tanto. Os ossos brancos das centenas de pessoas enterradas ali estão limpos e friamente secos, porque o mar não consegue levá-los. Lá permanecem de pé as árvores pretas cobertas de neve, sem estarem molhadas nem apodrecidas na base. Neve que cai há dezenas, ou melhor, há centenas de anos.

Foi quando eu soube.

Devo virar as costas para os ossos lá embaixo, que foram varridos pelas ondas. Ando atravessando a água azulada que sobe até os joelhos em direção ao cume antes que seja tarde demais. Não espero nada, pois não acredito que receberia ajuda de alguém, e não hesito até chegar ao fim do cume. Ali, onde vejo os cristais brancos fragmentados em cima das árvores plantadas mais alto.

Porque não há tempo.

Simplesmente porque não há outra saída, caso eu deseje continuar.

Continuar a vida.

2.
Linha

No entanto, ainda não consigo dormir profundamente.
Ainda não como direito.
Ainda tenho a respiração entrecortada.
Ainda estou vivendo da maneira que as pessoas que me deixaram não podiam suportar.

O verão em que o mundo parecia ter começado a falar comigo incessantemente, com uma voz ensurdecedora, havia acabado. Não preciso mais estar o tempo todo suada. Não preciso mais me deitar no chão da sala com o corpo inerte. Não preciso mais tomar banho gelado inúmeras vezes para evitar uma insolação.
No espaço entre mim e o mundo se forma um limite frio. Pego uma camisa de manga longa, uma calça jeans e as visto, vou até o restaurante pela calçada, onde o ar quente que parece vapor não sopra mais. Ainda não consigo cozinhar. Também não consigo fazer mais do que uma refeição, pois não posso suportar a lembrança de preparar a comida para alguém e comermos juntos. Contudo, a rotina retornou. Continuo não encontrando pessoas nem atendendo o telefone, mas confiro meus e-mails e verifico as mensagens de texto regularmente. A cada madrugada me sento à escrivaninha e escrevo. Sempre de novo, do começo, a carta de despedida que endereço a todos.

Aos poucos, as noites vão se tornando mais longas. A temperatura vai caindo dia a dia. No começo de novembro, dou uma volta na trilha atrás do conjunto de apartamentos pela primeira vez desde que me mudei. Altos bordos japoneses brilhavam à luz do sol, tingidos de vermelho como se estivessem em chamas. Era maravilhoso, porém o eletrodo dentro de mim capaz de sentir aquilo estava morto ou quase desconectado. Certa manhã, a primeira geada se forma, cobrindo a terra parcialmente congelada. Ao pisar nela, o som de algo se esmigalhando vem da sola dos meus tênis. Folhas caídas do tamanho de um rosto de criança rolam no ar com o vento forte. E os galhos recém-desnudados dos plátanos-americanos, ecoando seu nome em coreano — *buhzeum*, pele descamada —, parecem carne branco-acinzentada e crua.

* * *

Numa manhã no final de dezembro, eu estava caminhando pela trilha quando recebi uma mensagem de Inseon. A temperatura permanecia abaixo de zero já fazia cerca de um mês, e não restava mais nenhuma folha nas árvores de folhagem larga e grande.

Kyung-ha.

Meu nome, só ele, flutuava na janela de mensagens no celular.

Conheci Inseon no ano em que me formei. Na revista em que fui trabalhar não havia fotojornalista, quase todos os editores tiravam suas próprias fotos. Entretanto, quando eram realizadas entrevistas importantes ou reportagens sobre viagem, trabalhávamos com um fotógrafo freelancer. Como tínhamos de viajar juntos geralmente por três noites e quatro dias, segui o conselho dos veteranos de que seria mais confortável viajar com alguém do mesmo sexo. Pedi indicações a produtoras de fotos e fui apresentada a Inseon, que tinha a mesma idade que eu. Então, durante três anos, fizemos viagens a trabalho juntas todo mês e, mesmo tendo saído daquele emprego, somos amigas há vinte anos; por isso, conheço bem seus hábitos. Como ela chamou apenas meu nome assim, primeiro, não se tratava de um cumprimento, e sim de um assunto específico e urgente.

Oi. Aconteceu alguma coisa?

Tirei as luvas e esperei um instante depois de enviar a pergunta. A resposta não veio de imediato, portanto calcei as luvas de novo; mas então recebi outra mensagem.

Você pode vir agora?

Inseon não morava em Seul. Não tinha irmãos e nascera de uma mãe na casa dos quarenta, e com isso teve a experiência precoce de acompanhar a saúde fragilizada da mãe, por causa da idade avançada. Há oito anos, ela voltou à sua vila de origem, localizada na área montanhosa de Jeju, para cuidar da mãe, perdendo-a quatro anos depois, e desde então mora sozinha. Antes disso, Inseon e eu íamos à casa uma da outra com frequência, cozinhávamos e conversávamos; porém, como agora morávamos afastadas e cada uma tinha de lidar com os próprios percalços, os encontros foram se espaçando cada vez mais. Depois, chegamos a passar até um ou dois anos sem nos vermos. Então, a última vez que visitei Jeju foi no outono do ano anterior. Durante os quatro dias em que me hospedei na casa de pedra com estrutura de madeira, que fora reformada apenas para incluir um banheiro, ela me apresentou ao par de pequeninos papagaios brancos — um deles conseguia falar palavras simples — que havia encontrado dois anos antes no mercado de rua que funciona a cada cinco dias. Inseon então me levou à marcenaria do outro lado do pátio, na qual passava a maior parte do dia. Ela me mostrou as cadeiras feitas de tocos de madeira — "Experimente sentar para ver como é confortável", sugeriu, sincera — que, por razões que ela mesma desconhecia, vendiam consideravelmente bem e ajudavam na renda. Depois, colocou na chaleira amoras e framboesas congeladas, que colhera no verão anterior no bosque perto da casa, ferveu-as no fogão a lenha até obter um suave chá azedo, e me ofereceu a bebida. Enquanto eu bebia resmungando sobre o sabor, Inseon, que vestia calça jeans e botinas de segurança, prendeu o cabelo; colocou uma lapiseira atrás da orelha como uma dessas mestras artesãs que aparecem em documentários de TV; e então mediu as tábuas com o esquadro e desenhou as linhas de corte.

Ela não podia estar pedindo para eu ir até aquela casa agora. *Onde você está?* — minha pergunta foi feita no mesmo instante em que chegou a resposta de Inseon. Estava escrito o nome de um hospital do qual eu nunca ouvira falar. Depois, a mesma pergunta de pouco antes:

Pode vir agora?

E outra mensagem na sequência:

Você precisa trazer seu documento de identidade.

Será que devo passar em casa, pensei por um instante. Eu vestia um casaco de inverno comprido, acolchoado, do tipo puffer, dois números maior do que usava, mas a roupa estava limpa. Na carteira dentro do bolso havia um cartão de crédito, com o qual podia sacar dinheiro, e o documento de identidade. Quando estava me dirigindo para a estação de metrô onde havia um ponto de táxi, um veículo livre apareceu e acenei com a mão.

***

A primeira coisa que notei foram as letras pretas de uma placa empoeirada dizendo "O melhor do país". Paguei o táxi e fui em direção à entrada do hospital, pensando: se é o melhor hospital nacional especializado em suturas cirúrgicas, então por que não o conheço? Assim que passei pela porta giratória e entrei no saguão mal iluminado e com um acabamento decadente, observei na parede fotos de uma mão e de um pé faltando um dos dedos em cada um. Espiei por um momento, reprimindo a vontade de desviar o olhar. Observei-as com atenção, pois poderia guardar na memória algo mais assustador do que a realidade, mas estava errada. Quanto mais eu olhava com atenção, mais dolorosas eram as fotos. Hesitante, movi o olhar para a direita, onde havia outras fotografias da mesma mão e do mesmo pé agora com os dedos suturados. A cor e a textura da pele de um lado e do outro da linha suturada eram diferentes, as marcas da cirurgia eram claras.

Inseon devia estar neste hospital por causa de algum acidente ocorrido na marcenaria.

Há pessoas que mudam a própria vida sozinhas. Aquelas que prontamente fazem escolhas difíceis aos olhos dos outros e que tentam da melhor maneira se responsabilizar pelas consequências. Com o tempo, ninguém se surpreende mais quando a vida dessas pessoas toma certos rumos. Inseon, que se formara em fotografia na universidade, começou a se interessar por documentários aos vinte e tantos anos, e se dedicou com afinco durante uma década àquele trabalho que mal a sustentava. Claro que ela aceitava outros trabalhos de filmagem e fotografia para obter uma renda extra, mas, conforme recebia o dinheiro, o destinava para seus projetos pessoais de filmagem, e por isso sempre estava apertada. Comia pouco, gastava pouco e trabalhava muito. Preparava e levava uma marmita aonde quer que fosse, não usava nada de maquiagem, e com a ajuda de um espelho cortava o próprio cabelo com uma tesoura de cabeleireiro. Costurava cardigãs por dentro da sua única parca de algodão e do seu único casaco para deixá-los mais quentes. O interessante era que todas essas ações pareciam naturais e estilosas, como se fossem realizadas de propósito.

Inseon fazia curtas a cada dois anos. Um deles, o primeiro a receber uma crítica favorável, continha entrevistas com as sobreviventes da violência sexual cometida pelo exército coreano, gravadas quando Inseon vagava pelas vilas localizadas no interior da selva no Vietnã. Pela potência do filme, a experiência tão arrebatadora das imagens de raios de sol e árvores tropicais de folhagem densa (a ponto de sentirmos que a natureza era quase a protagonista), Inseon recebeu uma bolsa de apoio de uma fundação cultural para produzir seu próximo filme. Com um orçamento relativamente alto, a sequência feita por Inseon tratava do cotidiano de uma senhora, agora com demência, que atuara no exército pela independência da Coreia na Manchúria durante a década de 1940. Gostei muito do curta; os olhos vazios e o silêncio da idosa, ajudada pela filha enquanto se apoiava na bengala para andar dentro de casa, intercalados entre imagens do campo da Manchúria, as florestas de um inverno interminável. A expectativa de todos era que, depois desse curta, o projeto seguinte fosse o testemunho de mulheres que atuaram em momentos históricos, mas inesperadamente Inseon gravou uma entrevista consigo mesma. Sombra, joelhos e mãos. Uma mulher apresentada apenas como uma figura vaga na penumbra falava lentamente na filmagem e, exceto pelas pessoas próximas, que conheciam sua voz, seria impossível reconhecer quem era a entrevistada. O filme contava com registros em preto e branco de Jeju no ano de 1948, que foram inseridos de forma irregular e quebravam a narrativa, com longos silêncios entre as falas, e pontos de luz que sumiam e reapareciam repetidamente numa parede revestida de cal, na sombra, durante todo o tempo da gravação. As pessoas que o viram, que esperavam um estilo tocante parecido com o das outras obras, ficaram perplexas e desapontadas. Independentemente das avaliações, Inseon planejava reunir aqueles três curtas para criar seu primeiro longa-metragem, mas abandonou o projeto, que ela nomeou *Tríptico*, para se candidatar a uma vaga na escola de marcenaria mantida pelo governo, e foi aceita.

    Eu sabia que, antes disso, ela gostava de frequentar uma marcenaria perto da sua casa. Nos períodos em que não estava trabalhando, ela se trancava ali durante alguns dias, serrando madeira, fazendo painéis e, de modo impressionante, a própria mobília. No entanto, eu não conseguia acreditar que ela realmente houvesse parado de produzir filmes para virar marceneira. Também não acreditei quando ela disse que iria a Jeju cuidar da mãe antes de concluir o primeiro ano na escola de marcenaria. Pensei que ela permaneceria um tempo na cidade natal e depois voltaria para trabalhar no filme outra vez. Ao contrário do que imaginei, logo que Inseon foi para Jeju, ela reformou o depósito no pátio, usado para guardar a colheita de tangerinas, e começou a usá-lo para fazer móveis. Quando a consciência da mãe ficou turva e se tornou difícil deixá-la sozinha, mesmo que por pouco tempo, Inseon instalou uma pequena bancada de trabalho no hall entre os quartos da casa principal, e com a plaina e o cinzel trabalhava a madeira e a hidratava, produzindo tábuas de corte, bandejas, colheres, conchas e outros itens. Só depois de sua mãe falecer é que ela organizou a oficina empoeirada e voltou a fazer móveis.

    Sua estrutura física tendia a ser mais esguia, mas desde nossos vinte anos eu a vi carregar e manusear, com seus mais de um metro e setenta de altura, os equipamentos de filmagem. Embora tivesse sido uma surpresa para mim que Inseon tenha se tornado marceneira, eu não achava um ofício arriscado. Entretanto, acabei me preocupando porque ela sempre se feria. Pouco tempo depois de perder a mãe, houve um acidente em que sua calça jeans ficou enroscada na lixadeira elétrica, deixando-lhe uma cicatriz de quase trinta centímetros do joelho até a coxa — "Não importava o quanto eu tentasse tirar, a calça não se soltava, e a lixadeira continuava roncando e girando, parecia mesmo um monstro", ela me disse rindo —, e dois anos antes ela havia quebrado o dedo indicador da mão esquerda e rompido um ligamento ao tentar impedir que a pilha de toras de madeira que estava carregando desabasse, e ficou meio ano fazendo fisioterapia.

Dessa vez, porém, não parecia ter sido só isso; algo de grave devia ter ocorrido.

Eu precisava perguntar o número do quarto de Inseon no balcão de informações do hospital, mas havia ali um casal jovem que parecia atordoado e à beira das lágrimas, segurando uma criança de uns quatro ou cinco anos com a mão enfaixada, enquanto recebia informações. Como eu não podia me aproximar do balcão, fiquei em pé, hesitante, no meio do saguão, olhando para o lado de fora da porta giratória. Ainda não era meio-dia, mas estava escuro como se fosse anoitecer. Sob o céu, que parecia que ia expelir uma lufada de neve a qualquer momento, as construções de concreto do outro lado do hospital envolviam seus corpos rígidos no ar frio e úmido.

Pensei que devia sacar dinheiro. Andei em direção ao caixa eletrônico no fim do saguão e me perguntei qual seria o motivo de ter de levar meu documento de identidade. Talvez tivessem lutado contra o tempo para fazer a cirurgia e ela fora concluída sem o consentimento de um responsável, então precisavam de alguém que se responsabilizasse pelo valor da cirurgia e por outras despesas hospitalares, já que Inseon não tinha pais, irmãos ou companheiro.

***

"Inseon."

Quando chamei seu nome, ela estava deitada na cama mais afastada de um quarto que comportava seis pessoas. Olhava ansiosa para além da porta de vidro pela qual eu acabara de passar. Nesse momento, não sou a pessoa que ela espera. Pode ser que precisasse com urgência da ajuda de uma enfermeira ou médica. Entretanto, como se tivesse voltado a si de repente, Inseon me reconheceu. Seus grandes olhos se abriram ainda mais e brilharam, em seguida se tornaram delgados como luas crescentes, e um halo de pequenas rugas se desenhou nos cantos.

"Ah, você veio."

Foi o que ela disse, pelo formato da boca.

"O que aconteceu?", perguntei a Inseon indo em direção à cabeceira da cama. Sua clavícula fina se projetava sob o largo avental de paciente. Talvez pelo inchaço, apenas seu rosto aparentava estar menos magro do que no ano anterior, quando nos encontramos.

"Cortei os dedos na serra elétrica", Inseon sussurrou, emitindo um som débil pelas cordas vocais, como se tivesse machucado a garganta, e não os dedos.

"Quando?"

"Anteontem, de manhã."

Ela estendeu a mão lentamente na minha direção e perguntou:

"Quer ver?"

Ao contrário do que imaginei, as mãos dela não estavam totalmente enfaixadas. As pontas dos dedos indicador e médio haviam sido cortadas e depois suturadas, e estavam expostas, fora do curativo. Sangue tingido de vermelho-escarlate e sangue escuro oxidado se misturavam, como se não tivesse se passado muito tempo desde o sangramento, e cobriam as cicatrizes deixadas pela cirurgia.

Sem que eu conseguisse controlar, minhas pálpebras começaram a tremer.

"É a primeira vez que você vê algo assim?"

Olhei na direção dela não sabendo como devia responder.

"É a primeira vez para mim também."

Ela, que dava um sorriso fraco, estava com o rosto pálido. Será que tinha perdido muito sangue? Estava falando tão baixo, tão baixo, como se não usasse a garganta, e parecia sentir dor só de vibrar as cordas vocais.

"Num primeiro momento, achei que fosse apenas um corte profundo."

Para escutá-la melhor, me curvei sobre ela e senti um leve cheiro de sangue.

"Contudo, passado um tempo, senti uma dor absurda. Tirei com dificuldade a luva de segurança lacerada, e duas das pontas dos dedos permaneceram dentro dela."

Precisei observar o movimento sutil da sua boca para escutar o que sussurrava. Os lábios, que estavam sem cor, ganharam um tom mais arroxeado.

"Foi nesse momento que o sangue jorrou. Pensei logo que devia estancar o sangue, mas não consigo me lembrar do que aconteceu depois."

O rosto de Inseon tinha uma expressão juvenil de quem culpava a si mesma.

"Quando for usar equipamento elétrico, não importa o frio que estiver sentindo nas mãos, você não pode usar luvas. Foi tudo culpa minha."

Inseon virou a cabeça ao ouvir o som da porta de vidro do quarto se abrindo. Pude notar, pelo semblante de alívio repentino, que havia chegado a pessoa que ela estivera esperando. Uma mulher de uns sessenta e poucos anos, de cabelos curtos e avental marrom, veio na nossa direção.

"Ela é minha amiga."

Ainda sem forçar as cordas vocais, Inseon me apresentou para a mulher.

"Ela é quem cuida de mim. No turno do dia."

A cuidadora, que tinha uma aparência amável, sorriu e me cumprimentou. Pressionando a válvula do frasco de álcool, desinfetou as mãos cuidadosamente, e o cheiro do produto se espalhou pelo ar. Pegou a caixa de alumínio que estava na mesinha de cabeceira e a apoiou nos joelhos.

"Foi quase um milagre: uma senhora de quem sou próxima, e que mora na vizinhança, tinha de ir até o Hospital da Universidade Nacional de Jeju bem naquela hora, e seu filho veio buscá-la."

Enquanto Inseon retomava a explicação, a cuidadora abriu a caixa de alumínio com um estalido. Dentro dela havia, dispostos de forma organizada, dois pares de agulhas de diferentes tamanhos, álcool desinfetante, um plástico com algodão estéril e uma pinça.

"O rapaz trabalha como entregador de grandes encomendas, e a mãe dele disse que queria me entregar uma caixa de tangerinas, então os dois passaram na minha casa. Me disseram que a luz da oficina estava acesa e acharam estranho que ninguém respondesse, então entraram para verificar e me viram desmaiada. Eu sangrava muito, por isso estancaram o sangue primeiro, depois me puseram na carroceria do caminhão e correram para o Hospital da Universidade Nacional de Jeju. A senhorinha levou a luva com a ponta dos meus dedos. Lá na ilha não há nenhum médico que faça sutura, por isso vim no primeiro voo para Seul e..."

O sussurro de Inseon foi interrompido, porque a cuidadora esterilizou uma agulha, aproximou-a do dedo indicador da paciente e espetou sem hesitar a parte suturada cujo sangue ainda não tinha coagulado. As mãos e os lábios de Inseon tremiam ao mesmo tempo. Vi a cuidadora esterilizar a segunda agulha com o algodão embebido em álcool e, como acabara de fazer, espetar o dedo médio, ferindo-o. Apenas depois que a cuidadora esterilizou outra vez as duas agulhas e as guardou na caixa, Inseon abriu a boca.

"Disseram que correu tudo bem na cirurgia."

Ela continuava sussurrando; no entanto, às vezes sons sibilantes escapavam entre as palavras, talvez pela força que ela fazia para controlar a dor.

"A partir de agora, o importante é não deixar o sangue parar."

Ela sussurrava se esforçando ao máximo, por isso a voz do âncora do noticiário exibido na televisão fixada no alto, ao lado da porta do quarto, era insuportável.

"Disseram que não pode deixar formar coágulo. O sangue precisa continuar correndo e eu tenho de sentir a dor. Se não fizerem isso, a parte de cima dos nervos cortados vai morrer."

"O que acontece se um nervo morrer...?", perguntei, entorpecida.

De repente, o rosto de Inseon se iluminou como o de uma criança, e eu quase sorri para ela.

"Bom, apodrece. A falange superior que foi operada."

Eu ainda encarava pasma os olhos arregalados de Inseon, que pareciam querer me perguntar de volta: "Não é óbvio?".

"Para não perder os dedos, temos de fazer isso a cada três minutos. Tenho cuidadores por perto vinte e quatro horas por dia."

"Uma vez a cada três minutos?", perguntei de novo, como se fosse alguém que não soubesse dizer mais nada a não ser repetir o que o outro havia dito. "Como você faz para dormir?"

"Eu só fico deitada, e a pessoa que vem à noite fica cochilando e me furando com a agulha."

"Quanto tempo vai ter que fazer isso?"

"Pelas próximas três semanas."

Olhei fixamente para os dedos onde o sangue novo circulava e que inchavam mais raivosos do que antes. Eu não queria mais ver aquilo; quando olhei para cima, meu olhar se cruzou com o de Inseon.

"É horrível, né?"

"Não", respondi.

"Eu acho horrível..."

"Não, Inseon", menti pela segunda vez.

"Na verdade eu quero desistir, Kyung-ha."

Ela não estava mentindo.

"A equipe médica pensa que com certeza não irei desistir. Especialmente porque o dedo indicador da mão direita é importante para todo mundo."

Os olhos de Inseon cintilaram por baixo das pálpebras sombreadas.

"Porém, se eu já tivesse desistido no começo, teria sido simples terminar tudo no hospital de Jeju, onde bastava suturar a região da amputação."

Balancei a cabeça.

"Você é uma pessoa que trabalha com câmeras. E, para apertar o obturador rápido, precisa desse dedo."

"Você está certa. E, mesmo que quisesse desistir agora, o médico disse que não recomenda, pois existem muitos casos em que a pessoa sente dor na parte perdida do dedo pelo resto da vida."

Foi aí que eu soube que Inseon considerara desistir de verdade. Pensava nisso a cada três minutos, toda vez que espetavam aquela região. Foi por isso que perguntou à equipe médica se não podia desistir de tudo naquele momento, e o médico falou sobre a dor do membro fantasma. Claro que agora a dor para manter o dedo era forte, mas, no cenário em que se desistia do dedo, não poderia ser controlada e duraria para sempre.

"Três semanas? É muito", murmurei, sem saber se aquelas palavras serviriam de consolo. "Sem falar nos custos do tratamento."

"Sim, porque não tenho plano de saúde. Por isso as pessoas que têm família não usam o serviço de cuidadores. Claro que é difícil ter de fazer isso num intervalo curto de tempo, mas, se eu quiser economizar dinheiro, não tem outro jeito."

Naquele instante, pensei que era um alívio não ser da família de Inseon. Pelo fato de que eu não precisava espetar a agulha no dedo dela a cada três minutos com as próprias mãos. Pensei em como ela iria arcar com os custos do tratamento. Até onde eu sabia, durante os quatro anos em que cuidou da mãe, Inseon acabara com todas as suas economias provenientes do depósito da casa que ela alugava em Seul. Embora o que ganhava vendendo móveis e pequenos objetos de madeira fosse suficiente para manter o lar de uma pessoa, ela não parecia ter reservado uma grande quantia de dinheiro para um acidente como aquele. *Agora estou só, então não há com que se preocupar.* Esta havia sido a resposta que Inseon me dera algum tempo atrás, quando lhe perguntei sobre sua situação financeira. *Tenho uma conta com limite de crédito, mas raramente fico com saldo negativo. Na maior parte do tempo o saldo está positivo, às vezes razoavelmente positivo... E assim vou indo, sem problemas.*

***

"E agora, aquilo ali é neve?"

Pega de surpresa pela fala de Inseon, olhei para trás.

Do lado de fora da enorme janela do quarto do hospital que ficava voltada para a rua, uma lufada de neve esparsa se espalhava. Os flocos de neve formavam um desenho similar a uma sutura. Por um tempo, fiquei observando os caminhos que faziam no ar e depois olhei em volta, para os pacientes e seus acompanhantes, com o rosto vazio, em silêncio, olhando através da janela como se já estivessem acostumados com a dor e a perseverança.

Vi o perfil de Inseon, cujos lábios estavam cerrados, enquanto olhava pela janela. Existem pessoas que não são especialmente bonitas, mas sentimos nelas algo de estranhamente maravilhoso. Ela era assim. Também podia ser por causa do brilho vívido no seu olhar, porém, mais do que isso, pensei que fosse por conta da sua personalidade. Deve ser por ela não falar nada sem tomar cuidado e por sua postura de alguém que não parece desperdiçar a vida, nem por um instante, na letargia e no caos. Houve vezes em que, só de conversar por um momento com Inseon, senti que o caos, a escuridão e a incerteza diminuíam. Seu modo de falar e seus gestos estavam permeados por uma força calma que nos fazia acreditar que todas as nossas ações carregam um propósito. Mesmo que falhássemos completamente em tudo a que dedicamos tanto esforço, ainda assim haveria sentido. Tal sensação permanecia igual, mesmo agora, em que eu observava suas mãos ensanguentadas, o avental largo de paciente e o antebraço cheio de acessos. Inseon não aparentava ser uma pessoa frágil ou em crise.

"Parece que vai cair bastante, né?"

Acenei positivamente para a pergunta de Inseon. Parecia que realmente ia nevar bastante. Os arredores estavam pouco a pouco ficando mais escuros.

"É estranho estar vendo a neve desse jeito com você."

Quando Inseon tirou os olhos da janela e falou comigo, eu também estava pensando que era estranho. A neve quase sempre parece algo irreal. Será que é por causa da velocidade? Ou talvez por sua beleza? Quando os flocos de neve caem lentamente parecem algo eterno, de repente o que é importante e o que não é se distinguem de forma evidente. Certos fatos se tornam assustadoramente claros. Por exemplo, a dor. Passar os últimos meses lidando com a vontade contraditória de concluir o testamento. Escapar por um instante desse inferno conhecido como sua própria vida. Esse momento é estranhamente não familiar e claramente reconhecível.

Contudo, eu sabia que, para Inseon, isso tinha outro significado.

***

Há quatro anos, no fim do outono, Inseon não chamou quase nenhum conhecido de Seul para o funeral da sua mãe, mas entrou em contato comigo. Conforme a noite avançava, os moradores da vila foram indo embora e as pessoas do meio cinematográfico, que eu também conhecia fazia tempo, partiram a tempo de pegar seu voo. Logo depois, o salão de velório do hospital do centro de Jeju ficou silencioso. "Você não está cansada?", perguntou Inseon, e fiz que não com a cabeça. Pensei que deveria manter uma conversa corriqueira em consideração à parente responsável pelo velório, mas não sabia muito bem o que falar a uma velha amiga com quem não compartilhava minha vida cotidiana. Desde que o estado da sua mãe piorara, Inseon não quis mais que eu a visitasse. Quando eu ligava, ela não atendia e também não me telefonava de volta. Quando eu perguntava como estavam as coisas, a resposta vinha apenas alguns dias depois. Eu sentia uma distância sempre que lia as frases curtas e sem emoção, as quais não me permitiam adivinhar o que se passava realmente. *Então, eu estou bem, o de sempre. Você também está bem?* Passamos um tempo assim separadas, e agora fico imaginando se podemos perguntar sobre planos futuros.

Naquela noite, quando Inseon me perguntou como eu estava, acho que foi por causa dos sentimentos complicados pelos quais eu passava que mencionei o sonho com as árvores pretas. Contei que pensava repetidamente no sonho que tivera no verão até perto da chegada do inverno: entre um prato com bolinho de arroz *jeolpyeon* que eu mal tocara e a tangerina descascada; quando atravessava cambaleando a faixa de pedestres da via de oito pistas para ir ao hospital por causa da cólica estomacal constante; quando me encolhia sentada no canto de um café barulhento, esperando por alguém com quem tinha marcado um encontro, olhando em direção à porta; quando despertava de outro pesadelo, balançava a cabeça e encarava a escuridão do teto, surgia aquele campo desconhecido onde a neve caía e o mar avançava entre as árvores pretas.

Então, perguntei a Inseon o que ela achava de tentarmos fazer algo. Indaguei o que ela pensava de, juntas, fixarmos as toras, cobri-las de tinta nanquim, esperarmos a neve cair e filmar.

"Então, temos de começar antes do outono passar", Inseon me respondeu depois de ouvir atentamente minha fala até o fim. Com uma saia e jaqueta pretas e os cabelos curtos presos fortemente com um elástico branco, seu rosto estava sério e sereno. Ela disse que era necessário fixarmos as noventa e nove toras no campo antes que o solo congelasse. Disse para reunirmos pessoas e irmos plantar as árvores o mais tardar em meados de novembro, e acrescentou que podíamos usar um terreno abandonado que ninguém usava e que ela havia herdado do pai.

"Em Jeju o solo também congela?"

Logo que perguntei, ela respondeu:

"Claro, a área montanhosa fica congelada durante todo o inverno."

"Será que vai nevar o suficiente para podermos filmar? Ia ser bom se houvesse grandes flocos de neve", perguntei outra vez porque não imaginava que faríamos aquilo em Jeju. Quanta neve será que cairia na ilha onde espécies de árvores de clima temperado e subtropical crescem misturadas? Eu tinha pensado que seria melhor um lugar mais frio do que Seul, algo nos arredores da divisa de Gangwon-do, por exemplo.

"Ah, não precisa se preocupar com a neve."

Linhas finas se formaram ao redor dos olhos dela, que sorria. Foi o primeiro sorriso que me mostrou naquele dia. Inseon disse que a vila era muito úmida por causa da chuva, do nevoeiro e da neve, e que na primavera havia tanta neblina a ponto de as moradoras, por não conseguirem ver a luz do sol, se queixarem de depressão crônica. Falou que era comum grandes flocos de neve caírem até o fim de março. No verão, as chuvas torrenciais eram frequentes, mas também na primavera e no outono, durante o período de seca, chovia de duas a três vezes por semana.

"Fazer o preparo da madeira com antecedência é o mais importante, né? É preciso planejar bem para reunir as pessoas e fixar tudo no solo, mas não é preciso se preocupar quanto a filmar a neve. Toda vez que eu tiver um tempo livre, posso filmar."

Então, o trabalho que pretendíamos fazer juntas no inverno daquele ano foi adiado por causa de questões pessoais que precisei resolver assim que voltei para Seul. Depois disso, em geral, a situação se manteve a mesma. Em alguns anos foi ela, em outros fui eu que não tinha condições ou que não estava bem de saúde. Continuávamos assim, e quando a primeira neve caía eu pensava que, de novo, naquele ano, não daria mais para fazer o trabalho. Uma ligava para a outra e perguntava: "Aqui está nevando, e aí?". E a outra respondia: "Amanhã vai nevar". E quando uma de nós perguntava: "Será que no ano que vem dá para fazer?", a outra respondia: "Sim, no próximo ano faremos sem falta". Seguíamos assim, e então ríamos sem saber quem havia começado. Às vezes eu me perguntava se esse adiamento constante estava se tornando um aspecto fundamental do projeto.

***

Com um clique, a caixa de alumínio foi aberta. Observei tensa o movimento da cuidadora passando um pouco de desinfetante na palma das mãos para esterilizar entre os dedos. Inseon olhou para cima me encarando como se não conseguisse escutar nada, como se nem soubesse ao que eu assistia.

"É um problema porque me sinto sufocada, dizem que não posso sair da cama. E tenho de continuar assim."

Um sorriso semelhante a uma queixa gentil se abriu nos lábios de Inseon.

"Disseram que não posso andar, e que não devo nem pensar em fazer força com os braços."

A cuidadora esterilizou duas agulhas, uma de cada vez. As duas mãos foram desinfetadas de novo, talvez pela possibilidade da transferência de microrganismos no momento em que tocou nas agulhas.

"Os nervos que foram ligados poderiam se romper de novo. Como eles se prendem um pouco acima do cotovelo, seria necessário tomar anestesia geral de novo e fazer uma incisão no ombro para encontrá-los. No começo do ano, uma pessoa foi levada a um hospital maior porque não acordava da anestesia. Também houve outro caso, alguns anos atrás, em que o quadro de sepse progrediu, resultando em morte."

Inseon parou de falar. Vi outra vez claramente o movimento da cuidadora enfiando, sem hesitação, a agulha na ferida de Inseon, e, ao mesmo tempo que prendia a respiração com ela, me arrependi de observar aquilo. Pouco tempo antes, no saguão do hospital, eu já não tinha percebido que ficar olhando diretamente para o ferimento é mais agonizante?

Enquanto a cuidadora enfiava a segunda agulha no dedo médio de Inseon, direcionei o olhar para o celular perto do travesseiro. Imaginei que, para me mandar mensagem sem mexer a mão direita, Inseon movimentara com cuidado a cintura, os ombros e a mão esquerda. Pode vir agora? Ela me perguntou isso duas vezes, e deve ter usado todas as forças para juntar consoantes e vogais e manter os espaços entre as palavras. Mas por que, dentre todas as pessoas, ela mandou a mensagem justo para mim?

Eu sabia que Inseon não tinha muitos amigos e que mantinha proximidade e contato apenas com algumas pessoas com quem se dava bem. Entretanto, não pensei que seria uma pessoa de quem ela se lembraria primeiro num momento como aquele. Não me veio à mente o rosto de Inseon no verão passado enquanto escrevia meus últimos desejos e pensava nos possíveis destinatários. Na verdade, ela estar distante era o que mais influenciava, comparado a qualquer outra coisa. Eu também não queria jogar um novo peso sobre ela, que cuidara sozinha da mãe por quatro anos, ficando ao seu lado até a morte. Foi primeiro por parte de Inseon que ficamos distantes naquele período, e minha situação pessoal também não estava boa. Entretanto, eu não tinha certeza se realmente não havia possibilidade de fazer mais esforço. Jeju é uma ilha que fica distante a não mais de uma hora de avião, eu podia ter imaginado fazer algo além de manter o distanciamento.

Acho que por conta desses pensamentos bagunçados que acabei falando: "Vai ficar tudo bem?". Eu pretendia afirmar "Vai ficar tudo bem", mas minhas palavras saíram como uma pergunta. Vi os lábios de Inseon estremecerem enquanto ela aguentava a nova dor que surgira havia pouco. Talvez ela tenha distanciado a mente por um momento por causa da dor. Nunca, durante todo esse tempo em que a conhecia, tinha presenciado um olhar tão vazio de Inseon na minha direção. Será que era preciso uma dor terrível assim para conservar os nervos intactos? Eu não conseguia aceitar isso. Na medicina do século XXI, não havia outra forma a não ser essa? Será que ela tinha vindo para um hospital muito pequeno porque estavam correndo contra o tempo e procuravam um lugar perto do aeroporto?

Os olhos de Inseon voltaram a brilhar. Achei que não tinha ouvido direito a pergunta tola — vai ficar tudo bem? — que eu fizera havia pouco, mas ela respondeu sussurrando, como se as palavras merecessem uma resposta.

"Precisamos tentar seguir em frente, primeiro."

Essa era a velha maneira de Inseon falar. Na época das viagens que fazíamos juntas para reunir informações, se encontrássemos um entrevistado problemático, ou se eu me apressasse por causa de complicações que surgiam no espaço reservado, Inseon, que tinha minha idade, costumava falar de maneira tranquila. *De qualquer forma, eu vou prosseguir.* Caso eu resolvesse o problema, ou só metade dele, ou no fim fracassasse e regressasse, ela estaria me esperando, ajustando o equipamento, e já teria se aproximado e ganhado a simpatia de quase todos que estavam ali durante aquele breve período. Fixava a câmera de vídeo no lugar em que deveríamos gravar as entrevistas, segurava a máquina para tirar as fotos e então dizia, com um sorriso: "Comece quando você quiser".

Quando meu ânimo se iluminava, contagiado repentinamente por aquele sorriso, os olhos despreocupados de Inseon reluziam ainda mais diante do meu rosto radiante.

De qualquer forma, eu vou prosseguir.

Aquelas palavras me deixavam tranquila, como se fossem um encantamento. Não importava que nos deparássemos com um entrevistado difícil, que mudanças ou imprevistos acontecessem, ao ver seu rosto calmo olhando pelo visor eu sentia que não precisava mais ficar nervosa, e não havia motivo para me apressar.

***

Foi naquele instante que me dei conta de que Inseon tinha dito algo parecido na última ligação.

Na madrugada de agosto passado, entre sonho e realidade, vi outra vez o campo de árvores pretas. Finalmente abri os olhos e escapei daquele lugar. Levantei o corpo suado e caminhei até a varanda. Assim que abri as janelas senti o vento frio por um instante, mas a umidade se espalhou e logo ficou mais quente.

As cigarras estavam cantando. Pensando bem, parecia que tinham cantado desse jeito a noite inteira. Pouco tempo depois, os aparelhos de ar condicionado dos apartamentos ao lado e abaixo começaram a berrar de novo. Primeiro fechei as janelas, depois lavei com água fria o corpo pegajoso, que parecia uma roupa de sal. No calor, deitada no chão sem nenhum lugar para onde fugir ou me esconder, com o celular acima da cabeça, esperei até que dessem sete horas. Aquela foi uma das raras vezes que consegui conversar com Inseon durante a manhã, pois todos os dias ela trabalhava na marcenaria desde a manhã até as seis da tarde, e durante o trabalho deixava o celular no silencioso.

"Ei, Kyung-ha!" Como sempre, Inseon me cumprimentava calorosa: "Como você está?".

Depois dos cumprimentos que trocamos calmamente, eu disse que era melhor não fazermos o projeto de fixar as árvores pretas. Que desde o início eu tinha interpretado errado o significado do sonho. Que sentia muito. Que nos encontraríamos depois e conversaríamos com mais detalhes.

"Entendi...", Inseon respondeu assim que terminei de falar. "Mas e agora? Eu já comecei... logo depois da última vez que você veio aqui."

No outono anterior, em Jeju, Inseon havia tocado no assunto das árvores. "Acho que agora consigo começar de verdade", disse ela, e respondi que fizéssemos assim então. "Durante esse tempo, depois que veio morar aqui, você não fez nenhuma filmagem?", perguntei com cautela. "Agora você pretende recomeçar?", quando acrescentei a pergunta, ela ficou imersa nos próprios pensamentos por um momento e respondeu: "*Talvez eu consiga*".

"Juntei árvores desde o inverno, Kyung-ha."

Inseon continuou com sua fala calma e ordenada como se estivesse aguardando essa ligação, como se fosse uma pessoa se preparando para contar sobre seu trabalho nesse período.

"Juntei o suficiente, mais de noventa e nove, e as desidratei a partir da primavera. Elas absorveram umidade porque agora é verão, porém em meados de outubro vão estar secas, e será bom manuseá-las. Se trabalhar duro até novembro e fixá-las antes do solo congelar, dá para filmar toda vez que nevar entre dezembro e março."

Tinha pensado que talvez ela estivesse se preparando para o projeto, daí minha pressa em ligar, porém fiquei surpresa. Como nos últimos quatro anos, eu pensava que esse trabalho não poderia ser concretizado, por qualquer que fosse o motivo.

"Então não daria para fazer alguma outra coisa com essas árvores?"

Inseon riu:

"Não, não tem como fazer outro trabalho com elas."

Eu conhecia muito bem a maneira como Inseon revelava seus sentimentos rindo de maneira sutilmente diferente. Claro que ela ri de forma amigável e brincalhona por coisas que acha engraçadas ou divertidas, porém também ri quando está prestes a recusar algo ou precisa dar uma opinião contrária, mas não quer discutir.

"Me desculpe, Inseon", supliquei outra vez. "Seria melhor não fazer esse projeto. Estou falando sério."

A risada sumira da sua voz enquanto ela perguntava:

"Será que não é possível mudar de ideia?"

"Não, isso não vai acontecer." Achei que devia responder de um modo mais claro. "É minha culpa. Eu entendi tudo errado."

Os segundos em que ela se manteve em silêncio do outro lado da linha pareceram mais longos do que realmente foram. Mas no fim ela quebrou o silêncio e disse: "De qualquer forma, eu vou prosseguir".

"Não faça isso, Inseon", tentei dissuadi-la; entretanto ela disse: "Está tudo bem", como se fosse uma pessoa respondendo de forma compreensiva a um pedido de desculpas. Era uma voz permeada de paciência, como se estivesse me tranquilizando. "Estou bem, Kyung-ha, você não tem com que se preocupar."

***

Ao som irritante do clique, a caixa de alumínio da cuidadora se abriu de novo. Já haviam se passado três minutos outra vez. A cuidadora, que mantinha contato visual comigo, disse como justificativa:

"Sua amiga tem muita força de vontade. Está aguentando muito bem."

Sem consentir nem negar, Inseon estendeu a mão direita lentamente em direção à cuidadora. Achei que o curativo ensopado de sangue parecia cheio demais. Será que uma enfermeira viera de manhã para fazer um novo curativo? Será que ela tinha trocado direito? Continua sangrando tanto...

"Os médicos e enfermeiros também acham. Dizem que ela está aguentando tudo de uma maneira excelente."

Enquanto uma após a outra as agulhas eram enfiadas nas duas áreas afetadas e depois saíam, Inseon olhava para a janela, se mantendo de boca fechada. Lá fora, minúsculos flocos de neve desenhavam linhas finas no ar enquanto desciam.

"Não é estranha, a neve?", disse Inseon de forma quase inaudível. "Como é que pode uma coisa assim cair do céu, né?"

***

Parecendo não precisar da minha resposta, ela continuava sussurrando como se falasse com alguém em algum lugar para além da janela.

Eu estava consciente na carroceria do caminhão...
  Uma dor terrível estava se espalhando dos meus dedos cortados.
  Nunca imaginei sentir uma dor dessas,
  E agora não consigo nem descrever.
  Não consigo saber quanto tempo passou,
  quem me carregava nem para onde me levou.

Apenas supus que naquele momento estava passando pelo monte Halla, a montanha, enquanto via de relance as árvores que fluíam intermináveis.

Eu me agitava como um inseto semimorto entre caixas de entrega, grossos fios de elástico, cobertores sujos e rodas de vagões enferrujados.

Doía tanto que parecia que eu ia desmaiar.

Eu realmente queria desmaiar, mas não sei por que pensei no seu livro naquele momento.

Quero dizer, pensei nas pessoas que foram para lá, não, as pessoas que estavam, de verdade, naquele lugar, naquela época.

Não, não apenas as que estavam naquele lugar, mas as pessoas de todos os lugares onde aconteceu algo parecido.

Atingidas por tiros,

por porretes,

e golpeadas com facas. As pessoas que morreram assim.

Quanto deve doer?

Se dois dedos cortados já doem tanto...

Quero dizer, as pessoas que morreram dessa maneira, as pessoas que tiveram o corpo cortado e perfurado a ponto de perder a vida.

***

Naquele momento, eu soube que Inseon havia pensado em mim com frequência. Não, para ser exata: pensado no projeto que combinamos de fazer. Não, para ser mais exata: pensado nas árvores pretas dentro do sonho que eu tivera quatro anos atrás. E o livro que era a origem do sonho.

No próximo instante, me ocorreu uma suposição mais assustadora e prendi a respiração. Inseon disse que no último verão já tinha encontrado as árvores. Que estava deixando secar as toras, que somavam o suficiente para ultrapassar cem unidades. Que a partir do outono ela as serraria, cortaria e esculpiria, criando figuras em tamanho real, curvas e inclinadas como pessoas amontoadas.

***

"Você estava fazendo aquele trabalho?", perguntei balbuciando, sentindo que não havia escapatória. "O trabalho que eu tinha dito para pararmos de fazer. Você foi fazer e acabou nisso?"

É claro que falei para não fazermos. Por que continuou insistindo? Porém, eu não podia falar desse jeito. Desde o início não devia ter sugerido isso. Não podia ter falado sobre um sonho cujo assunto eu mesma não entendia. Não devia ter te envolvido num assunto desses.

"Isso não importa, Kyung-ha."

Depois dessa resposta, que claramente parecia carregar um eufemismo na afirmação, Inseon continua falando rápido, como se fosse recusar quaisquer desculpas, culpa ou arrependimento vindos de mim. Não sussurrava mais como se falasse no meu ouvido; sua voz se tornou nítida, era como se de repente ela tivesse superado toda a dor.

"Não foi por causa disso que te falei para vir hoje. Tenho um pedido."

Esperei pelas próximas palavras sem poder desviar a atenção dos olhos dela, que subitamente ficaram cheios de vida e brilho.

3.
Forte nevada

Primeiro pensei que fossem pássaros. Dezenas de milhares de pássaros de penas brancas batendo asas bem próximos no horizonte.

Entretanto, não eram pássaros. Vindas do mar distante, nuvens de neve se espalhavam rapidamente com o vendaval. Os flocos de neve brilhavam sob os raios de sol que caíam entre as nuvens. A luz refletida na superfície do mar se multiplicava, causando a ilusão óptica de uma faixa brilhante e comprida de pássaros brancos varrendo o mar.

É a primeira vez que há uma nevasca dessas. Dez anos atrás, no inverno, eu tinha visto as ruas de Seul com neve se acumulando até a altura dos joelhos, mas ela não preenchia o ar de maneira tão densa assim. Por ser uma cidade afastada do litoral, não houve uma ventania desse tipo. Agora o ônibus que peguei vai pela estrada costeira que é atingida pela nevasca. Estou sentada no banco da frente, cinto de segurança afivelado, e observo as palmeiras que se agitam com o vendaval. A temperatura da superfície molhada da estrada chega quase ao ponto de congelamento, mas parece impossível que tanta neve assim não se acumule e desapareça sem deixar vestígio. Às vezes o vento cessa de repente por causa de alguma ação incompreensível da atmosfera. Nesses momentos, se não fosse por estar dentro de um ônibus em movimento, parece que seria possível enxergar a olho nu os cristais hexagonais e o quão lentamente os enormes flocos de neve caem. Entretanto, se o vento começa a se intensificar de novo, os flocos de neve se elevam como se uma pipoqueira enorme girasse o ar com violência. A neve não é aquela que originalmente cai do céu, parece que se forma do chão e é sugada para cima, no ar.

Vou ficando cada vez mais nervosa, pois penso que pegar esse ônibus foi uma escolha errada.

Há duas horas, o avião em que embarquei pousou no aeroporto de Jeju de maneira extremamente instável. Parecia ser o fenômeno "cortante de vento", do qual eu apenas ouvira falar no noticiário. Enquanto a velocidade do avião deslizando na pista diminuía aos poucos, a jovem sentada no assento do outro lado do corredor murmurou, mexendo no celular: "Nossa, cancelaram todos os voos depois deste!". O rapaz ao lado dela, que parecia ser seu namorado, respondeu: "Tivemos sorte". A moça deu uma gargalhada: "Isso é ter sorte? Olhe só o tempo, como está!".

Logo que saí do aeroporto, a nevasca estava tão forte a ponto de eu não conseguir abrir os olhos direito. No ponto de táxi, logo depois de ceder quatro carros para as pessoas atrás de mim, atravessei a faixa de pedestres e voltei para a frente do aeroporto. Me aproximei do funcionário que fazia o carregamento das malas no compartimento de carga do ônibus de traslado e perguntei se ele sabia o motivo de terem recusado meu embarque. O homem de meia-idade, que ouviu qual era meu destino, me aconselhou a pegar um ônibus. Disse que com o alerta simultâneo de neve pesada e vendaval emitido na ilha, nenhum táxi ia querer entrar no vilarejo e ir até a área montanhosa onde fica a casa de Inseon. Também falou que os ônibus de qualquer rota continuariam a operar com correntes nos pneus. Todavia, caso nevasse a noite inteira, ele supunha que até esse serviço seria suspenso e haveria grandes chances de que a área montanhosa ficasse isolada a partir da manhã do dia seguinte. Quando perguntei qual ônibus deveria pegar, ele balançou a cabeça. "Primeiro, pegue qualquer ônibus daqui do aeroporto e vá até o terminal." Ele franzia a testa por causa da forte rajada de neve nos seus olhos e no nariz. "Lá se consegue ônibus para todos os lugares."

Segui o conselho dele. Tomei o primeiro ônibus que apareceu e fui para o terminal. Estava ansiosa. Ia escurecer às cinco da tarde, naquele momento já passava das duas e meia. A casa de Inseon ficava isolada da vila. Era preciso caminhar pelo menos mais trinta minutos depois de descer no ponto. Naquele trajeto noturno, pelo qual Inseon andava com uma lanterna reclamando da falta de postes de luz, não me parecia que eu fosse capaz de encontrar o caminho sozinha com um tempo daqueles. Ainda assim, eu não podia reservar um lugar para ficar no centro de Jeju e esperar que amanhecesse. O caminho para a região montanhosa podia ser bloqueado hoje à noite, não podia?

Pouco tempo depois de chegar ao terminal, vi um ônibus expresso que passava na cidade P, indo pela rota costeira ao sul. A cidade P era a mais próxima da vila de Inseon. Também havia uma rota que atravessava o monte Halla e passava pela vila de Inseon, mas, como o intervalo entre os ônibus era longo e eu teria de esperar por mais de uma hora, subi naquele ônibus que fazia o trajeto ao redor da ilha. Inseon me disse que, quando tinha negócios para resolver nos correios ou no banco, ela descia até a cidade P dirigindo uma caminhonete. Na região onde a altitude diminuía, tinha no percurso uma plantação densa de camélias, espalhadas infinitamente nos dois lados da pista. Eu já havia passado por ali com Inseon, sentada no banco do passageiro. Ela tinha me falado que a cada hora passavam três ônibus pequenos que ligavam a cidade P e a vila. Contou que, quando não tinha nenhuma bagagem e o tempo estava bom, em vez de dirigir a caminhonete, ela pegava aquele ônibus, descia até a cidade P e ia andar na praia. Onde você caminha? Quando perguntei, virei-me na direção da praia de areia branca que ela apontava com os olhos, um mar azul-escuro de tirar o fôlego avançando, coberto por espuma.

    Acreditei que naquele momento eu estava fazendo a melhor escolha por causa da informação que ela me dera de maneira clara: pegar o primeiro ônibus que faz a rota em torno da ilha, ao chegar à cidade P tomar um ônibus que faz o trajeto entre as localidades próximas e entrar na vila. O problema é que a costa da ilha, de leste a oeste, forma uma elipse. Talvez o resultado fosse mais rápido se eu tivesse aguardado por mais uma hora no terminal e pegado o ônibus que cruza o monte Halla, mas pode ser que, durante um intervalo tão longo, a operação dos pequenos ônibus que vão da cidade P até a vila de Inseon fosse interrompida por causa da neve.

As árvores subtropicais que floriram apinhadas de enormes flores de cor vermelho-escura agitavam o corpo com violência. Aquele vento avassalador é a razão pela qual tanta neve assim não se acumula em cima das flores. O movimento das palmeiras que sacodem seus vários galhos, semelhantes a braços compridos, parece mais feroz. As folhas lustrosas, os caules de flor e os galhos abundantes de todas as árvores tremulavam como se pretendessem escapar da intensa neve por si sós, como se fossem seres vivos independentes.

    O quão tranquila era a neve em Seul comparada com essa nevasca?, penso. Há apenas quatro horas saí do hospital onde Inseon estava internada e me sentei no banco de trás do táxi, e a neve que eu havia visto antes se parecia com incontáveis fios brancos que suturavam firmemente o ar entre o céu cinza e o asfalto. Inseon, que a cada três minutos era picada por uma agulha e seu sangue escorria. Inseon, que falava como se sussurrasse, fazendo as cordas vocais vibrarem pouco. Inseon, que me encarava com olhos cintilantes, sem que eu pudesse saber se era por conta da dor ou de outro sentimento. Deixando-a para trás, o táxi foi em direção ao aeroporto de Gimpo. Os limpadores apagavam persistentemente os flocos de neve grudados no para-brisa como uma sutura molhada.

* * *

Eu vim até este lugar porque Inseon me disse: "Por favor, vá até minha casa em Jeju".

"Quando?"

Assim que perguntei, Inseon respondeu: "Hoje. Antes que o sol se ponha".

A verdade é que eu me perguntava se isso seria plausível ou não, mesmo que pegasse um táxi do hospital até o aeroporto de Gimpo fazendo o trajeto no menor tempo possível e fosse até Jeju no voo mais rápido. Achei que era uma piada esquisita, mas os olhos de Inseon estavam sérios.

"Se não fizer isso, ela vai morrer."

"Quem?"

"O pássaro."

Eu estava prestes a repetir a pergunta "pássaro?!", quando me lembrei dos pequenos papagaios que tinha visto na casa de Inseon no outono do ano anterior. Um deles me cumprimentou com um *annyeong** e conversou comigo. Fiquei surpresa com o tom da sua voz, tão parecido com o de Inseon. Eu não sabia, até então, que papagaios são capazes não só de imitar a pronúncia de uma pessoa, mas também o timbre da voz. O mais surpreendente e curioso era o fato de que aquele pássaro misturava as respostas, como "isso mesmo" e "aham", "não" e "não sei", parecendo entender as perguntas de Inseon e mantendo um diálogo bastante coerente. "Falar que alguém

---

* *Annyeong* (안녕) é a maneira mais informal de se cumprimentar alguém em coreano. Seria algo como: "Oi, tudo bem?". [N.T.]

é como um papagaio é uma comparação falha", disse Inseon naquela manhã. "Eles conseguem conversar comigo desse jeito." Enquanto eu permanecia em dúvida, ela sorriu e me sugeriu: "Tente conversar você também, fale para ela subir na sua mão". Hesitei, mas, encorajada pelo seu sorriso, abri a gaiola e estendi o dedo indicador. "Vamos subir aqui?" Fiquei constrangida porque imediatamente o pássaro respondeu "não". Todavia, como se estivesse negando aquilo que acabara de dizer, ele subiu no meu dedo com suas patas pequenas e ásperas e seu corpo quase sem peso. Logo que isso aconteceu, minha mente ficou estranhamente desordenada.

"Ami morreu faz uns meses, então só restou Ama agora."

Se não me falha a memória, o pássaro que falava naquela ocasião era Ami. Inseon tinha me dito que eles ainda viveriam mais dez anos, então por que será que de repente morreu? Era uma ave de cor branca com um padrão de amarelo mais claro do que o amarelo-limão das penas da cabeça e do rabo.

"Por favor, veja se Ama ainda está viva. Se estiver, dê água a ela."

Diferente de Ami, Ama era totalmente branca, das penas da cabeça até as do rabo, e por isso parecia mais discreta. Não falava, mas sabia imitar muito bem a voz de Inseon cantarolando. Quase ao mesmo tempo que Ami veio até meu dedo, Ama voou num movimento amplo e pousou no meu ombro direito. Senti seu corpo, que quase não pesava, semelhante ao de Ami, e seu toque áspero entre os fios do suéter. Assim que olhei para trás para observar suas feições, o animal girou a cabeça para o lado e me encarou durante alguns segundos com o olho esquerdo, parecendo imerso em pensamentos.

"Certo, entendi."

Acenei com a cabeça primeiro, uma vez que o pedido de Inseon era sério. "Vou para casa, faço as malas e amanhã de madrugada pego o primeiro avião."

"Não dá."

Cortar alguém no meio da fala não era algo que Inseon fazia normalmente.

"Se fizer isso, vai ser tarde demais. Já faz dois dias que o acidente aconteceu. Foi quando eu fiz a cirurgia, e até ontem estava desacordada. Hoje, logo que recobrei a consciência, liguei para você."

"Não tem ninguém em Jeju para quem você possa pedir esse favor?"

"Não."

Não pude acreditar naquilo.

"Nem na cidade de Jeju ou na de Seogwipo? E a senhora que te achou?"

"Não sei o número dela."

Achei que havia um desespero incomum no tom de voz de Inseon.

"Kyung-ha, eu queria que você fosse cuidar de Ama, que está em casa. Só até eu ter alta."

Eu queria ter perguntado o que ela queria dizer com aquilo, mas Inseon prosseguiu rapidamente e não consegui interrompê-la.

"Ainda bem que anteontem de manhã enchi o pote de água. Deixei o suficiente de painço, fruta seca e ração pensando que trabalharia até mais tarde. Não sei se nesses dois dias ela conseguiu resistir de alguma maneira, mas três dias é impossível. Se você for lá hoje, existe uma chance de salvá-la. Porém, amanhã ela terá morrido, com certeza."

Eu disse que tinha entendido a situação para acalmá-la, entretanto não tinha compreendido de fato.

"Inseon, não posso ficar sozinha na casa até que você tenha alta. Primeiro vou lá, faço o resgate, depois trago Ama na gaiola. Quando vir que ela está a salvo, você também vai se sentir aliviada."

"Não", disse Inseon, teimosa. "Pode ser que ela não consiga tolerar uma mudança de ambiente tão repentina assim."

Fiquei perplexa. Durante nossos vinte anos de amizade, Inseon nunca havia me pedido um favor tão grande assim. Quando ela me disse por mensagem que precisava do meu documento de identidade, imaginei que era uma situação urgente em que eu deveria assinar um termo de consentimento informado ou algo assim. Por isso é que eu não tinha passado em casa antes, acabei pegando um táxi direto. Qual será a parte de Inseon que se alterou por causa da dor horrível e do choque? Será que isso tudo é por causa do trabalho que eu tinha sugerido e, então, ela quer que eu me responsabilize? Não, será que eu era de fato a única pessoa a quem ela poderia pedir? Uma pessoa que poderia ficar em Jeju por quase um mês e cuidar do pássaro. Uma pessoa que não tem mais trabalho, nem família, nem um motivo para continuar com a vida cotidiana. Qualquer que fosse o motivo, eu não tinha como recusar.

***

Toda vez que o vento forte dispersa as nuvens escuras distantes no mar, os raios de sol caem no horizonte. Flocos de neve semelhantes a dezenas de milhares de pássaros surgem como miragem e desaparecem subitamente com a luz que varre o mar. Mesmo na fria janela do carro onde encosto a testa, os dois limpadores de para-brisa emitem um som estridente, e contra a janela do ônibus, enormes flocos de neve se chocam sem parar, desaparecendo em seguida.

Endireito a cabeça e apalpo o bolso do meu casaco acolchoado. Pego a caixa de chicletes fininhos na mão e a abro. Comprei na loja de conveniência do aeroporto de Gimpo, às pressas, pois a hora de embarque se aproximava. Quando o avião decolou, masquei uma das doze gomas pequenas e quadradas envoltas em papel prateado, agora estou com a segunda goma na palma da mão. Enfio na boca o chiclete, cujo meio se esticou numa curvatura suave, e começo a mascar. Porque esse é o sinal de uma enxaqueca que se aproxima como um gelo que vai se partindo ao longe. Não sei a causa dessa velha dor de cabeça que surge acompanhada de uma terrível cólica estomacal e queda de pressão. Sempre carrego o remédio comigo pois nunca sei quando vai começar, mas hoje apenas passei em frente à minha casa e vim direto para cá, por isso não pude pegar o medicamento. Caso os sinais iniciais passem e os sintomas de fato comecem, qualquer prescrição de emergência é inútil. Por experiência própria, a única coisa que ajuda nesse momento crítico iminente é chiclete. Mesmo o *juk* mais suave é nocivo. Logo que se inicia a dor de cabeça, eu acabo vomitando.

"Você vai até onde?", o motorista pergunta, gritando em seu dialeto de Jeju. Ele pensou que eu era uma moradora da ilha, já que não estou carregando nenhuma bolsa e minhas roupas são largas, não parecem roupas para uma viagem longa.

"Até a cidade P."

"Onde?"

Respondo aumentando o tom de voz:

"Quando chegarmos à cidade P, você pode me avisar?"

Mesmo estando próxima, não entendi direito a resposta do motorista. Isso porque o vento sugava o barulho para o lado de fora da janela. Acredito que ele tenha perguntado qual era meu destino, pois não havia pessoas na maioria dos pontos. Como sou a única passageira, se ele avista o ponto e parece não haver ninguém, não reduz a velocidade e passa direto.

Porém, há uma pessoa na próxima parada. Um homem na casa dos trinta, que parece ser um turista, estende o tronco em direção à rua em meio à nevasca e acena com a mão. Quando entra, o homem não paga a tarifa e desaba no assento logo atrás do motorista, como se apenas o fato de ter esperado suportando o vendaval já tivesse sido extenuante. Depois de tirar com dificuldade a mochila, que parecia pesada, e colocá-la no banco ao lado, ele saca a carteira do bolso interno da jaqueta.

"Vai para o aeroporto, não é?"

O homem passa o cartão de transporte e faz essa pergunta, logo em seguida o motorista responde falando alto:

"Ah, para ir ao aeroporto você precisava pegar do outro lado. E os aviões não estão decolando."

"Não vai para o aeroporto?!" A voz do homem deixa transparecer um cansaço quase desesperado.

"Essa informação está afixada de forma clara na frente do ônibus, não é? Dizendo que o ônibus vai para o aeroporto e o trajeto até lá. No entanto, como dá uma volta longa, é melhor você pegar do outro lado."

"Fiquei esperando todo esse tempo... De qualquer modo, se você for para o aeroporto, então vou ficar aqui."

"Mais duas horas de trajeto?!" O motorista estala a língua. "Bom, vai fazer um caminho mais longo, mas você que decide, pois hoje os aviões não estão decolando."

"Eu sei. Vou esperar no aeroporto até amanhã de manhã."

O homem continuava usando linguagem formal, no entanto soava como se estivesse reprimindo raiva em algum lugar dentro de si, talvez porque o motorista se expressasse misturando linguagem informal.

"Até de manhã no aeroporto? Mas quando dá onze horas eles não apagam as luzes e todos têm que ir embora?"

"Está dizendo que não é permitido ficar no aeroporto durante a noite?", o homem pergunta de novo, parecendo surpreso. "Então, como ficam as pessoas que não puderam pegar os voos hoje?"

"Como assim? Têm que arranjar uma acomodação, lógico... Um problemão para elas. E, com um tempo desses, não dá nem para pousar também."

O motorista balança a cabeça negativamente enquanto olha pelo retrovisor para o homem, que está atônito, de boca aberta.

O diálogo se encerra ali. O homem põe o cinto e liga o celular como se estivesse resignado. Deve estar procurando uma acomodação no centro de Jeju ou entrando em contato com algum conhecido. Eu volto os olhos para a janela que ficou semiencoberta pela mochila dele. Um vulcão extinto com dois mil metros de altitude deveria se erguer naquela direção, porém não há nenhuma imagem dentro do meu campo de visão. Uma massa gigantesca de nuvens escuras e de neblina branca formada por neve preenche o ar e se agita. Na costa, por pouco a neve não se acumulou, mas a situação se modifica com um pequeno aumento de altitude. Naquela região montanhosa, não existirá nada como um instante em que as nuvens se dispersam e os raios solares se propagam milagrosamente. Nem a misericórdia dos flocos de neve tremulando e cintilando acima da superfície do mar, como aves voando baixo. Agora, quando chegar à cidade P, terei de penetrar aquela nevasca sufocantemente densa.

***

Será que Inseon está acostumada com uma neve assim?, penso de repente. Será que uma nevasca dessas não seria algo surpreendente ou excepcional até mesmo para ela? Aquela massa cinza-clara se agitando sem que fosse possível distinguir entre nuvem, nevoeiro e neve. O fato de que a casa de pedra onde ela nasceu e cresceu existe dentro daquela massa gigantesca. E de que lá, aguardando, existe um papagaio, não se sabe se vivo ou morto.

No primeiro ano em que fizemos uma viagem a trabalho juntas, Inseon não comentou nada sobre sua cidade natal, mas, como só falava usando o dialeto de Seul, não senti diferença entre ela e alguém da capital. Só me dei conta de que ela vinha de uma ilha distante quando, certa noite, a escutei conversando com a mãe pelo telefone público no saguão da hospedagem. Ela usava um dialeto difícil de entender, com exceção de alguns substantivos. Perguntou várias coisas seguidas com um sorriso estampado no rosto, fez piadas usando frases que eu não conseguia entender, e morreu de rir por causa de algo que não compreendi. Depois, colocou o telefone de volta na base.

"O que sua mãe disse que foi tão divertido?"

Logo que perguntei, ela respondeu sincera:

"Não é nada de mais. Ela falou que está vendo basquete de novo."

O sorriso ainda perdurava no seu rosto.

"Minha mãe é uma senhorinha, porque ela me teve depois dos quarenta. Então, já passou dos sessenta faz tempo. Ela assiste basquete mas nem conhece as regras, só vê porque aparecem muitas pessoas. Quando não está trabalhando, ela se sente solitária porque a casa é isolada."

Havia na sua voz uma travessura pueril, como se estivesse falando mal de um hábito secreto da melhor amiga.

"Ela ainda trabalha, nessa idade?"

"Sim, claro. As senhoras trabalham mesmo quando já têm seus oitenta. Elas se ajudam quando colhem tangerinas."

Inseon riu de novo e voltou ao que estava falando pouco antes.

"Se tem alguma partida de futebol, ela também gosta de assistir, já que há mais pessoas ainda. Você não sabe como ela acompanha com atenção as cenas de marchas e protestos no noticiário. É como se esperasse que alguém que ela conhece fosse aparecer."

Depois disso, quando o tempo demorava a passar dentro do trem ou do ônibus, ou quando a comida do restaurante ainda não tinha chegado, às vezes eu pedia a Inseon para me ensinar o dialeto de Jeju, já que eu gostava de ouvir as palavras repletas de consoantes sonoras e a entonação suave que ela usava com a mãe.

"De qualquer forma, você provavelmente não vai poder usar quando viajar para Jeju. Porque dá para perceber que não é uma pessoa da ilha."

No início, Inseon não estava muito disposta, mas, como demonstrei ter realmente interesse, ela foi me ensinando aos poucos, a partir das coisas mais fáceis. O mais divertido eram as flexões dos verbos de ação e dos verbos contemplativos, que se diferenciavam das utilizadas em dialetos fora da ilha. De vez em quando, praticávamos conversação e sempre que eu errava as flexões verbais, como *hada*, *haen*, *hamen*, *hajaen*, Inseon me corrigia com um sorriso no rosto. Certo dia, ela falou:

"Dizem que o final das palavras é curtinho assim porque venta forte em Jeju. O barulho do vento corta o final delas."

Dessa forma, as únicas imagens que eu tinha da cidade natal de Inseon eram: um dialeto simples e direto que ela me ensinava — com as terminações preguiçosamente curtas — e uma senhorinha que parecia uma criança e que gostava de ver pela TV partidas de basquete, pois sentia falta das pessoas. Pelo menos até certa noite, no fim do ano em que saí do emprego na revista, quando nos encontramos pela primeira vez verdadeiramente como amigas e não como colegas de trabalho.

Naquela noite de fim de ano, jantamos tarde num restaurante de *guksu*, sopa de macarrão, que tinha uma grande janela de vidro voltada para uma via com duas faixas, onde não passavam muitos veículos. Eu me lembro de me sentir pesarosa, naquela época, pelo fato de que, ao virar o ano, mais um ano seria acrescentado à idade de cada uma de nós.

"Está nevando."

Depois que Inseon falou isso, cortei o macarrão com os dentes e então olhei pela janela.

"Na verdade, não está!"

"Eu vi quando o carro passou."

Logo depois, a luz do farol de um carro sedã iluminou o ar escuro e a rajada de neve brilhou como se fosse uma chuva de adoráveis grãos de sal.

Inseon largou os palitinhos e saiu do restaurante. Continuei comendo o *guksu* e olhei para ela, que estava de costas para mim, pela grande janela de vidro. Achei que ela tinha saído com a intenção de ligar para algum lugar, entretanto seu celular estava quieto sobre a mesa. Será que ela queria tirar fotos? Também tinha deixado a câmera ali antes de sair, pode ser que estivesse pensando em como iria fazer as imagens. Quando eu acompanhava Inseon isso acontecia com frequência, então tinha de escolher entre duas coisas. Observar curiosa aquilo que ela olhava e registrava com a câmera, ou ficar sozinha pensando em outra coisa enquanto esperava tranquila.

Ao contrário do que eu imaginava, Inseon não voltou para pegar a câmera. Só ficou ali parada, de pé, as mãos nos bolsos do jeans claro, no vento; a blusa fina de gola alta expunha o contorno magro dos seus ombros e das escápulas. Mais um táxi passou, os faróis iluminaram o ar e a rajada de neve brilhou como sal. Era como se ela fosse alguém que se esquecera de tudo. O *guksu* que deixou pela metade. Eu, sua companheira. A data, a hora e o local. Por fim, ela voltou para o restaurante. Observei seus cabelos com um pouco de neve acumulada e como, no curto trecho de caminhada até a mesa, ela derretera, formando gotas d'água.

Comemos o restante de *guksu* sem trocar uma palavra. Se você conhece alguém há muito tempo, acaba sabendo em quais momentos deve permanecer calada. Nós duas deixamos os palitinhos de lado e, mesmo assim, só depois de um bom tempo é que ela abriu a boca. Disse que aos dezoito anos fugiu de casa e que naquela época houve um episódio em que quase morreu. Fiquei surpresa. Porque eu sabia como ela era especial para a mãe idosa, que foi mãe solo desde que Inseon completara nove anos até mandar a filha para a universidade.

"Você sempre falou que sua mãe parecia uma avó, por isso pensei que a relação de vocês duas era como a que eu tinha com minha avó materna", eu disse a Inseon. "Porque era diferente com minha avó e com meus pais. Entre mim e meus pais as coisas eram mais diretas... mas minha avó só se doava, infinitamente."

Inseon sorriu de leve e concordou.

"Ela era mesmo desse jeito, minha mãe. Me tratava como se fosse minha avó. Não me fazia muitas cobranças nem me repreendia." O tom de Inseon era cuidadoso, como se sua mãe estivesse ao lado dela, ouvindo-a. "Quando eu era criança, também não tinha nenhuma reclamação. Tanto meu pai quanto minha mãe não falavam alto, então a casa sempre estava em silêncio. Depois que ele faleceu, ficou ainda mais silencioso. Sentia como se no mundo houvesse só nós duas, minha mãe e eu. De vez em quando eu tinha dor de estômago à noite, então minha mãe amarrava meu polegar com uma linha, furava a pele perto da base da unha com uma agulha e em seguida esfregava minha barriga sem parar. 'Ai, minha filha está magrela como uma vareta. Os nervos todos frágeis como fios de seda, igualzinha ao pai dela...', e entre suspiros ela continuava falando sozinha."

Inseon ficou remexendo o interior da grande tigela com os palitinhos, mas logo em seguida os abandonou em cima da mesa, ao se dar conta de que não havia mais macarrão. Alinhou os palitinhos, um ao lado do outro, como se tivessem de ser verificados por alguém.

"Mas, não sei por quê, naquele ano eu sentia muito ódio da minha mãe."

***

Soltei um gemido, "ugh", não conseguia aguentar quando aquela coisa quente subia da boca do meu estômago até a garganta. Eu detestava minha casa. E também a rua pela qual eu tinha de caminhar mais de meia hora saindo da casa isolada para chegar ao ponto de ônibus, e também a escola onde ele me deixava. Detestava a música "Für Elise" que anunciava o início da aula. E as aulas, e as crianças que não pareciam odiar quase nada, e o uniforme que eu tinha de vestir, além de lavá-lo e passá-lo todos os fins de semana.

Então, num dado momento, comecei a detestar minha mãe. Ela era repulsiva, assim como este mundo. Eu me abominava o mesmo tanto que a abominava. Estava farta da comida que minha mãe fazia; achava horrível vê-la de costas limpando cuidadosamente a mesa baixa de jantar, usando o pano de prato; detestava seu cabelo grisalho preso num coque antiquado; e seu jeito de andar levemente curvado, como se fosse alguém recebendo uma punição; era sufocante. Aos poucos, o ódio foi crescendo e, por causa disso, depois eu também não conseguia respirar direito. Algo como uma bola de fogo parecia ferver na boca do meu estômago sem parar.

Por fim, saí de casa, pois queria viver. Se não fizesse isso, sentia que aquela bola de fogo iria me matar. Certo dia, logo que abri os olhos de manhã, vesti o uniforme, coloquei na mochila roupas íntimas e meias em vez dos livros didáticos e cadernos, e numa bolsa menor, roupas do dia a dia no lugar da roupa de ginástica. Estávamos em dezembro. Minha mãe saía da vila de madrugada para trabalhar, era a época em que ela ajudava a colher e embalar tangerinas. Enquanto mordiscava o arroz que ela tinha preparado e deixado coberto por um pano, encontrei um lugar que eu poderia pagar com meu dinheiro. Embaixo da televisão, dentro de uma lata de biscoitos onde guardávamos as contas de energia e água, havia uma quantia consideravelmente grande de dinheiro.

O dinheiro da venda das tangerinas da primeira colheita feita nas nossas terras.

Um pouco antes de sair de casa, lembro que olhei para o quarto principal, que minha mãe usava. A porta de correr estava aberta, o edredom dobrado perfeitamente reto. Porém, o cobertor elétrico e o colchão fino embaixo dele estavam bagunçados. Eu sabia que debaixo do colchão fino havia um arco de serra, pois minha mãe acreditava na superstição de que, se você deixasse perto de si um ferro afiado, não teria pesadelos. No entanto, mesmo com o arco de serra minha mãe sonhava constantemente. Ela prendia a respiração e estremecia, às vezes fazia sons estranhos como um gato selvagem enquanto chorava de soluçar. Aquela imagem e aquele barulho eram infernais para mim. Naquele momento, jurei a mim mesma que não me arrependeria e não voltaria mais. Que não deixaria mais que aquela pessoa tingisse minha vida de sombras. Com suas costas um pouco curvadas e sua voz terrivelmente suave. Sob a forma do ser humano mais frágil e covarde do mundo.

Vesti as roupas do dia a dia no banheiro do terminal das embarcações que levam passageiros. Comprei uma passagem da linha de barco para Wando e saí da ilha. No terminal de Mokpo, peguei um ônibus expresso e quando cheguei a Seul já era tarde da noite. Me alojei numa hospedaria barata perto do terminal e me lembro de ter ficado apreensiva mesmo depois de verificar diversas vezes a fechadura do quarto. Não me agradava o fato de haver fios de cabelo de um desconhecido na roupa de cama, então limpei tudo com papel higiênico molhado. Contudo, ainda assim, dormi encolhida, como uma bola. Como se fazer isso pudesse me proteger da sujeira.

No dia seguinte, deixei a hospedaria e liguei para minha sobrinha eonni* *que morava em Seul. Já devo ter lhe falado dela, a neta da irmã mais velha da minha mãe, que agora está na Austrália. Ao contrário da minha mãe, minha tia que faleceu cedo casou*

---

* *Eonni* significa "irmã mais velha". É a forma pela qual uma pessoa do sexo feminino chama outra pessoa do sexo feminino mais velha e que lhe é íntima. Pode ser usado em outras relações sem ser a de irmãs consanguíneas, como entre amigas e em outras relações de parentesco. [N.T.]

cedo e logo teve uma bebê. Por isso, essa prima mais velha tinha idade para ser minha mãe. A filha dela, minha sobrinha, era dois anos mais velha do que eu. Se eu a chamasse apenas de eonni *levava bronca dos adultos, então desde pequena passei a chamá-la estranhamente de sobrinha* eonni.

Naquela época, minha sobrinha era caloura na universidade. Ela atendeu a minha ligação, perguntou se eu poderia ir até a região de Jongno e disse para nos encontrarmos no saguão do prédio da ACM. *Felizmente, ela se manteve leal e não chamou nenhum adulto. Porém, assim que me viu começou a me repreender. Indagou que diabos era aquilo e me mandou voltar para casa na mesma hora. Perguntou se eu não devia terminar o ensino médio, se tinha ligado para minha mãe, se tinha dinheiro para voltar e onde estava ficando. Sem responder a nenhum dos questionamentos, fugi daquele lugar. Pedi a ela que não contasse a ninguém, mas deu para notar que ela contaria a todos naquele mesmo dia.*

No caminho de volta para a hospedaria, fiz uma promessa a mim mesma. A de que iria fazer o oposto de tudo que ela me dissera. Não iria ligar para minha mãe, é claro que não voltaria para a ilha e não terminaria o ensino médio. Antes de qualquer coisa, pensei que deveria arranjar um emprego. Vi um anúncio de emprego num restaurante japonês próximo ao terminal e, então, fui lá fazer a entrevista. Trêmula, falei que havia tirado um ano de licença da Faculdade de Educação ali perto e, por mais estranho que pareça, a chefe não duvidou. Disse para eu vestir o avental e me pôs para trabalhar como garçonete durante duas horas; depois, falou que já a partir do dia seguinte eu deveria começar o trabalho.

Acho que por um tempo fiquei empolgada enquanto andava em direção à hospedaria depois de sair do restaurante. A cada passo que dava, a multidão nas ruas parecia abrir caminho para mim. Ela parecia me dizer: "Agora é só você seguir em frente". Meu coração estava apertado e ansioso, mas minha mente estava lúcida como se derramassem água com gelo na minha cabeça incessantemente. Será que esse sentimento é o que chamam de liberdade?, lembro-me de ter pensado. O dia estava escurecendo rápido, na ilha um casaco de comprimento médio era quente o bastante, mas ali o frio penetrava de maneira terrível. Levantei a gola do casaco, baixei a cabeça, o vento cortante batia um pouco menos no meu pescoço enquanto eu andava. Foi então que escorreguei na camada de gelo fino que se formou por cima da neve que havia se acumulado no aterro. Lembro-me da sensação do vazio nos pés enquanto caía. Oh, cadê o chão? Nada... Vou morrer. Depois, soube que foram cinco metros de altura.

Disseram que me encontraram no dia seguinte, aproximadamente ao meio-dia. Havia um canteiro de obras abaixo do aterro, cuja construção tinha sido suspensa desde o verão. Justo naquele dia a posse do local fora transferida, por isso o novo dono e o corretor de imóveis foram visitá-lo juntos. Disseram que pensaram que havia um corpo ali, mas ficaram ainda mais surpresos ao descobrir que eu estava respirando.

Não morri porque caí sobre uma pilha de tecido usado para fazer a drenagem da água subterrânea. Por sorte não quebrei nenhum osso, mas o problema foi o impacto na minha cabeça. Fui internada no hospital mais próximo dali e durante os dez dias em que estive inconsciente, fui classificada como uma paciente sem identificação. Quando finalmente recobrei a consciência, a enfermeira perguntou meu nome e eu respondi, porém não me lembro de nada. Eu me recordo de que, ao despertar, a primeira coisa que vislumbrei foi minha sobrinha, com os olhos vermelhos, sentada na cabeceira da cama. Fiquei inconsciente de novo e, quando abri os olhos, daquela vez era minha mãe que estava na mesma posição. Embora só uma pequena luminária estivesse acesa no quarto do hospital, minha mãe olhou para mim com os olhos, escuros como breu, brilhando dentro daquela escuridão.

"Inseon", minha mãe me chamou. "Tente responder. Você me reconhece?"

Quando respondi "aham", minha mãe não chorou, não me repreendeu, não gritou nem chamou a enfermeira. Em vez disso, começou a divagar. Ela apertava minhas mãos e ao mesmo tempo continuava com os olhos brilhando, escuros como breu.

Então, minha mãe disse que já sabia que eu estava machucada. Que sabia antes mesmo de o hospital entrar em contato com ela. Contou que teve um sonho na noite em que caí no aterro. Eu estava sentada num campo coberto de neve, minha aparência era a de quando tinha cinco anos e a neve que caía nas minhas bochechas estranhamente não derretia. Minha mãe estava tão assustada que seu corpo tremia no sonho. Por que a neve continua assim, sem derreter, no rosto do meu bebê?

***

Escutei essa história antes de conhecer a mãe de Inseon. Passados dez anos, pouco tempo depois de Inseon ter voltado para Jeju, fui até lá para participar de um breve treinamento do trabalho. Com alguma dificuldade, arranjei um tempo na minha agenda, à noite, peguei um táxi e, quando encontrei a casa de Inseon, tive uma surpresa. A mãe dela, que estava com um quadro inicial de demência, inesperadamente era uma idosa organizada e calma. Ao contrário de Inseon, sua estatura era baixa; suas feições, delicadas; e a voz, amável. Parecia uma idosa que continuava sendo uma menina. "Divirta-se", disse ela se despedindo, ainda segurando minhas mãos antes de eu sair do quarto. Então, Inseon comentou:

"Quando está com estranhos ela fica mais lúcida, pode ser porque se sente tensa. Imagino que seja por causa do seu temperamento de não gostar de causar problemas. Comigo, ao contrário, ela chora e fica irritada, age muito como uma criança. Muitas vezes ela pensa que sou sua *eonni*."

No dia seguinte, quando estava embarcando no avião para Seul, lembrei-me da história da fuga de casa de Inseon que eu tinha escutado havia muito tempo, no inverno. Estranhamente, senti pena tanto de Inseon quanto da mãe dela. Uma menina de dezessete anos, o quanto devia odiar a si mesma e o mundo para detestar uma pessoa tão simples assim? Pelo que havia me contado, alguém que dormia em cima de um arco de serra. Que tinha pesadelos, rangia os dentes e chorava. Que tinha a voz baixa, e as costas curvadas como uma bola.

* * *

Saímos do restaurante de *guksu* e caminhamos sem conversar. A neve se acumulava solitária e fria nos cabelos curtos e grossos de Inseon. Talvez o mesmo tanto de neve se acumulasse nos meus também. Sempre que dobrávamos uma esquina, o caminho deserto e branco se abria como um enorme livro ilustrado. Os sons eram claros naquele silêncio: nossos pés pisando na neve, nossas mangas raspando na parca, e a porta de enrolar se fechando em alguma loja distante. O vapor branco escapava do nariz e da boca. Os flocos de neve se assentavam no nariz e nos lábios. Logo derreteram porque nosso rosto estava quente, e de novo outros flocos gelados caíram sobre as áreas molhadas. Parece que nenhuma das duas pensava sobre quais ruas deveríamos percorrer para chegarmos em casa. Andávamos na direção oposta à estação de metrô, como namorados pegando desvios para postergar o momento da despedida; ao atravessarmos uma faixa de pedestres tranquila, toda vez depois de dobrarmos uma esquina, como se estivéssemos virando uma página, eu ficava na expectativa de que Inseon rompesse o silêncio e continuasse sua história.

* * *

Na noite em que recebi alta e voltamos para nossa casa em Jeju, minha mãe me contou de novo a história do floco de neve. Dessa vez não a história do sonho, mas sim a história real que invocou o sonho. Talvez por achar que eu teria forças para fugir outra vez, ainda que não estivesse recuperada, durante toda a noite ela ficava deitada ao meu lado segurando meu pulso e, se o soltasse durante o sono, assustava-se e o agarrava com força.

Minha mãe me contou que, quando era nova, militares e policiais mataram todos da sua vila; só escaparam minha mãe, naquela época no último ano do primeiro ciclo do ensino fundamental, e minha tia, com dezessete anos, pois tinham ido visitar um primo de segundo grau por parte do pai. No dia seguinte, ao ouvirem a notícia, as duas irmãs voltaram para a vila e ficaram a tarde inteira vagando pelo pátio da escola de ensino fundamental, tentando encontrar o corpo do pai, da mãe, do irmão mais velho e da irmã mais nova, de oito anos. Elas verificaram as pessoas caídas e amontoadas por toda parte, cada rosto coberto por uma fina camada do gelo que caía desde a noite anterior. Não conseguiam reconhecer os rostos por causa da neve, então, não suportando usar as mãos, minha tia usou um lenço de bolso para limpar cada um deles. Minha tia disse à minha mãe: "Vou limpar e você olha direito". Ela não teria deixado a irmãzinha tocar no rosto dos mortos, mas as palavras "olhar direito" estranhamente causaram medo na minha mãe, que agarrou as pontas das mangas da minha tia, fechou bem os olhos e andou como se estivesse pendurada na irmã. Toda vez que minha tia dizia "olhe lá, olhe direito e me fale", minha mãe abria os olhos contra a própria vontade. Ela me disse que naquele dia aprendeu algo com toda clareza. Quando uma pessoa morre, seu corpo fica gelado. A neve se acumula nas bochechas expostas e uma camada fina de gelo ensanguentado bloqueia a pele dela.

***

No ano seguinte, Inseon começou a trabalhar de fato no documentário que havia tempos tinha interesse em fazer. Depois, imaginei que a história que ela me contou naquela noite de neve tivesse surgido talvez porque na época ela estava esboçando o filme que faria.

Agora andávamos em direção à estação de metrô refazendo o caminho pelo qual tínhamos vindo, como se estivéssemos dobrando de volta uma a uma as folhas brancas infinitas. Meus dedos estavam gélidos dentro dos tênis molhados nas pontas. Os punhos enfiados nos bolsos da parca congelavam, endurecidos. Mais neve se acumulava na nossa cabeça, agora parecia que Inseon usava um gorro de lã branco; e toda vez que abria a boca para falar, o vapor fluía e se espalhava no escuro, como chamas translúcidas.

***

Até então, eu não fazia ideia. Meus avós maternos não eram mais vivos, os únicos parentes eram os do lado da minha tia, eu achava que era porque minha mãe não tivera outros irmãos. Vai ver não só eu, mas várias outras crianças também pensavam assim. Porque naquela época, e mesmo agora, os adultos não tocam nesse assunto.

Acho que minha mãe me contou na noite daquele dia porque devia estar tomada por algum tipo de febre. Não, talvez fosse mais certo chamar de frio. Porque o queixo dela ficava tremendo sem parar, como se ela estivesse com frio. Fiquei confusa porque essa não era a figura da vovó quieta e tristonha que eu pensava conhecer tão bem. Naquele momento, não estava claro para mim se essa outra versão da minha mãe foi criada por causa do ocorrido décadas atrás que ela narrava para a filha pela primeira vez, ou se foi o choque causado pelo acidente que quase a fez perder a filha. Contudo, o estranho é que minha mãe nunca mencionou nada sobre minha fuga, nem naquela época nem depois. Não me culpou pelas minhas ações, nem mesmo perguntou sobre meus motivos, assim como fez em relação aos acontecimentos de décadas atrás. Não falou sobre o processo de duas jovens irmãs encontrarem o corpo dos familiares e fazerem o funeral, nem sobre a perseverança e a sorte para sobreviverem depois. Ela só falou sobre aquela neve. Como se a principal e assustadora lógica que permeava sua vida era a de que aqueles flocos de neve que não derretiam, que viu de verdade décadas atrás e de novo nos seus sonhos não fazia muito tempo, representavam uma relação de causa e consequência.

Minha mãe dizia sem parar:

É só nevar que aquele pensamento fica aqui. Mesmo não querendo pensar, ele continua voltando. Contudo, no sonho daquela noite, você com o rosto coberto e branco por causa da neve... Assim que abri os olhos, de madrugada, pensei que meu bebê tinha morrido. Ai, eu achava que você estava morta.

***

Inseon me disse que, na época, isso não tornou seus sentimentos em relação à mãe mais tranquilos. Mesmo depois, eles continuaram complicados e, em alguns aspectos, ainda mais caóticos. No entanto, o ódio difícil de aguentar, ainda que por um segundo, desapareceu naquela noite como por mágica. Então, ela passou a não entender mais o que significava aquela bola de fogo presa e queimando com tanta intensidade na boca do seu estômago.

Depois disso, minha mãe nunca mais tocou nesse assunto, não deixou transparecer seus sentimentos e muito menos falou sobre eles. Porém, eu me lembro disso quando neva assim. Não fui eu mesma que vi, mas disseram que era uma garota que vagava pelo pátio da escola até anoitecer. Uma menina de treze anos que pensava que sua irmã de dezessete era adulta e se pendurava na ponta das mangas dela sem conseguir abrir nem fechar os olhos.

***

Os limpadores de para-brisa se movimentavam sem parar, mas não conseguiam vencer a nevasca, que se lançava incontrolável. Conforme a densidade da neve aumentava, a velocidade do ônibus diminuía. O perfil do motorista estava tenso, ele mantinha o olhar fixo à frente, com o campo de visão obscurecido. O turista sentado atrás dele também olhava pelo para-brisa enquanto apoiava o queixo na mão, demonstrando nervosismo.

Pensei que logo que eu descesse do ônibus teria de atravessar aquela nevasca. No vento que impedia parcialmente a visão, eu precisaria dar um passo à frente com os olhos quase fechados.

Esse tipo de neve deve ser comum para Inseon, imagino. Como ela se comportaria no meu lugar?

Penso na personalidade serena que ela tem, e o temperamento persistente de alguém que não desiste fácil de nada. Imagino o que ela faria logo que descesse do ônibus, se estivesse na mesma situação.

Se estivesse no meu lugar, Inseon compraria uma lanterna. Porque, se não houver um ônibus direto para pegar e o dia tiver acabado, dando lugar a uma escuridão completa, eu teria de andar pelo caminho no meio dos campos, onde não há postes de luz. Também iria atrás de galochas e uma pá. Porque, diferente da via costeira, a neve intensa está caindo e se acumulando desde manhã cedo na região montanhosa.

"Isso é loucura", murmuro para mim mesma. Não sou Inseon, nunca presenciei uma neve assim, muito menos estou acostumada com isso, e não amo tanto o pássaro a ponto de enfrentar essa nevasca até a casa dela.

***

Suponho que finalmente o ônibus está entrando na cidade P por causa das placas do banco da Federação Nacional de Cooperativas Agrícolas e dos correios. Estendo a mão, dou o sinal e o ônibus reduz a velocidade. Parece que o vento além da janela também vai diminuindo, como se fosse um combinado. Não, não está diminuindo. Parou como se fosse mágica. Como se de repente tivesse entrado no olho do furacão. Agora já passa um pouco das quatro da tarde, mas está escuro, como se uma nevasca ainda mais intensa estivesse se aproximando.

Não há ninguém à vista. Também não há veículos passando pela rua de duas faixas varrida pela neve. A única coisa que se mexe são os grandes flocos de neve que caem surpreendentemente devagar. A luz vermelha do semáforo se acende entre os flocos de neve que preenchem o ar. O ônibus para diante da faixa de pedestres. Sempre que a neve se assenta no asfalto molhado, parece hesitar por um instante. Os flocos de neve caem sobre o asfalto preto molhado e em seguida desaparecem sem deixar vestígios. Como a forma lamentosa de falar de alguém que conclui uma conversa rotineira usando "Claro..." ou "É assim que deve ser...". Como uma música que vai se assemelhando ao silêncio conforme o fim se aproxima. Como as pontas dos dedos que se deixam cair cuidadosamente em vez de repousarem no ombro de alguém.

4.
Pássaro

Enquanto estava vindo de ônibus até aqui, percebi que o vento parou de repente três ou quatro vezes. Sempre pensei que as condições climáticas mudam bruscamente por algum motivo desconhecido, mas será que meu palpite estava errado? Será que excepcionalmente em alguns lugares não havia vento? Se neste instante eu voltasse para esses lugares, será que grandes flocos de neve não estariam caindo com uma serenidade imutável, assim como aqui?

Depois de me deixar, o barulho do motor do ônibus que parte de novo é engolido pelo silêncio de forma abrupta. Procuro me orientar enquanto limpo com a palma da mão os flocos de neve que caem nos meus cílios. No acostamento da via por onde passam os ônibus que fazem a rota em volta da ilha, não vejo nenhum dos ônibus que ligam o centro às regiões ao redor. Preciso me lembrar da localização do ponto de ônibus que fica numa interseção sobre a qual Inseon havia me falado tempos atrás, quando peguei carona com ela na sua caminhonete. Em qual dos cruzamentos devo virar? O da frente ou o de trás? Primeiro, vou andar para a frente, é mais fácil não perder a direção. Tudo que preciso fazer é ir seguindo as nuvens de neve enormes que se movem em direção à área montanhosa. Se não vir nenhum ponto de ônibus naquela esquina, é só andar de volta.

Está tudo muito silencioso.

Não fosse pelo frio da neve que bate incessantemente na minha testa e nas bochechas, talvez eu suspeitasse que podia ser um sonho. Será que não se veem pessoas e veículos apenas por causa da neve intensa? Será que os restaurantes que servem a sopa de macarrão *janchi-guksu* e a sopa fria *mulhoe* estão fechados porque hoje é domingo? As cadeiras de aço viradas ao contrário em cima da mesa e o cavalete caído no chão do corredor davam a impressão de que o negócio tinha fechado fazia bastante tempo. A loja de artigos para atividades ao ar livre, com sua placa de má qualidade, está com a porta de enrolar fechada. Os manequins da loja de roupa estão vestidos com roupas de outono, mais leves, e as roupas penduradas no cabideiro estão cobertas com um tecido cor de marfim. Nessa cidade envolta pelo silêncio, o único lugar com a luz acesa é um mercadinho de esquina.

Preciso arranjar uma lanterna e uma pá nessa loja. Não sei se uma loja minúscula vai vender esse tipo de item, mas pelo menos posso perguntar onde obtê-los. Se estiver com sorte, talvez consiga emprestá-los. Vou poder confirmar em que local pego o ônibus que vai até a vila de Inseon. Nesse momento, as luzes da loja se apagam e um senhor de meia-idade, de jaqueta, provavelmente o dono, abre a porta e sai. Com um movimento habitual, ele passa uma corrente pelo puxador da porta de vidro e fecha o cadeado num instante. Acelero o passo.

"Com licença."

Ele entra na minivan estacionada em frente à loja. Começo a correr. Limpo os flocos de neve que se depositam incessantemente nas minhas pálpebras.

"Com licença, senhor!"

É como se as dezenas de milhares de agrupamentos de grandes flocos de neve absorvessem minha voz. O barulho da partida da minivan se espalha devagar dentro do silêncio da neve. O veículo segue adiante pela rua vazia. Aceno com a mão em direção ao motorista. Sigo com os olhos a traseira da minivan que, num segundo, já está longe.

***

Paro de correr. Caminho com uma sensação esquisita de que a velocidade com a qual os flocos caem parece coincidir com o passar do tempo, e que meus passos também deveriam ser ajustados a eles. A minivan vira à direita, no sentido do porto, desaparecendo no cruzamento. Então olho para cima, em direção à área montanhosa. Será que o que estou procurando é aquela minúscula sinalização lá longe?

Atravesso a faixa de pedestres onde milhares de flocos de neve caem e desaparecem no asfalto preto e molhado. Só quando já havia caminhado aproximadamente cinquenta metros pude ter certeza de que aquele sinal era um ponto de ônibus. Não existe construção que consiga proteger da água que cai com a neve. Uma placa de alumínio com um símbolo minúsculo de ônibus, em que não há nem o número da linha nem avisos, pende de um poste de ferro enquanto a neve cai.

***

Enquanto avanço rumo à parada, vou pensando: será que essa neve também não vai parar de repente, como o vento, que parece ter estagnado? Porém, em vez disso, a densidade da neve aumenta aos poucos. Parece que os flocos não param de se formar no ar acinzentado.

Quando criança, li que eram necessárias partículas microscópicas de pó ou cinza para que um floco de neve pudesse surgir. As nuvens não eram formadas apenas por moléculas de água, estavam repletas de partículas de poeira e cinza que se elevavam do chão com o vapor d'água. Quando duas moléculas de água se ligam dentro de uma nuvem e formam o primeiro cristal de neve, são essas partículas que se tornam seu núcleo. Ao caírem, os cristais, que têm seis ramificações por causa da sua forma molecular, continuam se unindo a outros cristais que encontram no caminho. Se a distância entre as nuvens e o chão fosse infinita, o tamanho dos flocos de neve também seria infinito, porém o tempo de queda não ultrapassa uma hora. Flocos de neve são leves por causa dos espaços vazios entre as ramificações formadas pelas inúmeras ligações. Esses espaços vazios absorvem e aprisionam o som, fazendo com que, de fato, o espaço ao redor fique silencioso. Eles parecem incolores e esbranquiçados porque seus ramos refletem a luz em incontáveis direções.

Eu me lembro da foto dos cristais de neve que acompanhava essas explicações. Era um livro encadernado com um papel de seda fino entre as páginas para proteger as gravuras coloridas. Quando virei o papel translúcido, cristais de diferentes formas se espalharam, preenchendo a página. Eu me senti arrebatada por tamanho refinamento. Alguns cristais tinham o formato de colunas hexagonais suaves, em vez das faces simétricas, e ganhavam essa forma no limiar entre a neve e a chuva, como explicava a nota de rodapé em letras minúsculas. Por um bom tempo depois disso, toda vez que caía neve misturada à chuva, eu me lembrava daquele delicado prisma hexagonal prateado. Nos dias em que grandes flocos de neve caíam, eu estendia as mangas do meu casaco escuro para observá-los pousando nos fiapos do tecido e se transformando em gotas d'água. Eu ficava tonta de pensar que dentro dos esplêndidos cristais hexagonais, iguais aos das imagens, ocorriam inúmeras conexões. Por um bom tempo, eu acordava e, ainda de olhos fechados, pensava: pode ser que ainda esteja nevando lá fora. Imaginava a neve caindo dentro do quarto, enquanto eu estava deitada de barriga para baixo fazendo meu tedioso dever de casa das férias. Em cima da minha mão, da qual eu acabara de arrancar um pedaço de cutícula de uma unha. Flocos de neve caindo nos resíduos de borracha e nos cabelos espalhados pelo chão.

Coisa estranha, a neve, murmurou Inseon, olhando pela janela do quarto do hospital, enquanto eu me indagava se ela estava pensando em algo similar ao que eu pensava. *Como algo assim cai do céu?*, ela perguntava sem olhar para meu rosto, como se reclamasse baixinho para alguém que não podia ver e que estava do outro lado da janela. Como se fosse difícil aceitar a beleza da neve. Muito tempo atrás, ela dissera isso com a mesma voz suave, uma noite no fim de dezembro: *Eu me lembro, quando neva desse jeito, da garota que vagava pelo pátio da escola durante o entardecer.*

A neve se acumulava na sua cabeça, parecia que ela usava um gorro feito de lã branca. Minhas mãos enfiadas dentro dos bolsos da parca estavam congeladas. Sempre que deixamos pegadas na neve, ouvimos o som de sal se fragmentando. *É só nevar que aquele pensamento fica aqui. Mesmo não querendo pensar, ele continua voltando.*

***

Quando cheguei ao ponto de ônibus, tive uma surpresa.

Pensei que não havia ninguém ali, mas uma senhora, que devia ter por volta de oitenta anos, estava de pé, com as costas curvadas e se apoiando na bengala. Por cima dos cabelos grisalhos ela usava um gorro cinza-claro, vestia um sobretudo comprido e acolchoado da mesma cor e calçava uma sapatilha de borracha com pelo de cor marrom-avermelhada. A idosa olhava para mim, a figura que se aproximava, enquanto sua cabeça inclinada tremia. Mesmo depois de eu ter feito uma reverência em silêncio, ela apenas me encarou. Pensando que talvez não tivesse me visto, eu a cumprimentei de novo e observei um breve sorriso passar pelo seu rosto pequeno e cheio de rugas.

A figura dela não chamava a atenção porque estava parada em pé debaixo de árvores cheias de neve. O gorro de lã de cor clara e o sobretudo se camuflavam no ambiente. É algo estranho. Não havia neve acumulada em nenhuma das árvores pelas quais passamos durante a viagem de mais ou menos uma hora pela via costeira. O forte vento varreu tudo por completo sem que houvesse tempo para a neve se acumular. Será que, por causa de sua densidade esmagadoramente alta, a neve cobriu as árvores pouco tempo depois que o vento parou?

Olhei para trás, em direção ao cruzamento vazio para onde o olhar da senhora se voltava. Ao ficar lado a lado com ela e examinar seu rosto, a idosa virou lentamente a cabeça para mim. Aquele olhar insípido se encontrou com o meu por um breve momento. É o mesmo olhar, não é gentil, nem indiferente, nem frio, antes parece vagamente caloroso. Penso que, de alguma maneira, ela me lembrava a mãe de Inseon. O físico diminuto, as feições delicadas, mas sobretudo a combinação de indiferença com um calor sutil.

Será que eu falo com ela?

Se fosse Inseon, ela começaria um diálogo sem dificuldade. No nosso primeiro ano viajando juntas a trabalho, ficamos responsáveis por cobrir montanhas famosas e as vilas no seu sopé. A qualquer lugar que fôssemos, Inseon logo ficava próxima das idosas. Pedia indicações sem constrangimento, partilhava a comida de maneira sincera e generosa e procurava casas que recebiam turistas, onde poderíamos pernoitar. Quando perguntei qual era o segredo, ela me respondeu:

"Deve ser porque fui criada por uma mãe que parece uma avó."

Pensando bem, a maioria dos filmes que ela fez girava em torno de mulheres que tinham idade para serem chamadas de avós. Imaginei que a sociabilidade de Inseon tenha influenciado nas entrevistas feitas com elas, que foram especialmente íntimas. Quando elas paravam de falar e olhavam em silêncio para a câmera, o rosto sincero e revigorante de Inseon as encarava com intensidade.

Foi no rosto de Inseon fora da tela que pensei ao assistir ao documentário sobre o Vietnã, especificamente a cena em que o guia local traduz uma pergunta que ela fizera a uma idosa que havia morado sozinha em uma vila remota na selva.

Ela está perguntando se você não tem nenhuma história que gostaria de compartilhar sobre aquela noite.

Acima das legendas em coreano, traduzidas de forma engessada, com seus cabelos curtos, cinzentos e atrás das orelhas, a senhora encarava para além da câmera. Era uma pessoa de rosto pequeno e fino, tinha um olhar particularmente perspicaz.

Ela veio da Coreia para lhe fazer essa pergunta.

Finalmente, a idosa mexeu os lábios. Sem dirigir uma olhadela sequer ao intérprete, respondeu com uma concentração surpreendente, encarando apenas a câmera.

Ok. Vou te contar.

O brilho daquele olhar penetrou a lente, atravessando-a até invadir os olhos de Inseon atrás da câmera e se fixar nos meus. Naquele momento, pensei que a resposta era a de uma pessoa que havia esperado aquele encontro por um longo tempo. Que aquela curta palavra de aprovação continha sua vida inteira.

***

A neve se acumula cada vez mais espessa no gorro de lã da idosa. Seu olhar em direção ao cruzamento continua fixo. A única coisa que se mexe são os grandes flocos de neve caindo.

Tomo coragem e a chamo:

Samchun...*

Inseon me disse que na ilha deveríamos chamar os mais velhos assim.

---

* "Tio" ou "tia" no dialeto de Jeju. [N.T.]

Só as pessoas de fora usam "tio", "tia", "vó", "vô". Se chamar de "samchun", mesmo que você não saiba falar o dialeto de Jeju, vai ficar menos perceptível se você mora na ilha por muito tempo ou não.

"Já está esperando faz muito tempo?"

A velha me lança um olhar indiferente.

"Já está na hora do ônibus passar?"

Ela, que segurava a bengala com as duas mãos cuidadosamente unidas, levanta uma delas devagar. Aponta a própria orelha, os olhos brilhando. No rosto da velha, que mexe a cabeça de um lado para outro, há um sorriso suave e jovial. A boca de lábios finos, cuja probabilidade de se abrir parecia pequena, finalmente se abriu.

"Com toda essa neve…"

Continuou balançando a cabeça e virou o rosto, como se deixasse claro que não iria mais trocar palavras comigo. Lançou o olhar para longe, na direção do caminho de onde o ônibus viria.

***

Acho que ela é mesmo parecida com a mãe de Inseon, pois por algum motivo me sinto tristonha.

Divirta-se, a mãe de Inseon me disse de um jeito zeloso, parecendo aquela vovó. Falou usando claramente o dialeto de Seul em vez do próprio dialeto, como se não houvesse diferença alguma. Com uma serenidade pesarosa que marca de forma peculiar as pessoas que carregam uma dor muito antiga, como se o corpo estivesse acostumado e determinado a aguentar tudo, mesmo que no segundo seguinte um azar terrível se aproximasse, que não tranquilizam o coração nem mesmo diante de alguma alegria e da gentileza de alguém.

Naquela ocasião, quem será que a mãe de Inseon achou que eu fosse? Inseon me disse naquela noite que sua mãe sempre se esquecia de que tinha uma filha. Pensava que Inseon era sua irmã mais velha e às vezes agia feito criança. Por isso, talvez ela tenha me considerado uma amiga ou conhecida da irmã mais velha. Então, meu dialeto de Seul deve ter causado confusão. A mãe de Inseon sorriu para mim, com as pálpebras enrugadas quase cerradas, e o brilho das pupilas ficando turvo. Ela estendeu as duas mãos querendo segurar as minhas; fiz o mesmo. Nós nos encaramos, as quatro mãos juntas, umas sobre as outras. Ela examinava meu rosto cuidadosamente com uma mistura de curiosidade e dúvida nos olhos, como se quisesse saber quem eu era. Por fim, quando saí de lá depois de fazer uma reverência com a cabeça para ela, que soltou as mãos e deu um sorriso suave outra vez, vi que Inseon estava em pé na frente do fogão a gás.

"O que você está cozinhando?"

Inseon respondeu à minha pergunta:

"*Juk* de soja."

Não olhou para trás.

"Mudei, meio a meio. Soja preta com soja branca."

Ela começou a mexer a enorme panela com uma longa colher de pau. Me aproximei e fiquei ao seu lado, e só então ela virou o rosto para me olhar.

"Ela precisa comer proteína, mas, como não consegue digerir outra coisa, eu sirvo o *juk* de soja."

"É soja preta tipo *seoritae*?"

"Não, é do tipo *jwinunikong*."

"Quantas porções dá?"

"Em geral vou cozinhando de pouco em pouco, mas, como hoje você veio, coloquei bastante."

"Que bom!", respondi.

Mesmo assim, fiquei enjoada.

Meu estômago doía, talvez por causa do cansaço da viagem. Momentos assim sempre vinham seguidos de uma dor de cabeça.

"Oh, não..."

Inseon franziu levemente a testa.
"Você se esforçou além do limite vindo aqui."
Balancei a cabeça.
"Não."
Senti vontade de acrescentar que eu queria ter vindo antes, mas desisti porque me senti constrangida. Enquanto mexia pacientemente a colher de pau, Inseon observava o *juk* escuro que aos poucos engrossava.
"Que cheiro gostoso!"
"O sabor é ainda melhor."
Inseon desligou o fogão com um sorriso confiante.
"Vai pôr ali?"
Ela assentiu com a cabeça enquanto eu apontava a tigela na prateleira. Coloquei a tigela numa bandeja de madeira e a estendi na direção de Inseon, que serviu o *juk* com uma concha. Nós duas em pé, lado a lado em frente à pia, parecíamos ter virado irmãs que são unha e carne.
"Ela come tudo isso?"
"Dizem que pessoas que não perdem facilmente o apetite vivem bastante. Minha mãe vai viver muito."
Inseon segurou a bandeja com as mãos e andou até o quarto onde a mãe estava. Rapidamente passei na frente e abri a porta. Inseon entrou e esticou a mão para trás, fechando a porta, e então fiquei sozinha. Depois de andar de um lado para outro sem poder fazer nada, passei o pano de prato no tampo da mesa de jantar feita de madeira de criptoméria belamente tratada com óleo. Então, coloquei sobre ela dois conjuntos de colher e palitinhos, um em frente ao outro. Servi duas tigelas com nossa parte do *juk* de soja e as levei até a mesa. Puxei a cadeira, sentei e fiquei observando o vapor subindo da cumbuca de *juk*.
Só quando a fumacinha havia quase sumido, Inseon saiu do quarto, carregando a bandeja com a tigela vazia. Logo que seus olhos se encontraram com os meus, ela deu um sorriso.

"Por que você está rindo?"
"Porque me lembrei de algo te vendo fazer isso."
"Do quê?"

Inseon colocou a bandeja na pia e se sentou no lado oposto da mesa de jantar.

"Já te contei, né? Que, no segundo ano da escola, fugi de casa."
"Sim."
"E que quando recebi alta e voltei para casa, minha mãe segurou minha mão e durante a noite inteira ficou falando várias coisas."

Inseon interrompeu a fala por um momento e olhou para mim como se perguntasse: Você se lembra?

É claro que eu me lembrava. A mãe dela, que imaginei vagamente na noite em que ouvi essa história, e a figura da vovó que cumprimentei pela primeira vez havia pouco simplesmente não se conectavam. O calor das suas mãos, que talvez tenham sido tiradas de debaixo do cobertor, ainda permanecia nas minhas. Mesmo as quatro mãos estando unidas, ela não confiava totalmente em mim. Enquanto olhava o interior da tigela de *juk* que soltava vapor, pensei se não havia uma maneira de tranquilizá-la. Será que não havia um jeito de falar e agir naturalmente para que ela acreditasse que eu, uma desconhecida que falava um dialeto coreano que não era o mesmo de Jeju, era uma amiga inofensiva da sua irmã mais velha?

"Há algo engraçado que eu não te contei na época."

O sorriso pueril continuava no rosto de Inseon.

"Quando estive hospitalizada como uma paciente não identificada, minha mãe disse que me viu nesta casa."

"Como assim?", perguntei, sem compreender de imediato.

"O hospital deve ter entrado em contato com minha mãe logo depois que recobrei a consciência e disse meu nome, certo? Entretanto, ela falou que eu passei por aqui no dia anterior."

Depois de um momento em silêncio, perguntei:

"Então foi um sonho?"

As bochechas de Inseon se incharam por um segundo, parecendo segurar uma risada que estava prestes a escapar.

"Ela me disse que, por volta da meia-noite, foi para o deque coberto e acendeu o fogo, e eu estava sentada à mesa, quieta."

Pasma, respondi:

"Com certeza isso foi um sonho que parecia real."

"Como na época ela não sabia o paradeiro da filha fazia uns dez dias, pode ser que tenha sido um delírio temporário."

"Então, o que ela disse que aconteceu?"

"Que serviu *juk*."

"Quem?"

"Minha mãe para mim."

"Espírito come *juk*?"

Nós caímos na risada juntas.

"Minha mãe disse que pensou o mesmo. Enquanto cozinhava o *juk* branco, desejou no íntimo que eu comesse pelo menos uma colherada. Porque, se eu conseguisse comer algo quente, não estaria morta. Contudo, eu apenas olhava para o *juk* sem dizer uma palavra. Exatamente igual a você agora. Como se estivesse tão faminta e exausta que não tivesse forças para levantar a colher."

Discordei de suas palavras.

"Não estou tão morta de fome e cansada assim."

Inseon levantou a colher primeiro. Eu fiz o mesmo em seguida, peguei um pouco da comida e levei até a boca. Apesar do que havia dito, no instante em que o *juk* quente e saboroso se espalhou pela minha boca, senti uma fome feroz.

"Que delícia", logo que murmurei isso, sem perceber, Inseon disse num tom de voz educado e confiante:

"Vou te servir mais. Cozinhei bastante."

Quando levantei a cabeça, depois de comer mais da metade sem falar nada, Inseon me observava com um rosto tranquilo como se realmente pudesse ser uma irmã mais velha. De alguma forma, acabei ficando envergonhada e perguntei:

"Então, ela disse que no fim você comeu?"

"Quê?", Inseon perguntou de volta. Antes que eu respondesse, ela logo se lembrou da história, balançando a cabeça. "Disse que não comi."

Inseon empurrou a cadeira para trás e se levantou. Abriu a porta da geladeira, inclinou o corpo, tirou o recipiente de *kimchi* e continuou:

"Ela disse que eu não tirava os olhos da tigela de *juk*, como se fosse uma criança se segurando para não comer aquilo. Eu olhava com um vigor tão ardente que passou pela cabeça dela que talvez não fosse o fantasma de alguém que morrera de verdade."

Achei, então, que o rosto de Inseon, que separava uma porção de *kimchi* e colocava na mesa, ficava mais calmo em Seul. Paciência e resignação, tristeza e reconciliação incompleta, firmeza e solidão às vezes se pareciam. Eu pensava que era difícil distinguir essas emoções no rosto e nos gestos de alguém, talvez a própria pessoa não conseguisse distingui-las com exatidão.

"Naquele inverno, minha mãe contou essa história várias vezes. Acho que por um bom tempo, em todas as refeições. Dizia: 'Essa menina, aquela noite veio me visitar, veio comer *juk* porque sabia que uma tigela ia te fazer sobreviver'."

***

Os flocos de neve caindo na frente das luzes se tingiam de cores diferentes ao se alternarem os sinais vermelho, amarelo e verde no semáforo do cruzamento para onde a senhora olhava. Enquanto isso, apenas quatro ônibus passaram pela costa, operando nos dois sentidos. Ninguém desceu ou subiu nos ônibus, o que se deduziu pela ausência do barulho dos veículos parando.

Como pode estar tão silencioso assim?

O mar, que eu vi durante o percurso de mais ou menos uma hora pela via costeira, parecia que a qualquer momento iria engolir a ilha com seu enorme corpo se revolvendo de um lado para outro. As ondas que avançavam em todas as direções conduzindo a espuma branca se chocavam e rompiam no quebra-mar.

Como um vento desses pode parar?

Agora a velocidade da neve estava mais lenta. Os flocos de neve se tornam maiores e mais espessos, sua densidade parece inversamente proporcional à velocidade da queda. Toda vez que tiro as luvas para limpar a neve acumulada nas pálpebras com a palma das mãos, os cantos dos meus olhos ficam molhados. Tudo que meu campo de visão consegue captar parecem brilhos que se espalham. Sempre que me inclino para limpar a neve em cima do tênis, os flocos frios e molhados se insinuam pelas meias de cano curto.

Se a temperatura estivesse um pouco mais alta, seria uma neve como uma chuva torrencial. Como a chuva filmada por Inseon havia mais de dez anos no interior de uma selva no Vietnã, que se abatia sem piedade sobre as árvores tropicais.

Em agosto daquele ano, Inseon havia voltado do Vietnã e ficava o dia inteiro trancada dentro de casa trabalhando na edição, e quando fui até lá para um encontro rápido, vi o vídeo dessa chuva torrencial pela primeira vez. Sentei ao seu lado, em frente ao monitor, e, enquanto assistíamos, lá fora trovejava e um aguaceiro caía, por isso eu não conseguia distinguir se o barulho da chuva vinha da selva do Vietnã ou daquele canto de Seul. As flores desconhecidas do outro país e as folhas grossas das árvores tropicais se balançavam e repeliam a água da chuva. Um novo caminho de água turva cortava o meio da vila como se fosse água de rio. As mulheres, com as barras da calça enroladas até a altura da coxa, atravessavam o pátio alagado de água lamacenta, abriam a porta do galinheiro e retiravam dali o galo, as galinhas e os pintinhos enfiando-os dentro de cestas de palha. Quando a gravação em plano-sequência, que se estendia por dez minutos, terminou, Inseon começou a falar sobre o calor tropical para mim, que estava arrebatada e sem palavras.

"O ponto crítico parecia ser quarenta graus. Às vezes, ao sair da hospedagem, você via centenas de mariposas que, para escapar do calor, grudavam na parede de argila, deixando-a preta como piche. Percebi que em dias assim a temperatura passava dos quarenta graus. Os tipos de inseto que apareciam também variavam. Insetos desconhecidos, grandes, impressionantes e que tinham um veneno letal que eu podia sentir, como que por instinto. Eles rastejavam pela terra em brasa. Então, se chovesse, a água não parava de cair, como se estivesse sendo derramada de um balde gigante. Dentre as chuvas torrenciais, essa foi especial. Porque foram dois dias inteiros, sem trégua."

Inseon editou a primeira versão da filmagem e reuniu pessoas próximas para uma prévia. A cena da chuva torrencial foi inserida depois daquelas da vida cotidiana da idosa que havia respondido *Tudo bem. Vou te contar*. A idosa foi para o pátio lavar a chaleira para ferver o chá. Bombeou a água, que fluiu pelo cano, e enxaguou uma, duas, três vezes a parte interna e externa da chaleira. *Os soldados vieram naquela noite, né...* Quando ela começou a lavar o objeto pela quarta vez, sua voz baixa veio acompanhada de legendas na imagem. Antes que o depoimento terminasse, a cena da chuva começou. A água caía sobre os telhados de sapé da vila. A chuva ricocheteava e fazia brilhar a bomba de latão que havia no pátio da idosa. A cerca densa de jasmim-selvagem crescera demais e se balançava. A água subia do solo e entrava no galinheiro, onde o galo, as galinhas e os pintinhos batiam as asas. As mulheres com as calças de algodão ensopadas e dobradas apoiavam cestas de palha na cabeça e atravessavam o pátio por onde a água da chuva se espalhava. Na cesta cheia de pintinhos que se movimentavam com violência, o topo da cabeça dos animais balançava como se fossem novelos de lã molhados.

***

O floco de neve derretido, que havia pouco tinha caído no dorso das minhas mãos enluvadas, revelava uma forma hexagonal quase perfeita. Em seguida, outro floco que caíra perto dele já tinha se despedaçado em mais ou menos um terço. Todavia, a parte restante ainda mantinha quatro ramos delicados da forma original. Esses braços, que se desfaziam, foram os primeiros a desaparecer. O centro pequeno e branco como um grão de sal se manteve por um breve momento e depois formou uma gota d'água.

As pessoas dizem que algo é leve como a neve. Porém, a neve tem peso, assim como essa gota d'água.

Dizem que algo é leve como um pássaro. Entretanto, os pássaros também pesam.

Vêm à minha mente os dois pés de Ama em cima do meu ombro direito, o toque áspero entre os fios do meu suéter. Ami fazendo do meu dedo indicador esquerdo um poleiro, a plumagem do seu peito quente e macia. É estranha essa sensação de tocar algo vivo. Não causa queimaduras ou feridas, mas a pele fica permanentemente marcada. Nenhum ser vivo que toquei antes era tão leve quanto aqueles pássaros.

Quando perguntei como podiam ser tão leves, Inseon balançou a cabeça como se ela também não tivesse como saber. Disse que os ossos dos pássaros têm buracos para reduzir seu peso, e que seus maiores órgãos eram os chamados "sacos aéreos", que se pareciam com balões.

"É que os pássaros comem pouco porque o estômago deles é muito pequeno. Ouvi dizer que, se eles perderem mesmo que um pouco de sangue ou sentirem sede, isso é perigoso para a vida deles, pois têm apenas uma pequena quantidade de sangue e fluidos corporais. Troquei meu fogão por um elétrico, pois escutei que o pouco de substância tóxica da chama do gás também pode contaminar todo o sangue deles." Inseon baixou o tom de voz, como se acreditasse que os pássaros realmente iriam entender o que ela dizia. "Na verdade, eu me arrependo. Acho que, se criasse um gato ou um cachorro, não ia ter todo esse trabalho."

Os pássaros então voaram do meu ombro e do meu dedo ao mesmo tempo. Por um momento, pareceu que ficariam batendo as asas no ar, mas Ama pousou no ombro de Inseon e Ami, no parapeito da janela que dava para o pátio. Ainda com a sensação que deixaram na minha pele logo antes de alçarem voo, como se fossem bolhas de sabão em contato com meu corpo, perguntei:

"Quantos gramas será que eles pesam?"

Inseon respondeu encarando os olhos do pássaro no seu ombro:

"Bem, deve ser mais ou menos uns vinte gramas."

Não sei por qual razão naquele momento me apareceu diante dos olhos a figura de um feto no início do seu desenvolvimento. Muito tempo atrás, ouvi que o peso do corpo era mais ou menos esse quando se consegue detectar os batimentos cardíacos. Nessa fase, o feto se enrola como se estivesse dentro de um ovo, e se parece tanto com um filhote de pássaro que quase não conseguimos diferenciá-los.

Na manhã do dia seguinte, com toda sua hospitalidade, Inseon me levou até o aeroporto e voltei para Seul. Depois disso, quando eu não conseguia dormir, às vezes procurava informações sobre pássaros na internet. Mais ou menos nessa época li um artigo numa revista científica que dizia que os dinossauros sobreviventes são hoje os pássaros. Devido a uma colisão com um asteroide gigante, a superfície do planeta Terra ferveu em chamas. Os dinossauros com penas — pássaros — foram os seres vivos que mais resistiram, voando por vários meses entre as cinzas vulcânicas que cobriram as camadas da atmosfera e que extinguiram quase todos os animais e plantas no solo. Também descobri, nessa época, um site que reunia fotos e nomes científicos de quase todos os pássaros existentes. Li em voz alta os nomes científicos, que para mim não tinham significado algum e dos quais não conseguirei me lembrar de novo, e o tempo lentamente foi passando. Então, certa noite, descobri por acaso uma imagem especialmente bela da seção transversal de um pássaro desenhado em linha simples e a salvei. No centro do corpo se viam os sacos aéreos, que de fato se pareciam com balões. Nos ossos havia furos ovais como se fossem canos. *Por isso são leves desse jeito*, murmurei no escuro enquanto me lembrava dos pés ásperos que senti entre os fios do suéter.

***

Um floco de neve particularmente grande pousou nas costas da minha mão. É a neve que está caindo lá das nuvens, de uma distância de mais de mil metros. Quantas vezes será que foram se juntando para ficarem desse tamanho? E ainda assim são tão leves. A que dimensões chegaria um floco de neve de vinte gramas? E que forma ele teria?

Examinei o perfil da idosa, que segurava a bengala com ambas as mãos e permanecia imóvel como uma estátua de pedra. Quanto tempo será que ela está esperando assim de pé? As mãos desnudas não ficavam frias apoiadas na bengala? Parece que o tempo quase não passa. Parece que, nessa cidade silenciosa onde todas as lojas estão fechadas, só as duas pessoas em pé no ponto de ônibus estão vivas, respirando. Controlo o súbito impulso de esticar a mão e limpar os flocos de neve nas sobrancelhas brancas da idosa. Sinto um estranho medo de que, no instante em que eu encostar a mão nela, seu rosto e seu corpo vão se espalhar e desaparecer no meio da neve.

***

Mesmo que pareçam saudáveis, não se pode descuidar deles.
 Dizem que os pássaros, até quando muito doentes, ficam no poleiro fingindo que não têm nada. Eles resistem por instinto, para não virarem alvo de predadores. Então, quando caem do poleiro, dizem que é tarde demais.

Ama estava no ombro de Inseon, que falava com uma expressão preocupada. A cabecinha branca da ave estava voltada para o meu lado, mas ela não olhava para mim. Devia estar mantendo contato visual com Inseon usando um dos olhos, e com o outro observava a própria sombra na parede. Achei divertido o fato de que a sombra de Inseon com o pássaro no ombro se projetasse quase duas vezes maior do que o tamanho real. Por isso, peguei o estojo da bolsa, tirei um lápis de dentro dele e me aproximei da parede.

"Se você não gostar, apago depois."

 Fazendo pouca pressão no lápis, contornei a sombra no papel de parede branco. A cabeça e o ombro de Inseon como os de um gigante, e a forma de um enorme pássaro preto. Enquanto eu desenhava, Inseon se manteve parada para que a linha não ficasse torta. Ami, que estava no parapeito da janela, voou com um som do bater das asas e pousou no lustre do teto. Quando a fonte de luz se mexia, as sombras também se mexiam. Quando o lustre parava, voltavam para dentro do contorno, exatamente como antes.

 Não, não.

Ami, de cima do lustre, falou em tom baixo, como se lamentasse. Parecia ter aprendido a fala com sua dona, que talvez a repetisse de maneira impensada. Em que situações será que Inseon costumava dizer isso?

Acariciando a cabeça de Ama, que ainda estava no seu ombro, Inseon disse:

"Agora é hora de vocês irem dormir."

Inseon começou a cantar como se fosse um sinal combinado. Embora eu a estivesse ouvindo pela primeira vez, era uma canção de ninar com uma melodia familiar. Um pouco antes do fim do primeiro compasso, que estava num dialeto que eu não entendia, Ama começou a cantarolar o mesmo trecho, transformando a música num cânone perpétuo, mas mudando a batida original. Ao mesmo tempo, um acorde maravilhosamente tranquilo, e deslocado de forma sutil, continuava quase sem interrupção. Ami, imóvel em cima do lustre como se estivesse ouvindo com atenção, tinha a face voltada para mim. Com um dos olhos, observava a sombra de Inseon e Ama se movendo na parede. Com o outro, a árvore que se balançava sob a luz do entardecer, no pátio além da janela de vidro. Gostaria de saber como é viver com dois campos de visão. Será que é como um cânone perpétuo com uma variação de batida? Ou sonhar e, ao mesmo tempo, viver a realidade?

***

A dor, que se inicia no interior do globo ocular e passa pela nuca, conectando-se pelos ombros rígidos ao estômago, começa a se tornar bem perceptível. O sabor doce do chiclete já havia acabado e eu o cuspo para fora do ônibus. Não acho que pegar outro chiclete e mascá-lo vai melhorar a dor.

Tiro as luvas. Depois de esfregar as palmas das mãos uma contra a outra para esquentá-las um pouco, passo-as sobre as pálpebras fechadas. Dobro os joelhos, sento e me levanto. Viro os ombros e o pescoço de um lado para outro. Endireito a coluna e respiro fundo. Dou três passos para a frente e três para trás, e repito voltando para o lado da idosa. Talvez, se eu mergulhasse o corpo em água quente o mais rápido possível, pudesse evitar a cólica estomacal. Se eu pudesse comer um *juk* quente, esticar o corpo num lugar aquecido e relaxar.

Se Inseon estivesse em casa e não no hospital em Seul, penso eu... Se ela ficasse surpresa com minha ligação e viesse me buscar dirigindo a caminhonete. Se enquanto eu estivesse sentada no banco do passageiro esfregando a região ao redor dos olhos, ela me dissesse: *Uma vez você melhorou depois de comer meu juk de soja, né? Vamos lá comer juk de soja!* Se o sorriso educado e confiante mostrasse jovialidade nos olhos.

***

A luz do semáforo do cruzamento parece mais brilhante. Os flocos de neve que caem em frente a essa luz espalham um tom de cor mais claro. Está escurecendo.

No fim, parece que o ônibus não vem.

Mesmo que ele venha agora, no horário em que eu chegar à vila de Inseon já terá escurecido e será difícil encontrar o caminho.

É hora de pegar um ônibus que faz a rota em volta da ilha, ir até a cidade de Seogwipo e procurar uma hospedagem. Se houver uma farmácia que abre aos domingos, poderei comprar Tylenol como uma solução temporária. Se o medicamento não funcionar, amanhã de manhã procuro um clínico geral. Pode ser que eu tenha a sorte de receber a prescrição de um remédio eficiente para esse tipo de enxaqueca.

"Mas antes tenho de ligar para ela..."

Assim que murmurei isso, sem me dar conta de que falava em voz alta, o vapor da boca se espalhou no meio da lufada de neve. Não, devo mandar uma mensagem. Porque é difícil para

Inseon atender as ligações. Pode ser que, quando o celular vibrar, a agulha esteja enfiada na área machucada.

A dor que penetra meus globos oculares está cada vez mais aguda. Tiro o chiclete do bolso, mesmo sabendo que seria inútil. Pego dois, masco-os de uma vez e os cuspo de novo, como se estivessem me dando náuseas. Quando embrulho os chicletes no guardanapo de papel reciclado que estava dentro do meu bolso e que recebi junto com o copo d'água no avião, um líquido pegajoso encharca o papel.

Mudo de ideia: é melhor ligar. Será mais difícil que Inseon encontre uma posição para digitar a mensagem. Se Inseon achar difícil atender o telefonema, a auxiliar de enfermagem pode pôr o celular na orelha dela. Num lugar silencioso como esse, é possível escutar sem perder uma palavra sussurrada por Inseon, cujas cordas vocais não soam.

Preciso dizer a ela que vou desistir. Direi que está nevando muito e que me sinto doente. Inseon sabe que minhas enxaquecas começam de repente. E que a cólica estomacal que vem em seguida paralisa minha vida por dias a fio. Inclusive, ela deve estar mais acostumada do que eu às fortes nevascas e à situação do tráfego na ilha.

***

Ao som do quinto toque, aperto o botão para encerrar a chamada. Depois de cerca de um minuto, tento ligar de novo. Como o aparelho já passara da hora de ser trocado, o símbolo do nível da bateria restante diminuiu para uma barrinha.

Por fim, ela atende. "Inseon", digo ao mesmo tempo que mantenho o ouvido atento. Em vez do sussurro de Inseon, ouço a voz de uma mulher que fala às pressas.

"Ligue mais tarde, por favor, mais tarde!"

Observo com um olhar vazio o LCD do celular que por um instante ficou desligado. Parece que era a voz da cuidadora.

A voz apressada se misturava a um barulho que não parecia ser do quarto da paciente.

Eu não fazia ideia de qual era a situação. Restam dez por cento da bateria. Preciso recarregar para poder ligar direito outra vez. Preciso ir para a cidade de Seogwipo.

Sem me dar conta, estou segurando o celular com força. Eu o guardo no bolso e olho para o perfil da idosa. Se o ônibus já tinha parado de circular, eu não deveria avisá-la antes de sair dali? Ela, que não conseguia ouvir e se apoiava na bengala, não precisaria de ajuda?

Como se não se sentisse observada por mim, a idosa lançava um olhar distante em direção ao cruzamento, totalmente imóvel. Para falar com ela, seria necessário tocar no seu corpo. Quando estendi a mão e estava prestes a encostar no ombro dela, uma agitação atravessou seu rosto. Na direção em que seu olhar, agora tomado por um novo brilho jovial, se mantinha persistente, um pequeno ônibus com neve espessa no teto virava no cruzamento, de maneira inacreditável.

***

Escuto o ônibus se aproximar, mesmo que os flocos de neve absorvam a propagação lenta do barulho do motor. O ônibus se detém, emitindo um som parecido com o de um giz quase no fim quando arranha uma lousa. Ele também é engolido pelo silêncio da neve.

A porta da frente se abre. O ar úmido do interior do veículo com aquecedor ligado é expelido e toca a ponta do meu nariz. O motorista segura o câmbio com a mão envolta pela luva de algodão e pergunta para a idosa:

"Esperou muito, dona?" É um homem na casa dos quarenta, usando óculos de armação grossa e um uniforme azul-marinho. "Dois ônibus ficaram atolados na montanha. Estava esperando todo esse tempo?"

Vejo a idosa apontando para a orelha e acenando com a cabeça sem responder, assim como fez comigo. Apoiando-se na bengala, ela sobe lentamente a escada. Eu a sigo como se estivesse enfeitiçada, e também entro no ônibus. Não há ninguém dentro dele.

"Vai para o vilarejo de Secheon?", pergunto antes de passar o cartão de transporte.

"Sim, vai."

Sinto um distanciamento no tom do motorista, que havia mudado sua forma de tratamento para o dialeto cortês de Seul.

"O senhor pode me avisar quando estivermos em Secheon-ri?"

"Onde, em Secheon?", o motorista pergunta. "Só ali há quatro paradas. A vila é muito grande."

Eu não me lembro do nome do ponto mais próximo da casa de Inseon. Só me recordo que era algo no dialeto de Jeju com uma conotação não familiar. O motorista me observa com atenção nesse intervalo de tempo em que hesito em responder. Os dois limpadores de para-brisa fazem "uiic, uiic" e vão apagando os flocos de neve que caem no vidro.

"Normalmente esse veículo opera até as nove, mas hoje vai parar antes." Como não respondo logo, o motorista explica outra vez: "Estou dizendo que este aqui é o último ônibus a entrar e sair de Secheon".

Ele me deu essa informação porque uso um dialeto de fora e porque ficou em dúvida sobre minha aparência ou o ar que eu transmitia. Eu agradeço.

"Não me lembro do nome do ponto, mas quando chegarmos lá conseguirei saber. Eu lhe aviso."

Enquanto digo isso, em que nem eu mesma acreditava, passo o cartão de transporte. Percorro o ônibus e me acomodo no banco atrás ao da idosa, que se senta apoiando o peso do tronco curvado na bengala. A neve que se acumulava no seu gorro de lã derretia e formava uma gota em cada bolinha do tecido.

***

O que eu tinha dito para o motorista do ônibus não era totalmente mentira.

Na parada mais próxima da casa de Inseon — que ainda ficava a meia hora de caminhada — havia uma agreira gigantesca, que parecia ter cerca de quinhentos anos. Também me lembro da localização da lojinha que vende bebidas e cigarro. Se não ficar escuro como piche e ainda restar uma penumbra, é impossível passar por ali e não enxergar uma árvore grande daquele jeito.

Então, independentemente do que esteja acontecendo com Inseon agora, a melhor decisão que posso tomar é ir até a casa dela, pois lá vou recarregar o celular e ligar para ela. É também o que ela ia querer que eu fizesse.

No fundo, penso que tive sorte. Vim no último voo até a ilha e peguei o último ônibus até a vila de Inseon. Vem à minha mente a conversa que escutei do casal dentro do avião. *Isso é ter sorte? Com o tempo desse jeito!*

Uma sorte assim não é isenta de perigos.

Encosto a cabeça na janela fria, aguentando a dor no fundo dos olhos, como se uma faca cega os cortasse. A dor me isola, como sempre. Estou presa nos momentos torturantes que meu corpo, e não outra pessoa, cria minuto a minuto. A partir do momento que antecede a dor, rompo a ligação com o mundo das pessoas não doentes.

Tudo que eu queria agora era deitar meu corpo num lugar quente.

Lembro-me do quarto principal, que Inseon me oferecera no outono passado. A coberta estava dobrada como se o dono do quarto tivesse saído por um instante. Surpreendentemente, caí num sono profundo dentro do edredom seco e aconchegante, cujo perfume do amaciante se espalhava como se tivesse acabado de ser lavado para mim. Por volta da meia-noite, despertei. Quis uma confirmação: enrolei o colchão fino e vi que o arco de serra enferrujado, o qual supus ser muito velho, continuava ali.

***

Está escurecendo rápido. O ônibus entra na massa de nuvens e neblina de neve branco-acinzentada que eu observava da via costeira. As casas na lateral da estrada desaparecem de repente. Cobertas de neve, as árvores com folhas grandes e largas formam uma floresta interminável.

O ônibus vai diminuindo a velocidade aos poucos, até parar. A idosa sentada à minha frente se levanta. Como o motorista sabia onde aquela avó ia descer, se ela não abriu a boca para dizer qual era seu destino? Será que ele conhece os moradores porque o ônibus circula aqui todos os dias? Ainda com a cabeça trêmula, a senhora vai se apoiando na bengala, que faz barulho ao tocar o chão, anda até a porta de trás e se vira para mim. Olha em minha direção, sem que eu possa saber se esboça um vago sorriso, um cumprimento ou uma expressão indiferente. Então ela gira o corpo.

Será que ele deveria mesmo deixar que alguém descesse num lugar ermo assim? Entretanto, ao analisar o entorno, entre as árvores é possível ver um muro baixo feito de pedras pretas. Existe uma passagem entre os muros onde a neve se acumulara. Talvez aquele caminho desembocasse numa vila. O motorista aguarda a idosa terminar de descer, até pôr os dois pés no solo coberto de neve, e fecha a porta atrás dela. A imagem da idosa caminhando enquanto grandes flocos de neve atingem suas costas curvadas vai se distanciando pela janela. Viro a cabeça e olho para trás, até não ser mais possível vê-la. Não consigo entender. Ela não é minha parente nem ao menos conhecida. É apenas uma estranha com quem fiquei em pé, lado a lado, por um momento. Então por que me sinto abalada, como se tivesse dito adeus?

O ônibus segue em baixa velocidade por uns cinco minutos, subindo uma leve encosta, e para. O motorista desliga o veículo, puxa o freio de mão e grita na minha direção:

"Vou colocar as correntes."

Ele abre a porta da frente e sai, enquanto o vento entra com violência pelo espaço aberto. Conforme a dor de cabeça se intensifica, aos poucos minha mente vai ficando entorpecida. Antes que me dê conta, a despedida da velhinha desconhecida se torna um evento distante. Mesmo o nervosismo, os pensamentos sobre o pássaro que eu tenho de salvar e até meus sentimentos sobre Inseon escapam para fora da linha desenhada incisivamente pela dor.

Percebo que está ficando mais escuro e que o vento que entra no veículo se torna mais violento. A nevasca inicia de novo. É como se aquela avó parada no ponto da cidade P emanasse uma serenidade e, ao ir embora, a tivesse levado consigo.

O bosque berra e balança. A neve no topo das árvores esvoaça. Penso na nevasca que vi na estrada costeira enquanto mantenho a testa, que parece despedaçada, contra a janela. Penso nas nuvens que se dispersavam no horizonte distante, nos flocos de neve que voavam baixo como se fossem dezenas de milhares de pássaros. No mar cinzento que se lançava carregando a espuma branca que parecia engolir a ilha.

**

Ainda posso escolher. Posso não descer deste ônibus. Voltar para a cidade P com o motorista. De lá, embarcar em outro ônibus e ir até a cidade de Seogwipo.

"Ai, que tempo mais pavoroso…"

O motorista entra no ônibus tirando a neve do cabelo. Ele se ajeita em seu banco, afivela o cinto e liga o veículo. Acende os faróis e começa a dirigir o ônibus, que parece se arrastar para a nevasca intensa. A estrada de pista única serpenteia pela densa floresta de criptomérias. Milhares de árvores altas no crepúsculo balançam à lufada de neve. É como estar dentro da paisagem do meu sonho antigo, com as árvores pretas ainda vivas.

5.
A luz que resta

A neve cai.

Na minha testa e nas bochechas.
  No meu lábio superior, no sulco acima dele.

Não está frio.
  Igual a uma pena,
  Igual à fina ponta de um pincel ao deslizar.

Minha pele congelou?
  Meu rosto está coberto de neve como o de uma pessoa morta?
  Contudo, as pálpebras não parecem geladas. Só os flocos de neve que se formam ali são frios. Eles derretem, formando gotas gélidas que penetram nos meus olhos.

***

Minha mandíbula treme. Os dentes se entrechocam, fazendo barulho. Creio que eu morderia a língua se a pusesse entre eles. Forçando as pálpebras a ficarem abertas, vejo a escuridão. É a mesma escuridão de quando fechamos os olhos. Flocos de neve caem nas minhas pálpebras sem que eu possa enxergá-los. Pisco os olhos.

Deitada, viro a cabeça encapuzada e o corpo de lado. Cruzo os braços com firmeza, puxo para cima os joelhos dobrados. Tento mover aos poucos as articulações do pescoço até os pés.

Nenhum osso parece estar quebrado. Minhas costas e meus ombros doem, mas não é uma dor severa.

***

Tenho de me levantar e me mover. Não posso perder mais calor. Porém, não me atrevo. Não sei onde estou. Não sei em qual direção devo ir.

Ignoro em que momento acabei deixando o celular cair da minha mão. Liguei sua lanterna quando a primeira bifurcação surgiu, e o cinza-azulado do crepúsculo estava quase desaparecendo. Por restar pouca bateria, planejei usá-lo apenas para decidir algo importante, e esse momento tinha chegado. Eu me lembrava de que havia claramente uma passagem que se dividia em duas, mas fiquei confusa com outros três caminhos não muito definidos e de diferentes larguras que se revelaram entre as árvores. Pensei que, com a luz, eu logo saberia; entretanto, diante daquele brilho pálido as árvores cobertas de neve projetaram uma única sombra, dando a sensação de um lugar ainda mais desconhecido. Contudo, não houve tempo para hesitar. Baseando-me na memória de ter entrado num caminho largo que ia descendo por uma pequena ladeira, e não numa subida relativamente estreita, dei um passo na direção do caminho mais largo entre os três. Foi nesse momento que escorreguei e caí num monte de neve.

Instintivamente protegi a cabeça com os braços. Acredito que foi nesse instante que perdi o celular. Continuei batendo a cabeça e o corpo nas rochas e pedras enquanto rolava pelo declive, mas não perdi a consciência. Meu casaco acolchoado feito um saco de dormir e a neve amontoada reduziram o impacto.

***

Como, nesse pequeno espaço de tempo, ficou tão escuro assim?

Será que perdi a consciência, mesmo acreditando que não?

Tremendo, ergo a mão esquerda e enrolo a manga do casaco. Toco o relógio de pulso que está bem em frente aos meus olhos, mas, como eu já sabia, os ponteiros não brilham no escuro. Tudo que se vê é a escuridão.

Noto que minha dor de cabeça, que parecia uma faca cega cortando meus olhos, se desvaneceu. Pode ser que, com o choque, uma substância anestésica tenha sido secretada ou que minha frequência cardíaca tenha aumentado. Contudo, mais terrível do que a dor é o frio. Meus dentes não param de bater. A articulação da mandíbula com o crânio arde como se fosse se soltar. O frio da neve penetra meu cachecol sob o capuz com enchimento de algodão. Abraço com toda a força os joelhos, que não param de tremer, e reflito.

Este caminho errado no qual entrei, escorreguei e agora me encontro deitada, parece ser um riacho seco e não uma trilha. No solo cavado de forma côncava, uma fina camada de gelo se formou e, por cima dela, a neve se acumula. Quase não há rios e córregos nesta ilha vulcânica, e raramente, apenas com chuvas torrenciais e fortes nevadas, os caminhos secos acabam fluindo com água. Inseon havia me dito, enquanto dávamos um passeio, que originalmente a vila era dividida ao longo da borda desse riacho. À minha frente, lá do outro lado, havia mais ou menos quarenta casas. Durante a ordem de evacuação de 1948, quando queimaram tudo e massacraram as pessoas, a vila ficou deserta.

Então, até aquele momento minha casa não era isolada. Porque havia uma vila lá do outro lado.

Se aqui for aquele riacho, pelo menos não é o caminho errado. Se eu puder apenas voltar para o ponto onde os trajetos se dividem, posso encontrar o caminho. O problema é que não sei quanto caí. Podem ter sido três ou quatro metros, mas também uns dez. Se não fosse por essa escuridão, poderia analisar qual seria a direção. Se tivesse um isqueiro, uma caixa de fósforos no bolso...

*＊＊

Eu não devia ter descido daquele ônibus.

O veículo, que se afastara lentamente de mim, deixou as marcas dos pneus com correntes na neve. No entanto, quando não se via mais a traseira do ônibus na nevasca, os grandes flocos de neve já tinham coberto as marcas e não existia mais vestígio delas.

Escurecia, mas ainda restava uma luz cinzenta no ar. Ela se refletia nos meus olhos, e assim eu ainda conseguia distinguir as coisas. A única lojinha da vila estava fechada, porém uma luz fraca como a de uma lamparina escapava por baixo da porta. De qualquer forma, tentei empurrar a porta de correr, porém estava trancada. Bati, mas não havia sinal de vida. Não parecia ser uma loja anexada a uma casa.

Confiando na claridade que restava, tomei um rumo e comecei a caminhar. Saí da rua principal e passei pelas muretas cobertas de neve no campo. Atravessei as estufas escuras como breu e entrei no caminho entre as coníferas. Era tão estreito que permitia, no máximo, a passagem de um pequeno carro, e ali a neve se acumulava até a altura dos meus joelhos. Era difícil aumentar a velocidade, porque eu tinha de andar afundando e tirando os pés da neve. Meus tênis e meias logo ficaram molhados. A neve cobria o tornozelo e a canela. Não havia construções para servir de ponto de referência, as árvores ficavam cada vez mais mergulhadas na escuridão profunda e estavam cobertas de neve, por isso eu não era capaz de distinguir de que espécie eram. Tudo em que eu podia acreditar era na sensação de subida e descida, e a lembrança do caminho que se estreitava ou se ampliava.

Um alívio foi o fato de que, enquanto eu andava entre as árvores, o vento foi se acalmando. A nevasca, que avançava furiosa e sem trégua no meu rosto e dificultava que eu abrisse totalmente os olhos, parecia ficar mais amena aos poucos, quase estabelecendo uma calmaria. Apenas o som das minhas pernas afundando e saindo da neve e seguindo em frente quebrava o silêncio do anoitecer. Senti medo por estar sozinha, mas achei que seria mais assustador se algo aparecesse naquele momento — fosse um animal da montanha ou uma pessoa.

Pela altura e silhueta das árvores, supus que estava passando por uma floresta de cedro-japonês. No outono do ano anterior, deixei Inseon fazendo seus trabalhos com madeira e fui dar uma caminhada até o ponto de ônibus. Quando fiz o trajeto de volta, as árvores altas balançavam com o vento e soavam como se um tecido farfalhasse. Tive a impressão de que o vento desta ilha sempre estava abafado, como se fosse um sobretom. Sentia sua presença soprando forte ou varrendo as árvores com delicadeza, e até mesmo nos raros momentos em que permanecia em silêncio. Sobretudo na área onde as coníferas e as árvores latifoliadas de clima subtropical cresciam misturadas, o vento passava pelos galhos e folhas com uma velocidade e um ritmo diferentes conforme cada espécie, criando uma harmonia indescritível. As lustrosas folhas de camélia mudavam de ângulo toda hora, refletindo os raios solares. Trepadeiras da espécie *Dioscorea quinqueloba* subiam pelos troncos das criptomérias até muito alto, oscilando como cordas de balanço. Escondidos em algum lugar, pássaros olhos-brancos-da--montanha cantavam como se se alternassem para enviar e receber avisos.

Enquanto avançava pelo caminho coberto de neve absorvido pela escuridão que a cada minuto se tornava mais pesada, pensei no vento. A cada passo que eu dava, sentia que ele era como uma sombra que ganhava forma e podia se mostrar claramente a qualquer momento. Era como uma marca de tinta nanquim penetrando o avesso da calmaria. Grandes flocos de neve caíam sem parar no crepúsculo, e quando por fim a encruzilhada apareceu, já estava muito escuro. Acendi a lanterna do celular para poder enxergar melhor, e as árvores cobertas de neve emitiram um brilho tão branco que chegava a ser horripilante. Três caminhos se estendiam imersos na escuridão, atravessando a neve ininterrupta. Ao olhar para trás, o caminho solitário carimbado com minhas pegadas profundas na neve permanecia em silêncio.

***

Como devia estar o papagaio?

Inseon me dissera que eu precisava lhe dar água no mesmo dia para que sobrevivesse.

Contudo, quanto durava um dia para os pássaros?

"Essas criaturinhas caem no sono como uma luz sendo apagada", disse-me Inseon certa vez, num anoitecer do outono do ano anterior, depois de deixar os pássaros soltos por pouco mais de uma hora para voarem livres e, então, fazê-los voltar para a gaiola, primeiro um, depois o outro. Ela olhou nos olhos dos pássaros antes de cobri-los com um tecido blecaute.

"Eles ficam com os olhos bem abertos tartareando desse jeito, mas, se não houver luz, dormem no mesmo instante, como se estivessem ligados a algum eletrodo. Mas se, no meio da noite, eu subir esse pano, logo em seguida eles acordam e ficam chilreando e falando."

***

Minhas panturrilhas e meus pés, que não são cobertos pelo casaco acolchoado, não estão mais frios. Estico as mãos protegidas pelas luvas e apalpo os tornozelos dormentes. Ergo os joelhos e os trago para mais perto do peito. Enrolo o corpo inteiro como uma bola para me cobrir mais com o casaco. Tento deixar o corpo mais firme nessa posição para que o vento não se infiltre pelo meu peito e pela barriga. Porém, é impossível cobrir os pés.

Talvez, quanto mais dormência eu sentir, mais eu deva mexer os dedos dos pés. Não sei se as queimaduras por gelo já estão aumentando. A protagonista idosa do segundo curta do conjunto que Inseon chamou de *Tríptico* contou que perdera quatro dedos lesionados pelo gelo aos dezesseis anos, quando cruzou sozinha por cinco dias a Manchúria para voltar ao acampamento do exército pela independência. A entrevista veio depois de uma cena que Inseon registrou andando pelo local com uma pequena câmera fixada na testa; o céu estava azul, mas ventava forte e a neve fina do campo esvoaçava como numa nevasca.

Eu realmente não sei, diz a voz do narrador, como é que ela sobreviveu àquela neve.

A voz da filha mais velha, que concordou em dar a entrevista no lugar da mãe, que sofria de demência, sobrepunha-se ao som do vento e dos passos na neve.

Minha mãe sempre disse que era mais quente dentro da neve. Contou que cavava um buraco na neve e esperava dentro dele até que amanhecesse. Se dormisse, iria morrer congelada, então ela resistia se beliscando.

A câmera mostrava o olhar da idosa, e não se sabia se ela estava entendendo a conversa que se desenrolava à sua volta. Usando um cardigã *off-white* com botões de madrepérola e sentada numa cadeira de rodas, ela olhava fixo para a luz do sol através da janela.

"Ela me contou que trabalhava numa fábrica têxtil em Pyongyang, mas, quando soube que os professores dos quais gostava na escola noturna tinham se juntado ao exército pela independência, ela os acompanhou. Os professores ficaram surpresos ao verem uma jovem estudante e perguntaram o que alguém tão gentil e inocente tinha ido fazer ali. Acho que talvez minha mãe tivesse uma paixão ou grande admiração por algum dos professores. Disse que o acompanhou num veículo de transporte e trabalhou carregando armas e munição secretamente. Ela as escondia em trouxas de pano, levava-as no trem, transferia a mercadoria para dentro de sacas de grãos e as transportava de caminhão. Um dia, ela e mais quatro membros do grupo estavam hospedados numa acomodação às margens do rio e o exército japonês a invadiu por conta de alguma denúncia. Ela ouviu os soldados abrirem uma a uma as portas dos quartos para fazer a busca. Ela e os outros membros que estavam no quarto mais afastado fugiram pela janela. Correram todos juntos e pularam no rio escuro feito piche. Minha mãe costumava dizer que não entendia como ela sozinha conseguiu desviar das balas que choveram na água. Atravessou o rio a nado e, quando se deu conta, estava a sós na margem. Minha mãe dizia que, quando pensava no episódio, tinha vontade de saber o motivo de ser a única sobrevivente. No seu peito havia algo como uma chama que se mantinha acesa e a impediu de morrer congelada. Naquela ocasião, seus calçados molhados nunca chegaram a secar e quatro dedos caíram, ela só foi perceber depois, mas não se sentiu penalizada nem triste por isso."

***

Exceto pelos pés, enfiei todo o meu corpo dentro do casaco acolchoado, e enterrei a maior parte do rosto dentro do capuz. No entanto, não havia nada que eu pudesse fazer para impedir a neve de cair sobre o lado direito da minha ponte nasal e nas minhas pálpebras. Se eu levantar a mão para limpar a face, meu corpo enrolado como uma bola sairá da postura e o calor que criei vai se dispersar, então deixo a neve se acumulando ali.

Minha mandíbula, que batia incessantemente, estava dolorida como se fosse cair e, para suportar isso, mordo a superfície rígida da manga coberta de neve. Então, de repente penso: a água não circula sem parar e nunca desaparece? Se é assim, então não há nada que impeça que os flocos de neve que caíram sobre Inseon enquanto ela crescia sejam os mesmos que caem no meu rosto neste momento. As pessoas que a mãe de Inseon vira no pátio da escola surgiram na minha mente, e eu afrouxo os braços que enlaçavam meus joelhos. Limpo a neve amontoada no nariz dormente e nas pálpebras. Não é impossível que a neve acumulada no rosto deles seja a mesma espalhada nas minhas mãos agora.

***

Com esse pensamento, serei capaz de aguentar?
Se não houver um fogo queimando dentro do peito?
Se não houver um "você" para quem finalmente voltar e abraçar?

***

"Quer macarrão?", Inseon perguntou, e lembro que o pássaro apoiado no seu ombro respondeu de maneira inteligível.

"Claro."

Ela foi até a geladeira e tirou o pacote de macarrão de trigo que estava na porta. Ama, que estava em cima da mesa, bateu as asas e voou até o outro ombro livre de Inseon. Ela puxou um fio de macarrão, partiu-o ao meio e ofereceu aos dois pássaros ao mesmo tempo. Ela os observava, repartindo sua atenção igualmente com os dois enquanto eles iam quebrando o fio para comer.

"Quer tentar dar?"

Logo que peguei, atordoada, o pacote de macarrão que Inseon me estendeu, os pássaros vieram até meus ombros. Assim como ela, parti um fio de macarrão em dois e ofereci aos pássaros, e me senti desconcertada por não saber para qual lado deveria olhar primeiro. Sempre que eles quebravam o macarrão com o bico, havia um pequeno impacto nas pontas dos meus dedos, como um grafite de lapiseira se fragmentando.

***

Não sei como os pássaros adormecem e morrem.
 Talvez, quando a última luz restante desaparecer, a vida deles também acabe.
 Ou talvez a vida continue fluindo como uma corrente elétrica até a madrugada.

***

Quanto tempo falta para clarear?
 O frio que fazia meu corpo tremer incontrolavelmente está aos poucos ficando mais ameno. Não há como a temperatura estar aumentando, porém sou tomada pelo sono como se a massa de ar quente estivesse envolvendo meu casaco. Não tenho mais a sensação dos flocos de neve caindo sobre as pálpebras. Quase não sinto o frio.
 Toda vez que cochilo e deixo os joelhos escaparem, entrelaço os dedos de novo. Não consigo sentir os flocos de neve caindo no meu rosto. Nem o toque que parece o da ponta fina de um pincel, nem as gotas escorrendo no canto das pálpebras.
 Reflito de novo como se estivesse num sonho em que o calor corre pelo meu corpo inteiro, irradiando-se como ondulações. Além da água, o vento e a corrente oceânica também não circulam? Os flocos de neve que caíram, não só nesta ilha, mas em outros locais antigos e distantes, podem ter se condensado outra vez dentro daquela nuvem, não? Aos cinco anos, quando estendi a mão em direção à primeira neve que vi, na cidade K; aos trinta anos, quando andava de bicicleta pelas margens de um rio em Seul e fiquei encharcada com o pé-d'água que caiu;

há setenta anos nesta ilha, quando a neve cobriu o rosto de centenas de crianças, mulheres e idosos que estavam no pátio da escola, deixando-os irreconhecíveis; quando o galinheiro em que as galinhas e os pintinhos agitavam as asas começou a se encher assustadoramente de água lamacenta; quando os pingos de chuva ricochetearam na bomba de água de latão polido; não há como negar que aquelas gotas de água, que os cristais fragmentados e que o gelo fino tingido de sangue possam ser a mesma coisa e que neste momento também sejam eles a neve que cai sobre meu corpo.

***

Foram trinta mil pessoas.

Inseon se sentou com os joelhos dobrados, os pés apoiados no chão, encostada na parede de cal iluminada pelo sol. Em vez do seu rosto, a câmera capturou o ombro e o joelho de um lado; a maior parte da tela era ocupada pela parede branca. Havia uma sombra desconhecida oscilando naquela parede. A grama alta se movia, roçando na camisa de algodão de Inseon.

"Em Taiwan, trinta mil pessoas também foram assassinadas; em Okinawa foram cento e vinte mil." A voz de Inseon está calma, como sempre. "Há momentos em que eu penso nesses números. Também no fato de que todos esses locais eram ilhas isoladas."

A luz na parede revestida de cal dança, se expandindo, e a tela não consegue capturar mais nada, tornando-se uma superfície plana luminescente.

***

Sempre que caio no sono, como se fosse sugada por uma luz quente, forço as pálpebras a se abrirem. Não sei muito bem se meus olhos não abrem por causa da sonolência ou por causa do gelo fino colado aos meus cílios e nos cantos dos olhos.

Vou ficando mais letárgica e alguns rostos surgem na minha mente. Não são desconhecidos mortos, mas sim pessoas que vivem longe, na península coreana. São magnificamente nítidos. Ao mesmo tempo, memórias vívidas são recriadas. Sem ordem nem contexto, como se fossem muitos dançarinos se dispersando todos de uma vez pelo palco, cada um fazendo um movimento diferente. Nos instantes em que os corpos em poses amplas congelam, eles brilham como se fossem cristais.

Não sei se é isso que acontece logo antes de morrermos. Tudo que experienciei se torna cristalino. Nada mais dói. Centenas de milhares de momentos reluzem ao mesmo tempo, parecendo flocos de neve com suas formas elaboradas e amplas. Não sei como isso é possível. Toda dor e toda alegria, as tristezas e os amores profundos em mim não estão misturados, mas continuam intactos, cada um cintilando ao compor uma massa, como se fossem uma enorme nebulosa.

***

Quero dormir.
    Quero adormecer dentro desse resplendor.
    Acredito que realmente poderei descansar.

***

No entanto, há o pássaro.

Sinto o toque na ponta dos dedos.
    Uma batida muito leve, como se fosse uma pulsação.
    Uma corrente elétrica que passa pela ponta dos meus dedos, que por pouco não cessa.

***

Quando será que recomeçou a ventar?

Meu corpo não está mais enrolado como uma bola. Os dedos entrelaçados já se soltaram. Levanto a mão lentamente e removo o gelo em volta dos olhos. Ouço o vento impetuoso sacudindo as árvores. Acordei por causa desse barulho? No instante em que abro os olhos, fico surpresa. Há uma luz fraca. Um brilho de cor azul-meia-noite, que mal se pode distinguir da escuridão, aparece diante dos meus olhos, na pilha de neve acumulada.

Já está amanhecendo?

Ou será que estou sonhando?

Não é um sonho. Um frio terrível me atinge, como se estivesse esperando que eu retomasse a consciência. Deitada, endireito meu corpo que treme intensamente e olho para cima em direção ao céu. Inacreditável. Não está mais escuro como breu. A neve também parou de cair. O que agora esvoaça no ar é a neve que já estava acumulada. É possível enxergar a neve seca por causa do luar. O vento dispersou as nuvens de neve. A pálida meia-lua flutua sobre a floresta. Enormes nuvens negras avançam, levadas pelo vento forte.

*＊＊

Um brilho azulado se projeta do riacho seco que avança pelas árvores feito uma cobra branca gigantesca. Caminho dando cada passo lentamente, mantendo a coluna curvada a fim de não cair para trás. A lua aparece e desaparece entre as nuvens escuras que avançam ferozes. As copas das árvores, sob aquele brilho pálido, se agitam emanando a luz de cor azul-meia-noite, como se não fosse mais escurecer. No entanto, abaixo das copas, dentro do bosque, existe uma escuridão na qual não se pode distinguir nada. Não sei o que está dentro desse escuro, com a boca escancarada como uma caverna remota. Seriam apenas as bases escuras dos milhares de árvores? Ou talvez só os pássaros e corças silenciosos?

Por fim, o ponto do caminho trifurcado entrou no meu campo de visão. Não sobrou nenhum rastro no lugar onde caí e por onde escorreguei. Nesse meio-tempo, a neve cobrira tudo. Subo até o caminho apoiando as duas mãos na neve como se fosse um quadrúpede. Não consigo saber onde está aquele buraco que fora escavado de um modo particularmente fundo. Se vasculhar com cuidado, talvez possa encontrar o telefone descarregado, mas não há tempo para isso. Não sei quando o clima vai mudar de novo.

Dessa vez, não cometo nenhum erro. Num instante desço pela suave ladeira e sigo pelo trajeto que se torna plano, caminho me guiando pelo luar que se reflete na neve onde ninguém pisara. As árvores próximas balançando; minhas pernas afundando na neve que vai até a altura dos joelhos; minha respiração com o ar sendo inspirado e expirado: todos esses sons se mesclam.

***

A pulsação leve nas pontas dos meus dedos aos poucos se torna mais perceptível.

A sensibilidade das palmas das minhas mãos, que eu havia esquecido, vai ficando vívida, como se meu sangue corresse de novo.

Quando tentei, inadvertidamente, acariciar a nuca branca de Ama, que estava apoiada no meu ombro, ela abaixou ainda mais o pescoço e ficou parada, como se estivesse esperando.

Ela quer que você faça mais carinho.

Seguindo a orientação de Inseon, acariciei aquela nuca tépida de novo. Ela curvou o pescoço ainda mais, como se estivesse cumprimentando alguém, e Inseon riu.

Mais, ela está pedindo para você continuar o carinho.

***

Surge outro ponto onde o trajeto se divide mais uma vez. Assim que entro no caminho estreito que pouco aparecia entre as árvores, os arbustos arranham meu rosto. Talvez minha pele esteja congelada, pois quase não senti dor, mas por pouco eles não feriram meus olhos.

Errei o caminho outra vez? Será que a partir desse ponto não há mais uma passagem, somente arbustos?

Limpo os olhos com as mãos cobertas pelas luvas, pois sinto uma luz vacilando de forma estranha. Tiro as luvas e esfrego outra vez a região com as mãos descobertas, e elas ficam manchadas de sangue úmido, que escorre de debaixo de um dos olhos. Porém, o sangue não é o problema. Não me enganei: entre os galhos que se movimentam e os arbustos que dispersam a neve seca, existe um ponto com um brilho fraco. Avanço, com uma mão vou empurrando a moita, e com a outra cubro o rosto.

Há algo lá na frente. Algo que emite brilho.

Ao atravessar os arbustos, segue-se uma rua azul-escura coberta de neve que se prolonga, circundando as árvores. A rua vai se iluminando cada vez mais, e no fim se irradia uma luz prata distinta. Faço um esforço desmedido para acelerar. Sigo ofegante, cortando a neve na altura das coxas. Quando contorno a curva, esfrego as pálpebras de novo. Abro os olhos em seguida e enxergo a luz distante.

É a marcenaria de Inseon.

A porta de ferro está escancarada, e a luminosidade se propaga de lá, parecendo uma ilha de luz. Alguém veio aqui primeiro? Eu estremeço e me dou conta.

Ninguém veio aqui desde aquele dia.

Me disseram que a luz da oficina estava acesa, mas acharam estranho que ninguém respondesse, por isso entraram para verificar e me viram desmaiada. Puseram a vítima na carroceria da caminhonete às pressas e ninguém apagou as luzes. Nem sequer houve tempo de fechar a porta.

O vento entra com força pela porta totalmente aberta, como se estivesse à espera de alguém. A neve seca que solta um brilho ofuscante é sugada para dentro da oficina.

6.
Árvore

Ao entrar na marcenaria, imediatamente vi pouco mais de trinta toras apoiadas nas quatro paredes internas. Não têm o tamanho real de uma pessoa. Quase todas medem bem mais do que dois metros, e algumas se aproximam da minha estatura, parecendo crianças de mais ou menos doze anos.

Ando entre elas, há também toras deitadas, empilhadas no chão. A neve que entrou se acumula numa camada fina sobre o chão de cimento. Abaixo dela, são visíveis as manchas do sangue que respingou em todos os lugares. A neve também cobre a poça de sangue congelado, próxima à bancada de trabalho onde Inseon devia estar desmaiada. Uma tora que não foi totalmente cortada, uma lixadeira elétrica desligada da tomada, protetores auditivos com formato similar a fones, e fragmentos de madeira grandes e pequenos tingidos de sangue se espalham na bancada.

O lugar está cheio de troncos de abeto-de-douglas, criptoméria e nogueira-comum dispostos de modo impecável. A serragem limpa como farelo de bolo está esparramada pelo chão ao redor da bancada, dezenas de ferramentas para marcenaria tinham sido penduradas ou colocadas no seu devido lugar nas paredes ou nas estantes. Manter limpo o espaço de trabalho era algo que Inseon achava importante. Às seis da tarde, ao fim do expediente, ela utilizava uma pistola de ar conectada a um compressor para soprar cuidadosamente a serragem dos cabelos; deixava a porta da frente da oficina aberta e um grande circulador de ar ligado para que a poeira de dentro fosse expelida para as árvores. Os pedaços de madeira eram varridos e jogados numa saca de juta, a poeira mais pesada que não havia sido levada pelo vento era sugada com um coletor de pó.

Independentemente do trabalho que estivesse fazendo aqui, Inseon não se apressava. Ela me contou que, em dias de alta umidade, aromas de vários tipos de árvore se mesclavam e preenchiam o espaço, e isso era um sinal para que ela fervesse água na chaleira e tomasse chá continuamente. Disse que a madeira se tornava mais pesada do que de costume e seus tecidos ficavam mais densos, portanto era preciso trabalhar mais devagar para não sofrer nenhum acidente. Ajustando seu ritmo dessa maneira, Inseon administrava seu trabalho quase todo sozinha. Comentou que não tinha necessidade de pedir ajuda a ninguém se reservasse tempo suficiente e seguisse as instruções que pesquisava. Passava óleo em mobílias grandes, como cômodas, que precisavam ser viradas várias vezes para alternar as fases de secagem e lubrificação. Porém, fazer sozinha um trabalho dessa proporção devia ser demais para ela. Eu disse a Inseon que as árvores escuras que vi no meu sonho eram do tamanho real de pessoas. Por que então ela aumentou a escala?

***

Volto para a entrada e fecho a porta. Passo o trinco para que o vento não a abra novamente.

Atravesso a oficina com cuidado para pisar nos espaços onde não havia sangue de Inseon jorrado nem troncos deitados. Chego à porta de trás que leva ao pátio interno e vejo ali vários troncos pintados de preto deixados de pé. Creio que ela aplicou a tinta antes para ver como ficariam. Tenho a sensação de que essas toras pintadas em diferentes tons de preto estão dizendo algo. Acreditava que tingi-las com nanquim ia cobri-las num sono profundo, mas por que, em vez disso, parecem pessoas sofrendo com pesadelos? Os troncos recém-cortados que não foram pintados estão imersos na calmaria, sem expressão ou tremor, só os troncos pretos parecem estar reprimindo os calafrios.

Por um instante, hesito parada em frente àquelas toras, das quais não consigo desviar o olhar por algum motivo. No entanto, não posso me demorar. Giro a maçaneta da porta de trás e empurro, mas ela não abre. Talvez fosse uma porta de puxar, então faço o movimento contrário com força. Continua imóvel. Jogo meu peso contra a porta e tento empurrar. Ao ver uma brecha se abrir na parte superior, jogo meu peso com mais força para baixo. Paro quando a porta, que estava sendo pressionada pela neve, se abre um palmo. Estendo o braço até o outro lado para remover a neve. Aumento o espaço da abertura o suficiente para que eu consiga passar de lado.

Não posso fechar a porta porque a claridade mostra o caminho até a casa principal. Depois de dar alguns passos na neve acumulada até a altura das minhas coxas, paro assustada. Porque no centro do pátio há uma figura mexendo os longos braços pretos. Logo me dou conta de que aquilo é uma árvore, mas ainda assim a sensação do calafrio continua.

É a mesma palmeira pequena com galhos caídos, como os de um salgueiro, que também me assustara no outono do ano anterior.

"Sabe, achei que era uma pessoa."

Inseon riu quando reclamei olhando para a árvore, que era avistada pela frente do deque coberto da casa.

"De madrugada, parece ainda mais." Disse que, mesmo sabendo, ainda se assustava. Quem veio a essa hora?, perguntava a si mesma.

Em vez da luz do amanhecer, era o cair da noite. No vento suave que soprava e envolvia o entardecer, aquela árvore um pouco maior do que uma pessoa parecia caminhar na nossa direção com suas mangas compridas balançando para a frente e para trás.

Agora, no vento forte, as mangas tremulam com mais violência. Eu viro a cabeça até então voltada para a árvore, que parecia estar prestes a se levantar da neve e se aproximar. Empurro a neve com os joelhos e avanço para a casa principal.

* * *

Nessa escuridão, Ama deve ter dormido. Preciso acender a luz, e então ela vai despertar e chilrear, como acontecia toda manhã quando Inseon removia o tecido que bloqueava a luz.

Quando perguntei se o papagaio falava assim naturalmente, Inseon me respondeu:

"Vai saber, desde o começo foi assim."

Então comentei que soavam como o pássaro olho-branco-gorjeio, e Inseon caiu na gargalhada.

"Pode ser que elas tenham aprendido com o passarinho cantando lá fora", ela acrescentou, falando com uma voz brincalhona: "Ainda bem que não imitam corvos".

* * *

Entro pela porta destrancada. Na entrada, tiro as luvas e as guardo no bolso do casaco. Tiro os tênis molhados dos meus pés dormentes. Então, abro a porta interna e, logo que piso no chão de madeira, tateio a parede escura com a ponta dos dedos. Finalmente, encosto no interruptor e o acendo.

O som do vento, parecendo um grito fino, penetra continuamente pelas vigas e frestas das portas e janelas, fazendo com que o silêncio de dentro seja sentido de forma clara. A larga janela voltada para o pátio reflete meu corpo inteiro como se fosse um espelho. Abaixo o capuz do casaco e vejo meu rosto ensanguentado e os cabelos emaranhados.

Inseon havia deixado uma mesa de criptoméria em frente à janela. A gaiola do pássaro está sobre ela. O tecido de cor preta e as ferramentas para limpeza estão lado a lado, pendurados nos ganchos de ferro que ela fixou na lateral da mesa. Dentro da tela de metal, há um poleiro fixo feito de bambu cortado e lixado e dois balanços iguais, deixados na mesma altura para evitar disputa de liderança entre os pássaros.

Ando em direção aos poleiros vazios, atravessando o silêncio do local, terrível como um estrondo. A tigela de água da gaiola está vazia. As tigelas de madeira onde Inseon colocava frutas secas e o recipiente quadrado de silicone que ela enchia de ração peletizada também estão vazios. Restam apenas dezenas de cascas de grãos bicados que se espalham sobre um prato de cerâmica. Ao lado está Ama.

* * *

Ama.

Minha voz entrecortada ressoa no silêncio.

Eu vim te salvar.

Levanto o trinco da porta da gaiola com o dedo indicador dormente. Estico a mão em direção à cabeça de Ama.

Tente se mexer. Eu vim te socorrer.

* * *

As pontas dos meus dedos tocam algo suave.
Algo suave que não está mais quente.
Algo suave que está morto.

Não emite nenhum som.

Só há o barulho da manga trêmula do meu casaco acolchoado raspando na tela de metal e minha respiração.

***

Retrocedo e vou para a cozinha. Abro uma a uma as portas embaixo da pia. Ergo-me na ponta dos pés e pego a lata de biscoito na prateleira mais alta. Retiro os sachês de chá que preenchiam a lata no lugar dos biscoitos originais. Carrego a lata vazia, abro a porta do quarto de Inseon e entro.

Acendo a luz, e vem aos meus olhos a visão de um colchão de solteiro, um guarda-roupa de uns noventa centímetros de comprimento, uma cômoda de cinco gavetas, uma mesa com um monitor para edição de vídeos coberto por um pano branco e uma estante de abeto-de-douglas. Na prateleira mais alta da estante de ferro que fica ao lado da porta, há livros e guias de referência com páginas sinalizadas por marcadores adesivos coloridos. Nas outras quatro prateleiras de baixo, espremem-se dezenas de caixas de papel, grandes e pequenas, de forma organizada. Passo pelas caixas com post-its colados na frente, as datas e as informações foram escritas por Inseon com caneta permanente. Ao abrir o guarda-roupa, estão penduradas apenas cinco ou seis roupas de inverno de Inseon que me eram familiares, e os equipamentos de filmagem, incluindo a câmera, ocupam quase todo o espaço. Fecho a porta do armário e começo a abrir as gavetas da cômoda ao lado, a partir de cima. Na primeira gaveta há roupas íntimas e meias; na segunda, roupas de verão, primavera e outono. Quando abro a terceira, há uma cesta com echarpes e lenços de bolso dispostos de forma organizada. Retiro um lenço branco com pequenas violetas bordadas num dos cantos que mal parece ter sido usado, está como novo.

***

Volto para a frente da gaiola.

Enquanto examino o pequenino corpo embrulhado em silêncio vívido, como se o sangue estivesse pulsando poucos minutos atrás, tenho a sensação de que essa vida ceifada pretende bicar meu peito e abri-lo. Em seguida, ir penetrando até entrar no meu coração, e viver ali enquanto o órgão estiver batendo.

Ao embrulhar o pássaro no lenço bordado, consigo sentir seu corpo frio e leve sob o material fino do tecido. Recolho as asas semiabertas, dou mais uma volta no corpo com o lenço e o deposito no meio da lata de biscoito. Mesmo tendo ajustado bem o tecido, a parte de cima se abre e a face do pássaro fica exposta.

Deixo a lata ao lado da gaiola e volto para o quarto de Inseon. Abro as gavetas inferiores da cômoda, mas não encontro nenhuma caixa de costura. Entro no quarto principal, que era usado pela mãe de Inseon, e acendo a luz. O frio permeia o quarto que há muito tempo não é aquecido. Igual às outras vezes que estive ali, há um colchão tradicional coreano estendido no chão, na frente do guarda-roupa. Em cima dele há um edredom dobrado, com as pontas perfeitamente ajustadas.

Piso no colchão de algodão, me aproximo do guarda-roupa e penso. Será que o arco de serra ainda está aqui embaixo? A lâmina da serra repele pesadelos? Ou os sonhos já evitam o objeto afiado?

Eu puxo e abro as portas do velho guarda-roupa, que perdeu alguns de seus adornos de madrepérola. Dentro dele, onde o cheiro de roupas antigas e naftalina fracamente se misturam, há o que parece ser uma caixa de costura. É uma lata de metal redonda, forrada com seda vermelha, a superfície externa desgastada e escurecida por ter sido muito manuseada. Eu me agacho, passo meu tronco por baixo dos velhos cardigãs e camisas abraçados pela escuridão. Retiro a lata de dentro do guarda-roupa e abro a tampa. Ela contém agulhas com linhas brancas e pretas já passadas pelo buraco, um dedal de aparência rústica, vários tipos de botões, um par de tesouras de costura enferrujadas, e linha de algodão branco enrolada num carretel feito de papelão comprido dobrado.

* * *

Embrulho e ajeito o rosto do pássaro morto de novo. Como já havia feito antes, enrolo a linha branca de algodão ao redor do lenço para que ele não se solte e corto as pontas com a tesoura de costura. Não conseguindo enxergar direito para fazer o nó, esfrego os olhos com as costas das mãos e me dou conta de que algo parecido com um suco viscoso escorre deles. Limpo de qualquer jeito, na frente do casaco acolchoado, o líquido misturado com sangue de quando eu havia sido espetada pelos arbustos mais cedo. Lágrimas ácidas e pegajosas surgem outra vez e se misturam ao meu ferimento. Não consigo entender. Ama não era meu pássaro. Nunca a amei para estar sentindo uma dor assim.

A lata de biscoitos tem a largura um pouco maior do que um palmo, porém o corpo do pássaro é muito pequeno, e para evitar que seja sacudido e bata nas laterais, preciso de mais coisas para cobri-lo. Desenrolo meu cachecol e o coloco na caixa, forrando os lados internos. Ele nunca bloqueou direito o vento que entrava no meu pescoço porque é estreito e curto, mas preencheu os espaços vazios da lata perfeitamente.

Fecho a tampa de alumínio e reflito. Para evitar que ratos e insetos entrem, eu deveria embalar a lata. Pego uma toalha branca, que parece limpa, do cesto de bambu na porta do banheiro e a enrolo em volta da lata. Corto um pedaço longo da linha de algodão, dou duas voltas com ele, formando duas linhas cruzadas, e faço um nó.

* * *

A neve, que parecia açúcar vazando de dezenas de sacas de estopa, refletia a luz que passava pela casa principal. Apanho uma vassoura tradicional feita de lespedeza, que estava apoiada embaixo do beiral, mais da metade dela coberta de neve. Seguro a lata com o pássaro com um dos braços e vou varrendo a neve no espaço ao redor; então encontro uma pá molhada no chão.

Onde devo enterrá-la?

Deixo a lata embaixo do beiral, pego a pá e penso.

Onde Inseon a enterraria?

O vento se infiltra pelo meu pescoço, pois estou sem o cachecol. Visto o capuz e curvo as costas. Começo a cavar o caminho até a árvore, que continua balançando, os galhos semelhantes a mangas pretas. Paro no meio do caminho, endireito a coluna e olho para trás, e parece que se formou um túnel estreito que leva até a lata sob o beiral.

Chego enfim à base da árvore. Removo com a pá a neve que se acumulou ali diante dela. O frio vai sumindo conforme fico mais ofegante. Enquanto ando de volta para a frente da casa para pegar a lata, sinto meu coração batendo furiosamente.

Deposito a lata ao lado da árvore. Insiro a pá na terra exposta. Apoiando todo o meu peso no pé direito, tento afundar a chapa de ferro da pá. O solo não se move. Piso com os dois pés nela e balanço por um momento, me equilibrando, e então sinto a chapa descer um pouco. Continuo subindo e descendo. Sinto o metal penetrando a terra congelada aos poucos, abrindo a fenda. Meus braços e pernas tremem. Eu sei. Eu deveria comer um *juk* quente. Deveria lavar meu corpo na água aquecida e me deitar. Entretanto, não posso fazer nada disso até que tenha enterrado o pássaro.

Por fim, sinto a chapa de metal atingir a camada de terra que não está congelada. Desço da pá fincada no chão e recupero o fôlego olhando para o céu. A lua desapareceu. Também não é possível ver as nuvens escuras que avançam sob a luz do luar.

Será que vai nevar ainda mais? Preciso me apressar antes que isso aconteça.

Cavo um pequeno buraco largo o suficiente para caber a lata e paro no meio do processo; de repente, algo pegajoso e frio toca minhas bochechas e eu estremeço. São os galhos pendurados, semelhantes a mangas compridas. Quando olho para cima, para a copa da árvore, um pequeno floco de neve cai no meio da minha testa. Em frente à casa com as luzes acesas, também se precipita uma porção de neve.

Penso se em Seul também está caindo uma neve como essa. Será que estão caindo finas partículas de neve parecidas com farinha de arroz, como a neve que Inseon e eu vimos pela janela do restaurante de *guksu* muito tempo atrás? Imagino a onda de pessoas deixando a saída de metrô tarde da noite, colocando o capuz e caminhando pela neve. Alguns poucos abrindo o guarda-chuva que se lembraram de levar, carros aguardando o sinal verde numa fila interminável de luzes traseiras vermelhas ligadas, e no meio deles as motos correndo sendo atingidas pela neve. É estranho que Inseon esteja lá sem mim, e que eu esteja aqui sem ela.

Se existisse um universo paralelo onde os dedos de Inseon não fossem decepados, eu estaria encolhida na cama dentro do meu apartamento próximo a Seul, ou sentada em frente à minha escrivaninha. Inseon estaria dormindo no seu colchão de solteiro ou andando pela cozinha. Ama estaria com as patas agarradas ao poleiro na gaiola coberta pelo tecido que bloqueia a luz. Seu corpo adormecido aquecido no escuro. Seu coração estaria batendo estável embaixo das penas do peito.

Penso: quando ele parou? Se eu não tivesse escorregado no córrego seco, poderia ter dado água a ela antes de seu coração parar? Se eu tivesse tomado o caminho certo naquele momento e o percorrido inteiro, até o fim? Ou se, ainda antes, eu tivesse esperado mais tempo no terminal e embarcado no ônibus que atravessa a montanha?

***

Com a palma da mão, removo a neve que, no meio-tempo, se acumulou em cima da lata e depois a coloco dentro do buraco. O solo é irregular, por isso ela não fica reta. Uso as duas mãos como ancinhos e nivelo a superfície do chão escuro feito piche, e tiro a neve que se assentou de novo na lata durante esse intervalo. Me agacho por um instante, como se estivesse aguardando um sinal que não será dado por ninguém, e ponho a lata ali dentro. Usando as duas mãos, vou preenchendo a cavidade de terra até que não seja mais possível enxergar a tampa cinzenta. Continuo com a pá, jogando a terra que pouco antes eu havia retirado; em seguida a pressiono com as mãos usando toda a minha força, e crio um pequeno monte. Observo a superfície preta do solo ser coberta pela neve em instantes.

***

Não há mais nada a se fazer.

Em pouco tempo, Ama terá congelado. Não vai se decompor antes que chegue fevereiro. Depois, o processo vai se desenrolar com rapidez. Até que tenha restado apenas um punhado de penas e ossos perfurados.

***

Vou abrindo caminho com a pá para apagar a luz da oficina e fechar a porta de trás, e então encontro algo coberto por uma enorme lona na frente da parede de fora. Ergo um canto da lona e ali há dezenas de toras empilhadas. As cascas brutas e ásperas estão à mostra entre as cordas de borracha fixas e amarradas várias vezes para impedir que desabem.

Imagino que ali estejam mais de cem toras.

Uma sombra oscila na parede revestida de cal, acima da pilha. É a sombra da árvore onde há pouco enterrei Ama, e que recebia a luz vinda da casa. Observo aquela forma que balança em silêncio, como se tivesse vários braços humanos, e vem à minha mente a lembrança de que essa parede era o cenário onde Inseon gravou sua própria entrevista no último filme que fez. O movimento da sombra se agitando contra a parede iluminada pelo sol era quase igual.

Inseon produziu aquele filme antes de se mudar para cá, por isso naquela época a construção ainda devia ser um depósito. Os ombros e joelhos de Inseon, a área pálida e curvada do seu pescoço e colo apareciam na borda da imagem, como intrusos no espaço do objeto principal, a sombra, que se elevou criando uma sensação de mau presságio. O movimento nos fazia sentir a tensão. Como braços se agitando e negando o que a entrevistada acabara de dizer, como mãos que se estendem com toda a força e subitamente se retraem, acrescentando uma discórdia intencional e permanente ao fluxo da entrevista.

***

Depois procurei aquela caverna, mas não a encontrei.
Tentei buscar na memória várias vezes, porém falhei.

Não. Não foi um sonho.

A última vez que fomos lá foi no inverno em que completei nove anos.

A entrevista começou assim, abruptamente. As perguntas foram editadas, ou talvez nunca houvera nenhuma pergunta.

As entradas das cavernas desta ilha são pequenas, a ponto de uma pessoa mal conseguir passar. Por isso, se fechá-las com uma pedra passam despercebidas, mas, surpreendentemente, conforme vamos entrando elas vão aumentando. Existe um lugar em que todas as pessoas de uma vila entraram e se abrigaram no inverno de 1948.

Um bosque aparece de repente, como se tivesse sido filmado com uma câmera acoplada na testa. Em todos os lugares alcançados pelo olhar da câmera, enormes árvores latifoliadas se elevam, sacudidas pelo vento. As copas das árvores cobrem os raios de sol, e no chão não nasce relva. Está escuro, como se estivesse anoitecendo. A tela se move junto do som constante dos passos que fazem o solo desmoronar entre as grandes folhas dos galhos caídos, das raízes tortas e salientes como articulações de um gigante, e o raio de sol que escapa, desenhando padrões serenos.

A caverna aonde meu pai e eu costumávamos ir não era tão grande. No máximo uma dúzia de pessoas poderia se esconder lá.

A parede branca volta a ser enquadrada. Sob a luz do sol, as mãos de Inseon estão entrelaçadas e apoiadas em seu colo. Por um instante, o vento fica parado, e quando volta, a sombra de um dos galhos, que parecia uma manga de roupa, esculpe na parede uma clara imagem que se assemelha a uma folha gigante de samambaia.

Eu me lembro do ar ser sempre úmido. Um pouco antes de entrarmos na caverna, sempre chovia ou nevava. Não me recordo de nenhuma ocasião em que o tempo estivesse bom, parece que meu pai tinha uma reação à baixa pressão atmosférica. Como as pessoas que sentem dor nas juntas ou nos músculos quando chove neve misturada à chuva.

O volume da voz dela diminui até virar um sussurro.

Fique quietinha.
Era o que meu pai mais me dizia quando estávamos na caverna.

A sombra parecida com uma folha de samambaia desliza para o alto da parede, subindo em silêncio.

Significa que devíamos segurar a respiração. Não nos movermos. Não fazer nenhum barulho.

As mãos dela se soltam e se entrelaçam de novo, firmes.

Lembro-me da luz que escapava por uma brecha da rocha que bloqueava a entrada da caverna. Também de meu pai tirando a jaqueta grossa e colocando em mim. Ele encostou a mão na minha testa sem que eu estivesse com febre, abaixou a voz e me disse:
Você não pode ficar resfriada agora. Se ficar alerta, não vai ficar doente. Você realmente precisa se lembrar disso.
Quando sussurrei de volta dizendo para voltarmos para casa, ele me respondeu em voz baixa, com firmeza:
A gente não pode ficar em casa.
Quando perguntei como iríamos dormir num frio daqueles, meu pai disse algo que não compreendi.
Não existe dia e noite... Para uma operação militar.
A mãe vai estar esperando.
No instante em que eu disse a palavra eomeong, *o corpo do meu pai estremeceu inteiro, pude sentir como se fosse uma corrente elétrica passando por ele.*
Por isso ela devia ter vindo com a gente.
Lembro-me do rosto do meu pai momentos antes de a luz que vinha da brecha ir se esvanecendo e ficar escuro. Havia um brilho como o de bolinhas de gude vindo dos seus olhos

observando a fresta, e da neve aguada nos seus cabelos grisalhos, cinza-escuro.

O que eu podia fazer? Como eu poderia arrastá-la à força? Eu tinha de salvar a criança. Que culpa essa criança tem?

Naquele momento, não sabia que tipo de coisa imaginava, mas eu sabia que, toda vez que ele chegava a alguma conclusão desesperadora, segurava minha mão. Senti o arrepio silencioso permeando seu corpo e sua mão molhada, parecendo a água que derramava no momento em que eu torcia as roupas lavadas.

Um mapa da ilha, a forma elíptica e comprida de leste a oeste, surgiu na tela. Bem acima da legenda onde se dizia que era um registro de 1948 das Forças Armadas americanas, havia uma linha notavelmente grossa marcando a fronteira a cinco quilômetros do litoral. A seguir, uma legenda com o conteúdo de um anúncio dizendo que o monte Halla, incluindo a área mais interna, deveria ser evacuado, e indivíduos que transitassem pela região seriam considerados rebeldes e mortos a tiros, sem exceção. Seguem-se registros surpreendentes, claros, sem som, em branco e preto. Telhados de palha pegando fogo. A fumaça preta sobe ao céu com as chamas. Soldados carregando nos ombros rifles equipados com baionetas e vestidos com uniforme claro pulam pelas muretas de basalto no campo.

É a escuridão.

A escuridão é quase tudo de que me lembro.

Sempre que caio no sono e abro os olhos, fico confusa. Aqui não é minha casa, é a caverna, depois de um instante me dei conta de que as mãos do meu pai, cujo rosto e cujo corpo não consigo enxergar, ainda seguram as minhas. Não fossem as mãos dele, eu teria gritado. Pode ser que tivesse gritado pela minha mãe e começado a chorar. Acho que meu pai segurou minha mão porque sabia disso. Pode ser que ele estivesse ali no escuro com sua outra mão preparada para tapar minha boca. Para que eu não fizesse nenhum barulho mesmo durante o sono. Para que nossa presença não fosse descoberta por nenhum ser vivo que passasse pela caverna a qualquer momento.

Depois, imagens de um acervo mostram civis sendo levados por um caminhão que segue em frente, subindo por um caminho coberto de grama prateada chinesa que estava seca. Aparentemente, a cena foi filmada de um carro atrás do caminhão. Dois policiais militares carregando armas nos ombros estavam de pé na carroceria, um na frente e outro atrás; dezenas de pessoas, incluindo idosos e mulheres segurando bebês, estavam sentadas com os ombros e as costas se tocando. Uma menina de cabelos curtos e que parecia ter por volta de cinco anos sentava-se com a lateral do corpo apertada contra uma mulher jovem que aparentava ser sua mãe e olhava para a câmera até sair de cena.

Se começasse a nevar quando íamos para a caverna, meu pai partia uma espécie de bambu rasteiro, da espécie Sasa borealis.

Novamente dentro da sombra da floresta, a câmera de Inseon se move acompanhando a velocidade lenta dos passos.

Ele me dizia para ir na frente, meu pai me seguia andando de lado como um caranguejo. Varria as nossas pegadas com as folhas do bambu.
    Para onde eu vou, papai?
    Sempre que eu parava e perguntava, ele me informava a direção com a voz calma. Quando adentrávamos a montanha e a trilha acabava, ele me mostrava as costas e dizia para montar, e a

partir desse momento, subíamos a encosta, mas agora ele tinha de apagar apenas as próprias pegadas.

Carregada nas suas costas, eu observava as pegadas que iam sendo apagadas. Parecia mágica. Como se fôssemos pessoas caindo do céu o tempo todo, andávamos sem deixar nenhum rastro.

Três fotos em branco e preto apareceram uma após a outra e depois desapareceram.

Quatro homens vestindo roupas brancas estão em pé, no meio da floresta de pinheiros negros. Quatro soldados usando capacete põem coletes com desenho de alvo nos quatro homens. Os quatro pares são filmados num plano fechado que mostra a lateral dos corpos, e as linhas que conectam a ponte nasal, o filtro labial, o queixo e o pescoço dos jovens com postura reta podem ser vistas claramente. Os lábios do jovem cujo rosto estava mais próximo da câmera e parecia grande se espremem como se estivesse tenso, o pomo de adão sobressai sob a pele fina do pescoço como se estivesse engolindo saliva.

Em outra foto, os quatro jovens estão vestindo os coletes com alvo e aparecem amarrados num pinheiro. O ângulo da foto é mais amplo do que o da anterior, aparecem na imagem os soldados posicionados, deitados de bruços, mirando os alvos a uma distância de menos de cinco metros.

Na última foto estão os corpos contorcidos dos jovens. A parte superior dos corpos, amarrados na cintura com a corda, se projetava para a frente. O queixo levantado, a cabeça pendendo para trás. Os joelhos encolhidos. A boca aberta.

Ele falava baixo, meu pai.

Inseon, sentada na frente da parede revestida de cal, movia lentamente as mãos acima dos joelhos. Ela tinha um gesto único de deixar as costas das mãos lado a lado quando estava absorta nos seus pensamentos. As sombras dos galhos sobrepostas pareciam ser uma só, e, ao se balançarem no vento, se transformavam em duas e, então, três. Oscilavam e a cada instante mudavam de direção e formato, como mãos tateando a parede.

Um dia, minha mãe me disse:
  Se o abang *fosse um tipo muito viril, talvez eu nem gostasse dele. A primeira vez que vi seu rosto, achei-o adorável. Creio que ter ficado dez anos sem ver a luz do sol fez com que a pele dele ficasse branca como um cogumelo. Era estranho que as outras pessoas o evitassem. Como se ele tivesse morrido e agora voltado. Como se elas fossem se contagiar só de trocar olhares com o fantasma.*

Os joelhos e as mãos de Inseon sumiram da tela, restando apenas sua voz. O movimento das sombras na parede ficou mais violento, como um chicote. A voz de Inseon vai diminuindo num sussurro.

Minha mãe me ligava nos dias em que meu pai ficava diferente do normal e sentava escorado na parede sem reação. Agarrava qualquer coisa que estivesse ao alcance, como pedaços de batata-doce ou pepino, uma ou duas tangerinas, entregava nas minhas mãos e dizia:
  Leve isso para o seu abang. *Se ele não pegar, ponha na boca dele.*
  Acredito que minha mãe esperava que meu pai de repente saísse de dentro daquela ilusão se comesse alguma coisa. Houve dias em que essa técnica realmente funcionou. Meu pai abria um meio-sorriso enquanto eu entregava a tangerina para ele. Parecia alguém que vivia em dois mundos. Ele apertava os olhos para ver mesmo com o quarto escuro, parecendo que algo ofuscava sua visão; era como se ele olhasse para mim com um dos olhos, e com o outro observasse alguma luz distante do meu corpo.

***

Apago a luz da oficina, fecho a porta e dou as costas para os troncos cujas seções transversais cortadas de forma bruta são reveladas sempre que a lona tremula. Com a pá presa ao lado do corpo, sigo em frente e encontro as pegadas que deixei há pouco quando andei até a casa principal. Entro pela porta da frente, sacudo a neve do corpo e tranco a porta como se alguém viesse até aqui, de noite e atravessando a neve.

Sentada na soleira da porta para tirar meus calçados, sinto uma vertigem e deito de costas. Apoio os pés descalços em cima dos tênis ensopados e fecho os olhos. Linhas brancas de neve que caíram e voaram em diversos ângulos durante o dia todo são exibidas novamente dentro das minhas pálpebras.

O vento, como um gemido, penetra por uma brecha na porta. A porta chacoalha aos meus pés, como se alguém a estivesse sacudindo. Sinto uma saliva azeda na base da língua. Viro de lado cuidadosamente e controlo a respiração. Se eu não me mexer, pode ser que não vomite. Se eu respirar mais fundo e devagar.

Entretanto, me apoio no chão e ergo o corpo. Corro para a pia e vomito. Por não ter comido nada, apenas suco gástrico é expelido. Preciso do remédio. De um dos pacotinhos de dentro da embalagem de remédios que deixo dentro da gaveta da minha escrivaninha em Seul, que não tenho comigo no momento. O médico me avisou que o uso prolongado do medicamento causa danos ao coração, porém é o único que funciona.

***

Levo a chaleira até o fogão elétrico com a mão trêmula. Apago a luz do cômodo e deixo acesa apenas a lâmpada mais fraca acima da mesa de jantar, só assim a rajada de neve pode ser vista do lado de fora da janela. O cenário do interior da casa e o do exterior se sobrepõem no vidro e parecem ser um só. A barra da lona que ondula na parede de fora da oficina e os braços pretos da árvore que balançam aparecem sobre a mesa de criptoméria e a gaiola vazia.

Tomo um gole da água na caneca, que tirei antes de ferver. Depois, tomo outro gole. Sinto aquela coisa quente descendo pela minha garganta, e me deito no chão, perto da pia. Deixo as costas retas e respiro fundo. Viro de lado para que a náusea não volte.

Toda vez que expiro profundamente, a dor diminui. Quando inspiro, ela aumenta outra vez, como se cortasse e escavasse por trás dos meus globos oculares. Eu cochilo e, sempre que acordo com dor, aparecem as formas branco-acinzentadas de ossos. Na cena um pouco antes do fim do último filme de Inseon, a vala com os restos mortais de centenas de pessoas aparece num plano fechado por quase um minuto sem contexto ou explicação. Os restos mortais de uma pessoa com os joelhos encolhidos, os restos de um pedaço de tecido envelhecido em volta da cintura, os restos de pequenos ossos dos pés calçando sapatilhas de borracha estão empilhados dentro da vala do tamanho de um sulco.

***

Sinto-me febril. Meu corpo treme cada vez mais. Tudo que toca minha pele se torna frio. Sempre que o tecido externo da manga do meu casaco acolchoado toca meu pulso, parece cortante como um dia gélido. Tiro o casaco. Solto o relógio do pulso e o empurro em direção à parede. Vou até a pia do banheiro e vomito mais suco gástrico. Faço um bochecho e lavo as mãos com sabonete. Mãos que enrolaram bem o pássaro; mãos que cavaram e nivelaram o chão; mãos que pressionaram a terra fazendo um montículo. Ao jogar água aquecida no rosto, a ferida aberta volta a sangrar. Apoio o tronco na pia e olho meu rosto ensanguentado no espelho.

Era frio.

Não, era suave.
Eu me corrijo, murmurando:
Era duro feito pedra.
Toda vez que mexo os lábios, o rosto ensopado de sangue abre a boca em silêncio.
Não, era leve feito algodão.

***

A porta de entrada sacode como se alguém estivesse batendo. As janelas da parte de trás também balançam. A rajada de neve voa vertiginosa sobre a mobília refletida no vidro. A lona infla como um balão de ar quente entre as cordas que amarram as toras.

A lâmpada sobre a mesa estremece e apaga. A escuridão, semelhante a tinta preta, apaga simultaneamente o cenário de dentro e o de fora. Atravesso o deque coberto estendendo os braços e tateando o ar. A parede está mais distante do que imaginei. Encontro o interruptor da luz do teto e o ligo. A luz não acende.

É, acabou a energia.

Certa vez, Inseon me disse que era comum cortarem a energia e a água por causa da neve intensa. Era preciso esperar até a chegada do veículo de conserto. Casas como esta, localizadas em áreas remotas, eram as últimas a ter a energia restaurada.

Acho que devo reservar água antes que acabe. Novamente com os braços tateando a escuridão, vou até a cozinha. Abro o compartimento abaixo da pia e, confiando na minha memória e nas pontas dos dedos, procuro duas panelas que vi minutos atrás. Ao colocá-las na pia e na bancada, alguma coisa cai no chão e se quebra. Parece ser a caneca que eu estava usando agorinha para beber água.

Enquanto encho as panelas de água, fico pensando.

Se a caldeira está desligada, então o sistema de calefação também foi interrompido.

Com as mãos molhadas, cubro minhas pálpebras quentes e controlo a respiração. Sento e espero até o enjoo diminuir, vou rastejando em direção ao quarto de Inseon enquanto varro os fragmentos de cerâmica com a palma das mãos.

***

Encontro o suéter de Inseon na última gaveta da cômoda. Visto a peça, da qual não sei dizer a cor nem a forma exata, por cima do meu próprio suéter. Abro o guarda-roupa e puxo qualquer um dos casacos. Parece ser um velho capote estilo duffel, feito de lã pesada e com capuz, deduzo pelo tecido com bolinhas e pelo formato alongado dos botões. Fecho os botões até o pescoço e me deito no colchão de Inseon. Com o edredom de algodão me cobrindo até a cabeça, vou aguentando os calafrios, e sempre que a porta e a janela chacoalham, abro os olhos na escuridão e penso: se alguém viesse de verdade, faria outro barulho. Claramente ia bater à porta e chamar pela dona da casa. De maneira alguma ficariam mexendo na porta como se quisessem romper o batente.

***

A cada momento em que fico inconsciente, minha cabeça é invadida por um sonho nítido. Vou até a pia segurando com as duas mãos o pássaro embrulhado em gelo fino. O fluxo de água quentinha derrete seu rosto endurecido no mesmo instante. Espero seus olhos se abrirem e retomarem o brilho. Espero seu bico se abrir. *Você vai respirar de novo, né, Ama? Seu coração vai bater de novo, certo? Isso mesmo, vai beber essa água, certo?*

Logo que um sonho se extingue, dá lugar a outro, como se fosse uma verruma sendo enfiada e abrindo espaço. A Terra, que havia se transformado num enorme globo de gelo, gira emitindo um ruído. Os continentes, cobertos por lava fervente, estavam congelados. Dezenas de milhares de pássaros estão voando sobre o solo onde jamais poderão pousar. Dormem enquanto planam. Batem as asas sempre que acordam de súbito. Cortam o ar e deslizam como lâminas de patins reluzentes.

***

Vamos cantar, Ama?
    Antes mesmo de eu terminar minha pergunta, o pássaro começa a cantarolar. Enquanto Ama canta em cima do meu ombro, eu me ajoelho e cavo a terra. Sem pá nem enxada. Raspo o solo congelado com os dedos. Continuo até minhas unhas quebrarem e começarem a sangrar. A cantoria cessa abruptamente e levanto a cabeça. Flocos úmidos estão caindo na escuridão profunda, assim como aconteceu quando recobrei os sentidos no riacho seco. Na minha testa. No espaço sob meu nariz. Nos meus lábios.
    Desperto com os dentes batendo e me dou conta de que este lugar não é o riacho seco nem o pátio, mas sim o quarto de Inseon. Preciso daquela serra, penso no intervalo entre os sonhos e a realidade. Para afastar tudo isso. Para que tudo isso se desvie de mim.
    Divirta-se.
    A mãe de Inseon sussurra nos meus ouvidos. Suas mãos dentro das minhas são tão pequenas e gélidas quanto um pássaro morto.

***

Não dá para confiar quando os pássaros parecem saudáveis, Kyung-ha.
    Eles se mantêm com a cabeça erguida e ficam no poleiro, e se caírem é porque já estão mortos.

A porta de entrada e as janelas se agitam como se fossem arrebentar. Pode ser que não seja o vento. Pode ser que alguém realmente tenha vindo até aqui. Para arrastar as pessoas que estão na casa. Para apunhalá-las e queimá-las. Para vesti-las com roupas que contêm um alvo e amarrá-las à árvore. Naquela árvore preta cujas mangas balançam feito as lâminas de uma serra.

***

Vim para morrer, penso em meio à febre.
Vim até aqui para morrer.

Vim para ser cortada e perfurada, estrangulada e queimada.
Vim para esta casa que vai desmoronar enquanto expele as chamas.
Vim para ficar ao lado das toras deitadas, umas sobre as outras, como se fossem partes fragmentadas do corpo de um gigante.

Parte 2
Noite

I.
Sem despedidas

O mar estava recuando.

Em vez de golpearem a costa, as ondas que se elevam como penhascos recuam impetuosamente em direção ao mar aberto. O deserto de basalto se alastra em direção ao horizonte. Os cones vulcânicos no mar emitem um brilho negro molhado como enormes túmulos. Dezenas de milhares de peixes que não foram arrastados pelas ondas sacodem o corpo de um lado para outro, com suas escamas reluzindo. Ossos brancos que parecem ser de tubarões ou baleias, embarcações naufragadas, vergalhões lustrosos, placas de madeira enroladas em velas despedaçadas, estavam espalhados naquela extensão de rochas pretas.

Não consigo mais ver o mar. Ah, agora não é mais a ilha, refleti olhando para o deserto preto no horizonte.

Olhei para trás. As encostas que sobem até os picos das montanhas cobertos de neve estavam dispostas como varetas de um leque. Todas as árvores se tingiam de preto, como se tivessem sido queimadas. Sem folhas nem galhos, elas se mantinham em pé silenciosamente, olhavam para baixo, para o deserto preto, como se fossem pilares de cinzas.

O que aconteceu?, pensei sentindo uma pressão dentro da boca, que de alguma forma eu não conseguia abrir.

Por que elas não têm galhos nem folhas?

A terrível resposta estava escondida dentro da minha garganta.

Porque estão mortas.

Cerrei os dentes para segurar essas palavras. Eu suportava a dor de um pássaro batendo as asas, se espremendo e subindo pela minha garganta.

Todas estão mortas.

As palavras, com o bico aberto, as garras esticadas, preencheram minha boca. Balancei a cabeça sem cuspir aquilo que parecia ser algodão se contorcendo.

* * *

Vem.

Cai.

Voa.

Se dispersa.

Desce.

Verte.

Se agita.

Se acumula.

Cobre.

Apaga tudo.

Não sei como os pesadelos me abandonaram, foram embora. Não estava claro se lutei com eles, ou se me esmagaram e seguiram. A partir de algum momento, dentro das minhas pálpebras só havia neve caindo. Apenas se espalhando, acumulando-se e congelando.

Eu me deitei na luz azul-acinzentada que permeava minhas pálpebras. Ao abrir os olhos, vi a janela voltada para o oeste. A luz de um dia nublado, que não criava sombras nítidas, ainda iluminava o quarto serenamente. O longo casaco preto de Inseon na parede estava com os ombros curvados, como se imerso nos seus pensamentos.

A febre baixou. A dor de cabeça e a náusea desapareceram. Todos os músculos do meu corpo relaxaram, como se eu tivesse tomado uma injeção antiespasmódica. O machucado sob meus olhos não estava mais latejando.

Estendi os braços para fora do colchão e toquei o chão. Estava frio como gelo. Ao soltar o ar, surgiu um vapor branco. Levantei-me, apoiando as mãos no chão de linóleo. Tirei as meias de lã da cômoda, calcei-as, vesti o casaco grosso de Inseon, que estava pendurado na parede, por cima do casaco militar. Era o casaco que Inseon usava desde a época em Seul, no qual ela havia costurado à mão os velhos cardigãs por cima do forro. Fiapos pretos tinham se formado nos dois punhos, como gotas d'água. Uma casca de tangerina, que ainda não estava completamente seca, saiu do bolso direito. Abotoei o casaco até o pescoço, e, toda vez que eu inspirava, inalava um perfume fraco de resina de pinheiro.

Passei pela soleira da porta de correr, que não havia fechado direito na noite anterior e estava entreaberta, e fui para o deque coberto. Podia ver a neve caindo através da janela de vidro azul-acinzentado. Eram grandes flocos de neve, como se incontáveis pássaros brancos estivessem caindo em silêncio.

***

O ponteiro do relógio de parede acima da geladeira indicava que eram quatro horas. Inviável que fossem quatro horas da madrugada estando tão claro assim, então eram quatro da tarde.

Eu estava com sede.

Tentei abrir a torneira da pia, mas, conforme eu esperava, a água não saiu. Felizmente, a água armazenada na panela antes do corte de fornecimento estava limpa. Encostei-a na ponta dos lábios e tomei um gole, seguido por mais dois. Fiquei parada por um instante, sentindo a água gelada se espalhando pelo meu corpo, depois me abaixei e recolhi os cacos da caneca.

Precisava de uma vassoura e uma pá para tirar os cacos que se esparramaram para longe. Atravessei o cômodo, pois lembrei que Inseon as deixava na porta de entrada. Uma lanterna colocada em cima da sapateira, do outro lado da porta, foi a primeira coisa que me chamou a atenção. Ao apertar o botão da lanterna, consideravelmente pesada, uma luz emanou dela. Talvez por ainda estar muito claro em volta, a intensidade da luz não parecia ser suficiente. Pensando se a bateria não estava acabando, eu observava o chão de madeira um pouco escuro com o feixe de luz da lanterna, quando prendi a respiração.

Porque ouvi o chilrear de um pássaro.

Dentro da gaiola iluminada pelo pálido feixe de luz, o pássaro no poleiro piou de novo.

Ama.

Minha voz entrecortada se propagou pelo ambiente.

"Mas você estava morta."

Me aproximei da tela de metal com a porta entreaberta, pois na noite anterior tinha tirado o pássaro dali e não a trancara. Como na noite anterior, havia cascas de grãos espalhadas pelo chão da gaiola. A tigela de água também continuava completamente seca. A penugem branco-acinzentada e curta do topo da cabeça e do peito de Ama parecia suave como algodão. As penas puramente brancas e compridas eram reluzentes. Ela inclinou a cabeça e seus olhos, que me investigavam, brilhavam como grãos pretos de soja molhados.

Mas eu te enterrei ontem à noite.

"Será que é um sonho?", disse eu, duvidando. O machucado embaixo dos meus olhos latejou como se estivesse esperando por esse instante. O vento frio que permeava o chão de madeira e penetrava minhas meias de lã parecia feito de gelo. Sempre que eu expirava naquela atmosfera vividamente gelada, o ar dos meus pulmões se dispersava. Voltei o olhar para o pátio, para além da janela onde grandes flocos de neve caíam. Eu te enterrei embaixo daquela árvore cuja forma real está irreconhecível, por estar coberta de neve que se acumulou a noite inteira feito uma armadura.

Era impossível que o pássaro tivesse voltado. Ter se espremido para fora do lenço bem apertado com o qual o envolvi; ter desfeito o nó da linha que passei várias vezes ao redor do tecido; ter aberto a tampa da lata de alumínio e cortado a linha que amarrei de forma cruzada sobre a toalha que cobria a lata. Ter cavado e voado pelo monte do túmulo e pela neve acumulada em cima dele; ter entrado pela porta trancada e subido no poleiro dentro da gaiola.

Ama piou de novo. Continuou com a cabeça torta, me observando com os olhos feito soja molhada.

Dê água para Ama.

Caminhei até a pia como se obedecesse à voz inaudível de Inseon. Coloquei água da enorme panela dentro de uma cumbuca e voltei para a frente da gaiola, derramando o líquido a cada passo. Enquanto eu enchia sua tigela, Ama esperava imóvel. Bateu as asas e alçou voo, pousando no poleiro de apoio na frente da tigela apenas depois que dei um passo para trás segurando a cumbuca na qual ainda restara água.

***

"Você estava com sede?", perguntei, observando Ama. Ela pegou um pouco de água com o bico e olhou para o ar enquanto repetia o mesmo movimento de engolir a água. O pássaro parou e cravou os olhos em mim, virando a cabeça para a esquerda.

"Depois de morrer, você ainda sente fome?"

Quando achei que nunca conseguiria ler a expressão daqueles olhos negros e brilhantes, Ama baixou a cabeça de novo. Abriu o bico, tomou outro gole e levantou a cabeça para engolir.

***

Acendi a lanterna para verificar o interior escuro da geladeira. Arroz glutinoso de molho, metade de uma peça de tofu imersa em água, além de alguns vegetais, era tudo que Inseon tinha para comer. Para o pássaro havia uma variedade bem maior de alimentos, que estavam bem armazenados. Garrafas de vidro lacradas individualmente, potes transparentes para *banchan* e sacos herméticos estavam cheios de ração peletizada colorida, painço, uva-passa e oxicoco seco, nozes e lascas de amêndoa. O macarrão, que ela costumava dar como petisco, estava na porta da geladeira. Havia um pacote aberto com pelo menos metade do macarrão e mais dois fechados.

Qual comida eu devo dar? Não sabia se deveria oferecer um pouco de tudo, ou misturar apenas alguns alimentos numa refeição e oferecer os outros como petiscos em separado. Quando peguei painço, oxicoco seco e nozes, um barulho veio da gaiola. Usando o bico, Ama empurrou a porta, que estava entreaberta, e voou. Com o som do bater de asas, veio voando bem alto, quase colidindo com o teto, fez um largo círculo no ar e pousou na mesa de jantar.

Inseon havia me dito que, quando oferecemos as refeições, e não os lanchinhos, elas devem ser comidas dentro da gaiola. Do contrário eles não entram nela, e, assim, não haveria como fazê-los dormir na hora certa, e o resultado é que todas as regras seriam quebradas. No entanto, um pássaro morto também tinha de seguir essa regra?

Retirei um grande prato de cerâmica da prateleira de cima da pia e espalhei nele um punhado de painço. Cortei os oxicocos em pedaços miúdos e os salpiquei ao lado. Juntei as nozes cortadas bem finas no meio, enchi com água o potinho de molho de soja e o posicionei na borda.

"Coma, Ama", disse eu, colocando o prato em cima da mesa. Ama deu um pio como se algo estivesse errado.

"Tudo bem", eu disse. "Venha aqui comer."

O pássaro andou sobre a mesa e se aproximou do prato. Primeiro bicou e comeu o painço e bebeu água. Um grão de painço, um gole de água; dois grãos de painço, de novo mais um gole de água; e bebeu dois goles de água depois de um pedaço de oxicoco.

"Você estava com fome!"

No instante em que soltei essas palavras, uma fome insuportável surgiu dentro de mim. Peguei um punhado de frutas secas do saquinho hermético e, ao enfiá-las na boca e mastigar, fiquei surpresa com seu sabor doce. Se não fosse a falta de energia, ligaria o fogão elétrico e prepararia alguma coisa quente para comer, pensei. Cozinharia *juk* de arroz. Tiraria o tofu imerso na água da tigela e o grelharia até ficar dourado.

***

Servi minha porção de tofu e nozes num prato pequeno, enchi um copo de água e me sentei à mesa na frente de Ama. Depois de engolir um bocado do tofu, que estava um pouco salgado por ter ficado guardado, perguntei ao pássaro:

"Até quando será que vai nevar?"

A cabeça de Ama, abaixada para beber água do potinho de molho de soja, era pequena e redonda como uma castanha. Sua nuca, se eu a tocasse, devia estar quentinha. Não parecia nem um pouco morta.

"Isso não é um sonho, né, Ama?"

Observei os flocos de neve caindo na vertical, preenchendo o ar fora da janela, e o céu que pouco a pouco escurecia. A árvore onde o pássaro havia sido enterrado estava coberta de neve e não se movia.

Isso é um sonho?

Estendi a mão em direção a Ama, que não estava mais comendo. Com passos despreocupados, o pássaro subiu na palma da minha mão. No momento em que as patas ásperas tocaram minha pele, o frio se foi, como se de dentro do meu coração e das minhas pupilas tivesse brotado um fogo.

***

Afaguei a nuca de Ama. Toda vez que ela abaixava o pescoço pedindo mais carinho, eu o fazia com mais intensidade. Pedindo mais e mais carinho, Ama foi baixando mais o pescoço. Eu a acariciei até que ela não se abaixasse mais.

Observei Ama quando ela voou para o parapeito da janela, como se tivesse se cansado. Continuei pensando no leve peso e na força das patas ásperas que havia poucos instantes tinham empurrado a palma da minha mão e alçado voo.

"Deve estar frio aí, Ama", eu disse. "O vento deve estar entrando."

Depois que morremos não deve existir frio, pensei em seguida. Se sentiu fome, então também sente frio. Foi então que me lembrei do forno a lenha da oficina. Se eu acendesse o fogo ali, o ambiente ficaria mais aquecido do que aqui. Também poderia levar uma panela e cozinhar o *juk*.

"Espere um pouco, Ama", eu disse, me levantando da mesa. "Vou acender o fogo."

Ama voou do parapeito da janela. Pousou no lustre sobre a mesa e soltou um piado longo. Sorri para ela, sentada em cima do lustre como num balanço, pois os fios pendurados oscilavam.

"Já volto."

***

Não havia vestígios das pegadas que deixei na noite anterior ao ir e vir entre a casa e a oficina. Precisei abrir caminho de novo, desde o começo, para poder passar pela neve. Peguei a pá, da qual se via apenas o fim do cabo, pois estava coberta de neve, e parei de súbito, enquanto a limpava sacudindo-a. O maior floco de neve que já vi na vida caíra nas costas da minha mão.

No instante em que caiu, o floco de neve não estava frio. Quase não encostou na minha pele. Senti uma leve e suave pressão apenas quando os detalhes do cristal começaram a se diluir e se transformar em gelo. A massa de gelo diminuiu lentamente. A cor branca desapareceu e se transformou em água nas minhas mãos. Como se minha pele tivesse absorvido a cor branca, deixando apenas partículas de água.

Pensei que aquilo não se parecia com nada que eu conhecia. Não há nada que tenha uma formação estrutural tão delicada quanto essa. Algo tão gelado e leve assim. Algo que é suave até o instante em que derrete e se desfaz.

Tomada de um entusiasmo estranhíssimo, peguei um punhado de neve com a mão e a abri. A neve na minha palma era leve como uma pena de passarinho. Enquanto a palma se inchava com uma cor rosa pálida, a neve que absorvera meu calor se transformou no gelo mais tenro do mundo.

Pensei que nunca me esqueceria disso. Que me lembraria para sempre dessa suavidade.

Entretanto, dentro de poucos instantes o frio ficou insuportável, e eu removi a neve. Esfreguei a palma da mão molhada na frente do casaco. Esfreguei a mão que num instante ficara rígida na outra mão. O calor não havia sido transferido. Meu coração tremeu como se todo o calor do meu corpo tivesse escapado pela minha mão.

***

Limpei a neve que, nesse meio-tempo, havia se acumulado outra vez na porta de trás da oficina, girei a maçaneta e a luz do pátio se lançou em cheio no interior mergulhado na escuridão. De costas para a luz, acendi a lanterna. Entrei andando com cuidado para não pisar no sangue no chão, seguindo o caminho em direção ao forno indicado pelo feixe de luz que oscilava conforme o movimento da minha mão. Quando me aproximei da bancada de trabalho sobre a qual a lixadeira elétrica lançava sua sombra, vejo algo que parece a figura escura de uma pessoa parada, como se estivesse congelada.

Aquela forma preta e redonda balança e se alonga. O corpo agachado se estende. Os joelhos se esticam e os dois pés pisam no chão. O rosto, que estava enterrado nos braços, se vira na minha direção.

"Kyung-ha..."

Uma voz, como a de alguém que acabara de despertar do sono, arranha o silêncio.

Antes que eu me desse conta, tinha desligado a lanterna e a escondido atrás das costas. Passou pela minha mente de forma instintiva que não deveria deixar que ela visse as manchas de sangue no chão. A luz que entrava pela porta de trás iluminava fracamente o rosto de Inseon e eu podia reconhecer seu semblante mesmo sem a lanterna.

"Quando você chegou?"

Seu rosto continuava magro e pálido, porém não mais do que quando estava no quarto do hospital. Observei sua mão direita, que esfregava os olhos, e ela estava intacta, sem ferimentos.

"Você nem me ligou, como veio?"

Os olhos de Inseon, que pareciam maiores por causa do escuro, encararam fixamente meu rosto.

"Por que sua cara está machucada?"

"Eu arranhei numa árvore."

"Oh, não", lamentou ela, com os olhos ensombrecendo. "Por que as luzes estão apagadas?", perguntou-me em voz baixa. Logo em seguida acrescentou, murmurando vagamente como se falasse sozinha: *"Mas eu não apaguei..."*.

Então eu disse, observando as linhas de expressão profundas na sua testa:

"Acabou a energia."

"E como você sabe disso?" Não parecendo ter interesse na resposta, ela desviou o olhar do meu rosto e o redirecionou para o pátio além da porta. "Quando é que nevou tanto assim?"

Era uma voz que parecia questionar a si mesma e não a mim. *É um sonho...?*

Ela ficou em pé, imóvel, vendo os flocos de neve que caíam como se fossem pássaros brancos, cada vez mais pesados. Finalmente, ao voltar os olhos para mim, notei que neles havia algo sutilmente diferente. Olhos marejados que brilham serenamente; como se todo o carinho que ela guardara para mim durante os últimos vinte anos fluísse de uma vez.

"É raro eu dormir aqui, não sei por que caí no sono desse jeito", disse ela, como se reclamasse gentilmente. Abraçando os próprios ombros com os braços, parecendo sentir frio, ela me perguntou: "Não está com frio?". Pequenas rugas se formaram nos cantos dos seus olhos, havia um sorriso familiar no olhar. "Quer que eu acenda o fogo?"

Em silêncio, contemplei a visão de Inseon abrindo a pequenina porta na parte de baixo do forno a lenha e inserindo ali pedaços de madeira não muito grandes. Ela usava um jeans velho, botinas de segurança e um avental azul-marinho engomado por cima do suéter cinza de gola alta como seu uniforme de trabalho. Estava ainda com uma parca de algodão preta que me era familiar, com os botões abertos; as mangas, dobradas duas vezes, talvez porque fossem incômodas para trabalhar, deixavam à mostra seus pulsos esqueléticos. Com a mão direita, que não fora cortada, nem suturada, nem perdera sangue, Inseon pegou dois punhados de serragem de um balde e espalhou sobre os pedaços de madeira. Riscou a cabeça de um fósforo na lateral da caixa de fósforos de formato octogonal e me disse:

"Agora não se encontra mais fósforos iguais a esses em Seul."

Enquanto esperava o fogo da serragem pegar nos pedaços de madeira, o rosto de Inseon se mostrava sereno e melancólico.

"Comprei na lojinha em frente ao ponto de ônibus. Acho que devem ser de umas décadas atrás, mas queimam bem."

Em seguida, o brilho da chama que subia iluminou a região ao redor dos seus olhos e a ponte do nariz.

***

"Sente aqui", disse Inseon, colocando o único banco de três pés em frente ao forno.

"Onde você vai sentar?"

Em vez de responder, Inseon sentou-se em cima da bancada de trabalho. Balançava as pernas devagar feito uma criança, perto de tocar o chão, como se não soubesse que as manchas de sangue na lâmina da lixadeira elétrica eram suas.

Com as mãos nas costas, fui até o banco e me acomodei nele. Enquanto o olhar de Inseon permanecia no forno, coloquei a lanterna, que eu ainda escondia atrás das costas, embaixo do banco, sem fazer barulho. As pontas dos meus dedos tocaram a extremidade cortada de uma tora no chão, posicionada transversalmente ao banco. Ao lado dela, a neve que entrou começou a derreter sobre uma mancha de sangue, formando uma poça escura.

Olhei os dois buracos de passagem de ar, perfurados na lateral do forno e que pareciam pupilas. As chamas se agitavam ali dentro. Quando os pedaços de madeira pegaram fogo, ouviu-se o crepitar das cascas se partindo.

"Pensei muito em você." Levantei os olhos em direção à voz de Inseon. Ela também estava olhando para os buracos de passagem de ar. "Pensei tanto que em alguns dias parecia que estávamos juntas."

As chamas refletidas nas suas pupilas tremulavam em silêncio. Pelo seu comportamento de não me perguntar mais nada e continuar calma e firme, como sempre, achei que talvez aquilo que eu supunha que ela estava pensando pudesse estar certo. Que ela sempre esteve aqui fazendo seus trabalhos de marcenaria, e que as mensagens que recebi em Seul, e todas as experiências pelas quais passei nesta ilha foram mero fruto da fantasia de uma pessoa morta.

"Mesmo assim, queria te mostrar algo." Apontou para as toras encostadas na parede e me perguntou: "O que você acha delas?".

Respondi honestamente:

"Pensei que iam ter a altura de um ser humano."

"Eu também tentei fazer desse jeito, no começo."

Achei que Inseon fosse me contar o motivo de ter mudado a proporção, mas ela não disse nada. Apoiou as mãos na superfície da bancada, desceu e me perguntou num tom jovial:

"Quer chá?"

Observei Inseon de costas atravessando a oficina com passos largos e decididos e indo em direção à porta de entrada da oficina que se voltava para a floresta.

"Se a energia acabou, daria para usar combustível sólido na casa principal... mas ele faz mal para Ama, então vamos beber aqui mesmo."

Conforme ia se afastando de mim, Inseon falava mais alto. Ao abrir a porta da frente, a oficina ficou mais clara. Com o auxílio daquela claridade, ela vasculhou o congelador da pequena geladeira localizada ao lado da porta e que estava com a luz apagada. Inseon cantarolava um compasso de uma música que eu não conhecia. Será que ela vai ferver junto, de novo, as frutas silvestres suaves e azedas?

"Qual vai ser o título?" Ela estava transferindo o conteúdo do pote de vidro hermético para uma chaleira usando uma espátula de madeira quando parou e me perguntou: "Estou falando do nosso projeto". Ela olhou para trás, na minha direção, com um sorriso estampado no rosto, e colocou água mineral na chaleira. "Me dei conta, depois, que não tinha te perguntado o título."

Eu respondi: "*Sem despedidas*".

Andando com a chaleira e duas canecas nas mãos, ela repetiu: "*Sem despedidas*".

***

No trajeto do vento passando pela porta dupla aberta, via-se a chama se erguendo com violência pelos buracos de passagem de ar. Inseon colocou a chaleira em cima do fogão agora quente e que se tornara vermelho-escuro. Caíam gotas de água que se transformavam em vapor instantaneamente, emitindo um som parecido com grãos de areia sendo arrastados.

Nós duas nos sentamos sem trocar palavras nem nos olharmos nos olhos. Só quando o barulho da água fervendo pôde ser ouvido na base da chaleira, Inseon quebrou o silêncio perguntando:

"O 'não se despedir' seria no sentido de não cumprimentar o outro antes de ir embora, ou de realmente não ir embora?"

O vapor ainda não tinha subido pelo bico da chaleira. Era necessário esperar mais para ultrapassar o ponto de ebulição.

"É algo incompleto, não? A despedida."

O vapor começou a escapar pelo bico da chaleira como se fosse um rolo de linha branca. A tampa acoplada ao bico fazia um ruído, abrindo e fechando repetidamente.

"É algo adiado? Algo sem prazo?"

A parte mais baixa da floresta vista além da porta estava quase preta. Os tocos das árvores cobertos de neve, que obtiveram novas linhas de contorno e se arredondavam e quase se desfaziam, emanavam um brilho fraco no crepúsculo.

Será que eu conseguiria passar por aquela escuridão?, pensei. Ao contrário da noite anterior, agora eu tinha uma lanterna. Porém, durante esse intervalo de tempo mais neve se acumulara. Mesmo que eu chegasse ao ponto em segurança, não estariam passando ônibus para a cidade P. Se eu quisesse ligar para o hospital onde Inseon estava, teria de bater em alguma casa com a luz acesa e pedir para usar o telefone. Será que seus nervos suturados se romperam?, pensei eu. Será que fez aquela cirurgia com uma incisão no ombro? A anestesia não teve efeito? Houve outro erro médico?

Como se desistisse de ouvir minha resposta, Inseon pôs a luva na mão direita. Pegou a alça da chaleira, que soltava um tinido parecendo estar furiosa, e despejou a água fervida nas duas canecas postas lado a lado em cima da bancada de trabalho.

"Lembra como você estava preocupada?", perguntou Inseon, estendendo a primeira caneca para mim. Não eram amoras. A cor do chá era clara, um tom verde-amarelado, e exalava um aroma de grama. "Preocupada se em Jeju ia nevar o suficiente?"

Inseon abriu um largo sorriso enquanto se apoiava na bancada e segurava sua caneca. Ao ver aquele sorriso nos lábios que tocavam a caneca, pensei: um espírito consegue beber algo tão quente assim?

"Que chá é esse?", perguntei.

"Chá de folha de bambu."

Também encostei os lábios na caneca. No instante em que o primeiro gole de chá desceu pela minha garganta, eu me dei conta do quanto estava esperando por isso. Beber algo tão quente que queima a ponta da língua. Esse calor que alivia o esôfago e o estômago.

"Quando eu era criança, a família toda bebia isso em vez de água", Inseon disse. "Muitas vezes fui cortar esse bambu nas montanhas, diziam que fazia bem para neurastenia."

Quando meus olhos se encontraram com os de Inseon, que afastou os lábios da caneca, pensei: o chá está se espalhando pela barriga dela também? Se Inseon tivesse vindo me visitar como espírito, então eu estava viva; se Inseon estivesse viva, então eu seria o espírito que veio visitá-la. Esse calor poderia se espalhar dentro de nós duas ao mesmo tempo?

***

Com um sobressalto, girei a cabeça em direção à floresta, porque escutei o barulho de um galho se partindo.

Inseon disse calmamente que era por causa do vento que não estava soprando.

"Como a neve não é soprada, as árvores não aguentam o peso."

O crepúsculo cinza-azulado iluminava a copa das árvores. Os grandes flocos de neve que emitiam um brilho fraco continuavam a cair ali.

Bebi mais chá. Enquanto o estômago ia sendo preenchido com o calor, meus ombros caídos se endireitavam e as costas ficavam eretas. Segurando a caneca com metade do chá, ajeitei a postura e disse:

"Eu também queria te perguntar algo..."

Inseon inclinou os ombros para a frente. Queria ouvir minhas palavras com atenção.

"Como você conseguiu viver?"

O corpo de Inseon se inclinou um pouco mais para a frente.

"Estou falando em como você consegue morar sozinha neste lugar."

Com um sorriso no rosto, ela perguntou de volta:

"Como assim, este lugar?"

Quero dizer, uma casa onde não há postes de luz por perto nem vizinhos. Uma casa onde se fica isolada, sem energia e água, se nevar. Um lugar onde há uma árvore cujos braços balançam, avançando e recuando durante a noite inteira. Um lugar onde há uma vila do outro lado do riacho que foi exterminada e incendiada.

Contudo, não disse nada, por isso Inseon começou a falar, como se refutasse pacificamente o que eu havia dito antes: "Mas eu não estou sozinha". Vi seu rosto se preenchendo com um brilho amoroso sereno. "Você sabe, eu tenho Ama."

Aquele brilho parecia estar se extinguindo e depois reviveu solitário, como a chama de uma lamparina.

"Ami morreu faz vários meses. Durante quatro dias Ama só ficou tomando água. Não comia nem as amoras que ela tanto adorava."

Inseon parou de falar por um instante.

"Ami estava claramente bem de manhã, mas quando voltei para casa, ao anoitecer, seus olhos estavam turvos de um jeito esquisito. Logo em seguida eu o levei até o hospital, mas ele não passou daquele dia."

O crepúsculo que fluía da floresta se tornava cada vez mais escuro. Conforme isso acontecia, os buracos para a passagem de ar do fogão a lenha ficavam mais vermelhos.

"Por que fingiu para mim que estava tudo bem? Mesmo que demonstrasse estar doente, eu não era seu predador natural", disse ela contemplando os dois buracos vermelhos. Como se encarar aquilo que se parecia com duas pupilas faria as palavras quentes como ferro fundido fluírem para fora.

"A gente conversava, você também viu." Inseon desceu da bancada e perguntou: "Será que, na verdade, nunca conversamos? Será que ela era apenas um pássaro e eu apenas um ser humano?".

Ela calçou de novo as luvas de trabalho feitas de algodão num movimento habilidoso e abriu a porta quente do fogão.

Ao remexer os pedaços de madeira com o atiçador de brasa, algumas fagulhas foram lançadas. O calor das chamas atingiu meu rosto.

"Mas isso não quer dizer que tudo está acabado." A voz de Inseon se propagou entre o calor. "Ainda não dissemos adeus de verdade."

* * *

Sem saber como reconfortá-la, perguntei baixinho:

"Onde o enterrou?"

Fechando a porta do fogão quente, que estava da cor escarlate, Inseon respondeu:

"No pátio."

"Onde, no pátio?"

"Embaixo da árvore."

Ela levantou os olhos para a parede sem janela voltada para o pátio e disse:

"Sabe? Aquela que você pensou que fosse uma pessoa."

Foi então que me dei conta de que talvez eu tenha desenterrado o túmulo dentro da neve usando minhas mãos. Que talvez eu também tenha quebrado os ossos velhos com a pá e os desarranjado com as mãos, meus dedos flexionados formando um ancinho.

* * *

Quando Inseon estendeu a mão, por um engano momentâneo, achei que ela queria trocar um aperto de mãos. Porém, estava pedindo a caneca vazia. Ao empilhar a caneca que acabara de pegar de mim e a que ela mesma usara, e colocá-las sobre a bancada de trabalho, disse:

"Vamos deixar desse jeito."

Só então notei que não tínhamos tido nenhum contato físico naquele dia. Quando nos encontrávamos depois de muito tempo, sempre nos abraçávamos. Ficávamos de mãos dadas enquanto trocávamos cumprimentos: "Quanto tempo já faz que não nos vemos?", "Como você está?". Hoje estávamos mantendo distância sem perceber? Parecia que, no instante em que nos tocássemos, a morte de uma contaminaria a outra.

"Quer comer *juk* de soja?", perguntou Inseon, que andara até a porta da frente e dera as costas para o espaço externo azulado. "Sei que você adora."

Logo que ela estendeu a mão por trás das costas e fechou a porta, a oficina ficou tão escura que não era mais possível distinguir sua expressão.

"É preciso deixar o feijão de molho antes de cozinhar, não?", perguntei voltada para ela, que tinha virado o corpo e estava trancando a porta.

"Eu tenho feijão cozido congelado. Não dá para usar o liquidificador por causa da energia, imagino que o feijão vá ficar menos mole, mas assim também é gostoso."

Inseon foi andando na frente e eu a acompanhei em direção à porta de trás. Caminhei apenas pelos espaços onde ela havia passado, e surpreendentemente não topei em nenhum tronco e não pisei no sangue. Antes de sair pela porta seguindo Inseon, olhei para trás, para o fogão a lenha. Os dois buracos vermelhos na lateral aquecida ainda cintilavam como se fossem pupilas.

Além da porta, no espaço de fora já um pouco escurecido, Inseon me aguardava na neve. Os flocos caíam vagarosamente como se fossem penas, por isso, mesmo no crepúsculo que desaparecia, o formato dos cristais era visível.

2.
Sombras

Inseon olhou para mim e abriu a porta de entrada com cautela. Disse com o dedo indicador apoiado nos lábios:

"Ama deve estar dormindo. Não vamos acordá-la."

Orientando-se com a ajuda do crepúsculo que entrava pela janela, abriu a sapateira e tateou as prateleiras. Eu observava o perfil de Inseon do lado de fora.

"Onde foi parar a lanterna?"

Falava sozinha feito uma criança desapontada, depois prendeu a respiração e exclamou: "Ah! Tem uma vela".

Inseon se virou para mim, para conseguir ver melhor. Tirou um fósforo da minúscula caixa de fósforos que ela devia ter ganhado de brinde em algum lugar. Ouviu-se o som do atrito e logo uma chama se acendeu. Inseon aproximou a chama do pavio novo da vela e sacudiu o fósforo.

"Entre", sussurrou tirando a botina de segurança e subindo no piso de madeira.

Fechei a porta e, fazendo como ela, subi no piso de madeira. Uma sombra, que não se podia dizer clara, mas ainda não completamente escura, infiltrava-se pela janela. Milhares de flocos de neve caíam, projetando uma sombra semelhante.

Olhei para o lustre em cima da mesa de jantar, onde Ama tinha pousado e se balançado. Será que ela tinha voltado para a gaiola? Estava dormindo, como Inseon havia dito? Existe isso de dormir outra vez depois de morrer?

Inseon estava com as costas curvadas, ocupada em pingar a cera da vela sobre a mesa. Quando juntou uma quantidade suficiente, pressionou a vela na cera derretida, e continuou segurando-a enquanto esperava a cera endurecer e ganhar uma coloração marfim.

"Kyung-ha."

Sem levantar a cabeça, ela me chamou, falando baixinho.

"Você pode cobrir a gaiola?"

Me aproximei da gaiola andando na ponta dos pés. A porta estava do mesmo jeito que Ama a deixara, quando a abriu com o bico e voou. Não havia nada ali, exceto as cascas de grão vazias e o pote com água até a metade. Quando desdobrei o pano preto que estava numa ponta da mesa e cobri a gaiola vazia, Inseon me perguntou:

"Ela está dormindo, né?"

***

Fui até a cozinha e me sentei numa cadeira, como se nada tivesse acontecido. Como se eu apenas tivesse passado na casa de uma amiga por acaso, numa noitinha qualquer. Inseon também vasculhava o congelador apagado como se nada tivesse acontecido. Como se a única coisa que a perturbasse fosse saber como ia servir um jantar para uma amiga que viera fazer uma visita inesperada.

Eu observava a chama que queimava absorvendo através do pavio a cera derretida e trêmula. Era pequena e calma, nada comparável à chama feroz do fogão da oficina. O núcleo azulado tremulava dentro da chama ondulante, como uma semente pulsando. Os batimentos pareciam se propagar até as bordas laranja, que tremelicavam.

Então, me surgiu a lembrança de quando coloquei a mão numa chama. Era algo de que eu não me lembrava havia muito tempo. Acontecera no outono do ano em que me formaria no primeiro ciclo do ensino fundamental. Nosso professor de atividades extracurriculares nos avisou para tomar cuidado com o calor do fogo e saiu do laboratório de ciências por um instante. Uma das crianças disse que, se passássemos os dedos pela lamparina a álcool bem rápido, não ia esquentar nem doer. As crianças que queriam se provar corajosas formaram uma fila, escondendo o medo, por vezes sem conseguir disfarçá-lo, enfiando os dedos no fogo e prontamente os tirando. Quando finalmente chegou minha vez e passei o dedo indicador na chama, o toque em seu interior era inacreditavelmente suave e havia uma pressão crescente. Era uma sensação passageira que não me era permitido apreciar, por isso tive de repetir várias vezes mais e mais rápido para poder me lembrar. Até pouco antes que o calor cortante do fogo atravessasse as células mortas e a epiderme e penetrasse a derme.

Estendi a mão, como se tivesse voltado àquela época. A leveza, inigualável a qualquer coisa deste mundo, envolveu minha pele por um instante. No momento em que eu pretendia passar o dedo outra vez pela chama que havia pouco eu tinha dividido ao meio, alguma coisa se agitou dentro do meu campo de visão, na direção do deque coberto. Então, levantei o rosto.

***

A sombra de um pássaro voava em silêncio pela parede branca. Era uma sombra grande, do tamanho de uma criança de seis ou sete anos. Os detalhes dos músculos das asas que se agitavam e das penas translúcidas eram tão nítidos que era como se estivessem passando por uma lupa.

A única fonte de luz existente na casa era a chama da vela à minha frente. Para que essa sombra se formasse, um pássaro deveria estar voando no espaço entre a chama da vela e a parede.

"Tudo bem."

Virei a cabeça em direção à voz clara de Inseon.

"Ami está aqui."

Apoiando as costas na pia, sua postura pareceu a de alguém exausto, como se fosse desabar a qualquer instante.

"Nem sempre ele vem, mas hoje veio."

A luz da chama da vela quase não alcançava o rosto de Inseon. Os contornos das feições haviam sido esmagados na escuridão, como se fossem o rosto cinzento e inexpressivo de uma desconhecida.

"Às vezes ele vai embora em alguns segundos, outras vezes fica até o dia raiar."

Inseon me deu as costas, como se aquela tivesse sido uma explicação suficiente. Tentou abrir a torneira e se queixou de forma quase inaudível.

"A água também acabou..."

Pela janela, o crepúsculo desaparecera por completo. Eu não conseguia mais ver os flocos de neve caindo e sua cor cinza-azulada. A árvore onde eu havia enterrado Ama na noite anterior, e onde Inseon enterrara Ami vários meses antes, também fora apagada pela escuridão, negra feito piche.

Foi então que ouvi um barulho.

Um barulho que se parecia com pedaços de tecido sendo friccionados uns nos outros, como torrões de terra molhados se despedaçando entre os dedos. O barulho me lembrava Inseon. Não essa que está ao meu lado agora, mas a Inseon que estava deitada num quarto de hospital em Seul. Era de alguma forma semelhante ao silêncio surdo que ela emitiu usando o mínimo a garganta, como se tivesse machucado as cordas vocais e não as mãos.

Eu me levantei, empurrando a cadeira para trás. Dei um passo à frente, em direção à sombra que parecia eternamente aprisionada entre as vigas e o chão de madeira, sem saber se ela pretendia voar alto ou se iria pousar. Estiquei a mão para o ar, no espaço onde deveria estar o corpo do pássaro, no meio da chama da vela e da sombra.

Não.
Os sons abafados sobrepostos entre si soaram como uma palavra.
Não, não...
No segundo em que me questionava se não era uma alucinação auditiva, as palavras foram reduzidas a migalhas e se dispersaram. O som dos pedaços de tecido sendo friccionados arrastou aquele eco consigo e desapareceu.

***

Nesse meio-tempo, Inseon se sentara à mesa. De repente, seu rosto parecia repleto de vivacidade, talvez por causa da luz do fogo da vela, que estava mais próxima e se refletia nas suas pupilas. Não se parecia com a pessoa que havia pouco se apoiava na pia como se estivesse exausta.

"Quando vim aqui, no outono passado..."

No instante em que comecei a falar, aquele vigor no seu rosto sumiu.

"Naquela época, Ami também falava a mesma coisa."

Como se estivesse sentindo frio, Inseon pôs as mãos em volta da chama da vela. As mãos permeadas pela luz do fogo ficaram vermelhas. Conforme cobria a luz, o ambiente ficava mais escuro.

"Ele aprendeu com você?"

Inseon estendeu os dedos que estavam grudados uns nos outros, e uma luz vermelha feito sangue coloriu suas juntas e escapou por entre os dedos.

"Provavelmente sim, né?"

Ao me perguntar de volta, Inseon retirou os dedos da chama e a luz que saiu dali iluminou seu rosto de chofre.

"Se você fica sozinha por muito tempo, começa a falar consigo mesma, né?", Inseon disse acenando a cabeça, como se pedisse uma confirmação. "Eu peguei o hábito de murmurar alguma coisa e depois dizer 'não' um pouco mais alto para negar o que falei."

Não pedi que dissesse alguma coisa nem a forcei a isso, mas ela continuou, escolhendo as palavras com cuidado, como se tivesse sido obrigada a responder corretamente.

"Palavras que não deveriam entrar num espírito, um desejo que podia acabar de fato sendo realizado por ele... Solto essas palavras e depois rasgo algo escrito num papel."

A voz de Inseon se tornou bastante clara, como se ela pressionasse forte um lápis contra o papel, deixando uma marca.

"Então, Ami só teria escutado direito a palavra que vinha depois. Vai ver ela me copiava achando que eu era um animal que fazia esse som."

***

Não indaguei qual era aquele desejo, pois achei que eu sabia. Aquilo contra o qual luto. Aquilo que escrevi e rasguei todos os dias. Aquilo enfiado no meu peito que escava como uma ponta de flecha.

"Você tem um lápis?"

Em resposta à minha pergunta, Inseon tirou uma lapiseira do bolso do avental e me entregou. Eu a peguei e cruzei o cômodo; a chama da vela tremulava às minhas costas, fazendo minha sombra aparecer à frente. Conforme a parede se aproximava, a distância entre minha sombra e a do pássaro se estreitou. Pareciam se tocar, então se sobrepunham obliquamente.

Estendi a mão, segurando a lapiseira além da minha sombra. Desenhei uma linha na parede seguindo o contorno do pássaro, que mudava o ângulo da cabeça sem parar. Ouvi dizer que eles movem a cabeça de forma incessante para poder enxergar as imagens por inteiro, pois não têm visão binocular. O que eu estava tentando ver? Existe isso de querer ver, mesmo que só tenha restado a sombra?

Não acho que eu estivesse apertando com força, mas o grafite da lapiseira continuava quebrando. Eu andava para o lado apoiando a palma da mão na parede fria coberta pela sombra, pressionava o botão da lapiseira várias vezes para que o grafite saísse, e continuava traçando a linha. Para desenhar o topo da cabeça do pássaro, ergui os calcanhares e precisei esticar os braços o máximo possível. Então, encontrei outro contorno além daquele que eu desenhava. Era a linha que eu havia traçado no outono do ano anterior. Não era nítida, mas parecia a parte da cabeça de Ama. A linha que desenhei acompanhando o contorno longo e suave dos ombros de Inseon estava coberta pela sombra do pássaro e não podia ser vista. Só então pensei que, se eu visse a parede durante a luz do dia, não ia conseguir distinguir nada por causa das linhas sobrepostas.

O grafite da lapiseira não estava mais saindo. Temerosa, me virei em direção à cozinha. Porque a cadeira onde Inseon deveria estar permanecia silenciosa como a gaiola coberta pelo tecido.

Porém, era possível enxergar os ombros de Inseon mergulhada no escuro. A respiração curta e constante escapando da calmaria atrás da chama da vela. Em vez disso, era a cadeira onde eu havia sentado que estava friamente vazia.

Ao olhar para a parede, a sombra do pássaro se agitava, como se ele estivesse torcendo o corpo para se libertar da linha que eu acabara de desenhar. A silhueta preta subiu rapidamente até o teto e se espalhou. As asas se abriram como se fossem planar. Um piado fraco soou no ar e desapareceu.

Ama voltou?, pensei enquanto olhava a gaiola coberta.
Onde Ama está?

***

Quando sentei de volta, a vela em cima da mesa estava um pouco menor. Três ou quatro fios de cera derretida escorriam pelo corpo da vela.

"Às vezes, parece que mais alguém está aqui...", Inseon falou, levantando os olhos das gotas de cera derretida que pareciam pequenos nós. "Como se sobrasse mais alguma coisa depois de Ami vir e ir embora assim." Em seguida, fez uma pergunta que atravessou o silêncio: "Você também sente isso?".

Enquanto Inseon inclinava os ombros para a frente, sua sombra projetada no teto se mexeu junto com ela. Percebendo esse movimento, que se inflou e se acalmou junto com sua respiração, em vez de dar uma resposta, fiz uma pergunta:

"Quando isso começou?"

Vi as rugas no meio da testa de Inseon, que se afundavam habitualmente na sua pele quando ela se concentrava. Ela estava contando os números de meses, não, de anos? Sob a chama, a cera transparente, que enchia o topo da vela, transbordou por um momento. Em instantes, ficou branca e formou no corpo da vela novas protuberâncias semelhantes a nós.

***

"Desde que vi os ossos", Inseon disse. "No avião, voltando da Manchúria..."

Era uma resposta inesperada. Pensei que devia ter sido depois da morte de Ami ou da sua mãe. Se foi depois das filmagens na Manchúria, então já fazia dez anos; e naquela época Inseon morava em Huam-dong, em Seul.

"Naquele outono, os corpos foram exumados."

"Onde?", perguntei.

"No aeroporto de Jeju", respondeu Inseon baixando a voz. "Embaixo da pista de decolagem..."

Sem dizer uma palavra, cruzei meu olhar com o de Inseon, que parecia me perguntar se eu também não me lembrava.

Esqueci o ano exato, mas li num artigo. Também me lembrava de uma foto de um buraco rodeado de faixas de proteção para que ninguém o ultrapassasse.

"Peguei um jornal que estava na porta da frente do avião e me sentei no meu assento. No lado inferior da primeira página, havia uma foto do local."

***

Pelo movimento da chama da vela, antes mesmo de escutar o barulho, eu soube que em algum momento começara a ventar.

Olhei de volta para o deque coberto e a sombra do pássaro havia sumido. A parede onde eu tinha desenhado o contorno do animal agitado parecia vazia, talvez por causa da distância e da escuridão.

Vi que o olhar de Inseon também se direcionava para aquela parede. Senti que ela ia se levantar de súbito e caminhar direto até o deque coberto, para tirar o pano da gaiola e me perguntar onde Ama estava, e por que eu não consegui salvá-la.

Entretanto, em vez de se levantar, Inseon ergueu as mãos. Analisou-as com cuidado, virando-as para cima e para baixo, como se estivesse investigando se não havia nenhuma ferida ou cicatriz que não tivesse notado.

3.
Vento

Uma ossada, que estava na beira do buraco, estranhamente chamou minha atenção.

A maioria das ossadas sugeria corpos com o crânio virado para baixo e as pernas esticadas, só aquele outro estava deitado de lado com os joelhos bem dobrados, voltado para a parede. Como fazemos quando não conseguimos dormir, quando sentimos dor ou quando estamos incomodados com algo.

Havia um artigo abaixo da foto em que se supunha que um grupo de dez pessoas era posicionado em pé, na beira do buraco. Que eram alvejados pelas costas e caíam dentro da vala; depois organizavam o próximo grupo e repetiam a mesma ação.

Foi então que pensei que o motivo pelo qual aquele único esqueleto estava com outra postura era porque, no momento em que foram cobertos com terra, a pessoa ainda respirava. Também seria por isso que ele era o único corpo com os gomusin *calçados nos ossos dos pés. E, pelo fato de os sapatos e toda a estrutura física não serem muito grandes, parecia uma mulher ou um adolescente.*

Sem perceber, dobrei o jornal e o guardei na mochila. Quando voltei para casa, desfiz as malas, recortei apenas a foto e a guardei na gaveta da escrivaninha. Aquela era uma foto brutal demais para se ver à noite, por isso eu só abria a gaveta para analisá-la até o horário em que havia luz do sol, depois fechava. Quando chegou o inverno, deitava de lado embaixo da escrivaninha e tentava dobrar os joelhos, como se estivesse imitando aquele corpo.

O mais estranho era que, ficando naquela postura, em certo momento senti como se a temperatura do quarto tivesse mudado. Era diferente dos raios de sol do inverno, que entravam profundamente, ou do sistema de aquecimento que espalhava o calor pelo chão. Eu sentia algo parecido com uma massa de gás quente preenchendo o quarto. Depois de tocar algodão, penas ou a pele de um bebê, resta uma suavidade na mão. Se você a prensar e destilar, essa sensação vai se espalhar de forma parecida...

Quando o ano virou, pensei em fazer meu próximo filme sobre aquela pessoa. Uma pessoa da qual não se sabia o nome, o gênero e a idade naquela época. Uma pessoa com estrutura física delgada e que calçava seus pequenos sapatos, e que era uma das mais de mil pessoas detidas preventivamente e fuziladas em Jeju logo depois da eclosão da guerra.

Se fosse um adolescente, acho que teria nascido mais ou menos no mesmo ano que minha mãe. Eu tinha um plano para expor o que havia acontecido com essas duas pessoas. Os sessenta anos que uma delas passou sendo sacudida embaixo da pista onde dezenas de aviões pousavam e decolavam todo dia; e que a outra passou nesta casa isolada com um arco de serra debaixo do colchão, fino e de algodão, que ficava no chão.

Decidi estruturar o documentário em torno das minhas pesquisas para descobrir e aprender mais sobre aquela primeira pessoa. Pensei em começar mostrando a foto para a equipe de escavação, e perguntar onde os restos mortais e os calçados dela estavam armazenados. Li, numa notícia que acompanhava o caso, que estavam realizando testes genéticos para confirmar o parentesco de quase cinquenta dos mais ou menos cem corpos encontrados. Na minha mente, veio a ideia de que no meio deles podia estar aquela pessoa. Sendo assim, eu podia entrevistar os parentes da pessoa falecida na próxima etapa.

Antes disso, fui até minha casa com meu equipamento para fazer uma breve entrevista com minha mãe. Eu planejava fazer a introdução do filme com conversas triviais sobre como a colheita de inverno estava terminando, se ela estava dormindo melhor e outros tópicos similares. Não queria expor minha mãe. Eu iria fazer com que só aparecessem os cabelos na altura do pescoço, a nuca e as mãos, para que ninguém pudesse reconhecê-la. Durante todo o tempo de duração do filme, pensei em fazer apenas uma cena da minha mãe de corpo inteiro: a figura dela deitada de lado, virada de costas dormindo no colchão fino no chão, que escondia o arco de serra enferrujado.

Certa manhã, embarquei num avião, peguei um ônibus e cheguei em casa antes do meio-dia.
 Minha mãe estava na aldeia trabalhando na colheita de tangerinas e só voltaria ao entardecer, então me preparei sozinha para a entrevista que faria no dia seguinte. Procurando um espaço apropriado, coloquei uma cadeira em frente à parede revestida de cal do depósito. Configurei a câmera e o microfone, sentei-me ali e comecei a falar para fazer um teste.
 Eu não estava pensando sobre a caverna e meu pai. Não era algo de que me recordava habitualmente. Eu mesma não conseguia compreender por que estava começando a contar aquela história. Embora eu não conseguisse parar, também não consegui continuar como se fosse água fluindo. Sob aquela parede, gaguejei usando todo o limite de tempo que o equipamento era capaz de filmar de uma vez. Repeti isso uma vez, e mais outra.

Naquela noite, enquanto tentava dormir, soube que ia me afastar um pouco do meu plano. Não mencionei a entrevista para minha mãe; em vez disso, no dia seguinte, de madrugada, acoplei uma câmera na testa e fui até a vila. Eu já te contei antes, né? Aquela vila abandonada do outro lado do riacho.

Fui criada bem perto dali e já tinha ido várias vezes até a margem dele, mas aquele foi o primeiro dia que o atravessei. Ao contrário do que eu esperava, não havia restado nenhum dos doldam, *os muros e paredes de pedra. Todavia, mesmo sem eles, pude reconhecer as divisões das casas e das ruas. Porque as árvores só não cresciam nos lugares em que havia passagens e casas. Todos os lotes de casa ao longo das* olle, *vielas estreitas, pareciam ser aconchegantes. Também era possível ver terrenos nos quais parecia haver casas relativamente grandes naquela época, os pátios ao fundo onde agora os bambuzais cresciam sem parar em direção ao céu.*
Era impossível encontrar a casa do meu pai ali.
Porque não havia nem endereço nem registro.
Porque nunca ouvi em qual lado da vila ela ficava, nem de que tamanho era.

* * *

Alguma coisa cai no pátio, derrubada pelo vento, fazendo um barulho abafado de metal. Parece a pá que deixei em pé ao lado da porta de trás da oficina. Como se, em resposta àquela vibração, a cera derretida, em formato semelhante ao de uma conta grande, escorresse pela vela.

Quanto mais forte é o som do vento, mais o movimento da chama da vela se torna violento. Como se um objeto invisível estivesse entre a chama e o teto, ela se estica verticalmente como se quisesse alcançá-lo e queimá-lo. Uma chama tão longa assim, eu conseguiria passar pelo seu centro não um dedo, mas a mão inteira.

Penso nisso enquanto escuto o barulho de todas as janelas da casa se chocando contra sua moldura. A neve que estava cobrindo a árvore no meio do pátio deve ter se espalhado. Os galhos devem estar balançando, de volta à vida, como se fossem folhas gigantes de samambaia. As maravilhosas árvores da floresta que se estende para além da porta da frente da oficina também estarão se agitando enquanto removem a neve seca acumulada.

***

Naquele ano, meu pai tinha dezenove anos.

Ele tinha três irmãs mais novas e um irmão mais novo, eram desde bebês a crianças de doze anos. A irmã preferida do meu pai era a caçula, que havia nascido no começo de janeiro. Contou que foi ele quem escolheu o nome dela, Eun-young. Depois de chamar os outros filhos de Hak-young, Sook-young, Jin-young, e Hee-young, meu avô pretendia chamá-la de Soo-young, mas meu pai o dissuadiu. Questionou meu avô: e se por acaso uma bebê tão gentil quanto essa acabasse crescendo doce demais por causa do nome?*

Minha avó tinha lhe comprado uma jaqueta com punhos elásticos para que ele usasse como uniforme escolar durante o inverno. Na primavera, quando aconteceu uma greve de estudantes, meu pai fez as malas e voltou para casa com o intuito de economizar com os gastos de moradia. Então passou a andar com a irmã bebê dentro da jaqueta. Quando encontrava um amigo, abria a parte de cima do zíper e mostrava seus cabelos macios. Escutava as garotas admiradas ao verem a bebê esticar as pequeninas mãos e agarrar a gola da sua camisa. Se minha avó o repreendesse: "E se você acabar deixando a bebê cair?", ele respondia que ela não precisava se preocupar porque a segurava firme. Que, se achasse que ela ia cair, se jogaria rápido para trás e nada ia acontecer com a bebê.

Meus avós se preocupavam com meu pai, pois ele era o filho mais velho e o único que tinha idade para que os militares e policiais suspeitassem que pudesse estar se comunicando em segredo com o grupo de trezentos guerrilheiros no alto da montanha. Porque

---

* *Soo* em coreano significa "doce", "suave". [N. T.]

havia um boato de que os policiais que falavam usando o dialeto do Norte invadiam cada vila e levavam rapazes jovens para serem contabilizados nos registros de detenções. Detetives de alta patente que serviram ao Japão na época da ocupação japonesa na Coreia continuavam atuando e torturando pessoas, como faziam antes da liberação. Depois que meu avô soube que um estudante do ensino médio foi morto na delegacia de uma vila, mandou meu pai se esconder sozinho numa caverna. Lá dentro, ele acendia uma lamparina durante o dia, lia livros, estudava, pois queria prestar a prova de admissão de alguma universidade em Seul depois que tudo passasse. Quando o sol se punha, ele apagava o fogo e ficava sentado. Só quando chegava a meia-noite, meu pai passava em casa, comia a comida fria, tirava um cochilo, embrulhava três ou quatro batatas e um pouco de sal num papel e voltava para a caverna antes do amanhecer.

Naquela noite de novembro, meu pai saiu da caverna e seguia o caminho de volta para casa, como sempre. Quando estava atravessando o riacho, ouviu o som de um assobio e de repente o espaço ao redor ficou vermelho. As casas começaram a pegar fogo.

Instintivamente ele sabia que não deveria ir para lugar nenhum. Escondeu-se no bambuzal na beira do riacho, e, então, sete tiros soaram de um terreno baldio da vila. Em seguida, observou, entre os bambus, os soldados soprarem os apitos e moverem as pessoas. Ele estava distante, mas reconheceu dois dos seus irmãos entre a multidão, de mãos dadas. Mulheres andando com crianças ainda menores que eles na frente delas ou aquelas com bebês nas costas, e também idosos que caíam ou não conseguiam se locomover rápido, atrasavam a fila várias vezes. Sempre que isso acontecia, os soldados sopravam os apitos e brandiam a coronha das armas.

Assim que as pessoas não estavam mais à vista, ele correu para a vila. Ao olhar para trás, viu que a parte mais abaixo da vila, onde havia um número maior de habitações, também pegava fogo.

As chamas eram tão grandes e brilhantes que era possível ver a cor branca das nuvens tocadas pela fumaça que se erguia.

Tudo estava queimando, restando apenas paredes e muretas de pedra e casas feitas com estrutura de pedra. Ao entrar na sua casa, meu pai ficou surpreso ao ver que o pátio estava cheio de alguma coisa vermelha. Os vasos de cerâmica que continham gochujang, pasta de pimenta, tinham explodido. Verificou se não havia ninguém em casa, então correu para baixo, em direção à árvore de lodão-da-china, de onde tinha ouvido os tiros, e lá havia sete pessoas mortas. Uma delas era meu avô. Os soldados que conferiram a lista de registro de residentes em cada moradia consideraram que os homens que não estavam presentes tinham entrado para as forças rebeldes e, então, mataram todo o resto da família.

Ele carregou o corpo nas costas até sua casa, deixou-o no meio do pátio e cortou um monte de folhas de bambu aleatoriamente. Em vez de um pano, cobriu o rosto e o corpo com as folhas, arrastou uma pá, cujo cabo estava queimado, de dentro do depósito onde ainda havia brasas. Esperou o metal quente esfriar e cobriu as folhas com terra.

* * *

As chamas laranja, que se elevam, se curvam flexíveis e oscilam. Sem tirar os olhos delas, Inseon diz:

"Eu não contei essa história no filme."

Faço que sim com a cabeça. É verdade. Na frente daquela parede revestida de cal, ela só falou sobre a escuridão que viu na caverna e em apagar as pegadas logo que elas eram deixadas na neve.

"Naquela época eu não sabia disso, porque minha mãe só veio me contar pouco antes de perder a lucidez."

É possível sentir a velocidade do vento nas bochechas e no nariz. O lustre apagado em cima da mesa de jantar balança lentamente. A chama da vela, que estava tensamente alinhada, encolhe como se fosse apagar-se. Dá a impressão de que alguma coisa abraça a casa por fora. Sua respiração, enorme e fria feito gelo, parece penetrar pelas brechas nas vigas, portas e janelas.

"Apenas uma semana depois, meu pai foi pego", Inseon diz, levantando os olhos da vela. "Ele não conseguiria resistir apenas com a água que pingava do teto da caverna. Saiu para ver se havia restado algum grão e se deparou com a polícia. Eles estavam emboscando as pessoas que apareciam para que elas enterrassem os corpos."

"Então, será que ele encontrou a família?"

Inseon balança a cabeça dizendo que não.

"Isso não era possível porque a cadeia de comando dos militares e a da polícia eram diferentes. Ele ficou preso numa destilaria no cais da cidade de Jeju durante quinze dias e depois foi levado para o porto de Mokpo. A polícia que atuava em terra estava esperando no atracadouro e prontamente informou qual eram as sentenças e onde a cumpriria."

Por causa da sombra da chama trêmula, não consigo distinguir se a expressão de Inseon se altera momento a momento, ou se é apenas a luz e a sombra que se mexem.

"Mas, então, e as pessoas que os militares prenderam?"

"Elas foram mantidas numa escola de ensino fundamental na cidade P durante um mês e depois fuziladas em dezembro, na praia de areia branca que hoje é uma praia aberta para banhistas."

"Todas?"

"Todas, exceto a família imediata dos militares e policiais."

***

Os bebês também?

O objetivo era o extermínio.

Extermínio do quê?

Dos comunas.

***

A porta de entrada balança como se alguém estivesse batendo nela furiosamente. O fogo da vela, que havia encolhido e ficado perto da base do pavio, de repente cresce. Impassível, Inseon posiciona as costas das mãos sobre a mesa. Os dez dedos estão perfeitamente esticados. Por fim, apoia o peso na mesa, levanta-se e diz:

"Quero te mostrar uma coisa."

***

Observo Inseon de costas para mim, avançando para seu quarto escuro, que está aberto. Em meio ao barulho de alguma coisa caindo outra vez no pátio, o esvoaçar da lona e o som do vento parecendo um apito agudo, ela segue em frente, um passo de cada vez. Seus movimentos são vagarosos e serenos, como se ela estivesse usando tentáculos de algum lugar do corpo em vez dos olhos.

Pouco tempo depois, Inseon volta carregando uma das caixas que abarrotavam a estante de livros de metal. Não é possível enxergar nada por causa do escuro, será que ela sabia de cor a localização do objeto? Inseon coloca a caixa ao lado da vela e abre a tampa com ambas as mãos. Cadernetas sinalizadas com post-its amarelos com datas e palavras-chave, e com finos marcadores de página colantes de cor verde-amarelada e verde-escura, vão sendo retiradas uma a uma e empilhadas na mesa. No fundo da caixa, avisto uma foto em preto e branco, emoldurada e do tamanho de um palmo, que Inseon não retira. É uma foto tirada no estúdio, de um casal jovem trajando terno e vestido.

Logo percebi que a mulher sentada na banqueta era a mãe de Inseon. Eu a enxergava como uma senhora que tinha algo de menina, mas, ao contrário do rosto delicado que imaginei num primeiro momento, ela era uma jovem com um vigor tenro e confiante, que permeava sua pequena estrutura física. O homem esguio, em pé ao seu lado e com a mão repousada no ombro dela, é quem, na verdade, parece ser delicado. Vejo suas feições, que parecem claras como porcelana, seus grandes olhos com pálpebra única, que tinham um brilho úmido. Penso que Inseon puxara os olhos e o físico do pai, e em todo o resto parecia sua mãe quando jovem.

***

Inseon passa a ponta do dedo pelas lombadas dos livros que formam uma pequena torre. Um guia de referência, com o subtítulo "Secheon-ri" e a numeração 12 ao lado, não me era estranho. A primeira vez que vi livros dessa série foi no inverno de 2012, na Biblioteca Nacional da Coreia, no espaço de leitura. Na época, eu estava lendo sobre casos nacionais e internacionais relevantes ao tema para escrever um livro sobre a cidade K. Eu decididamente pulei esse volume com os testemunhos orais sobre os massacres em várias vilas da ilha, pois me senti oprimida com o peso das seiscentas páginas com relatórios de apuração dos fatos, e os depoimentos de cerca de trinta pessoas nos anexos.

Inseon abre as páginas sinalizadas com os marcadores verde-amarelados. Para que eu veja melhor, ela vira o livro e me entrega.

Não há melhor vista do que a da nossa casa. Olhe ali. Sentada nesse espaço da casa, dá para ver direitinho o mar, a areia. Naquele dia eu também vi do meu quarto. Tive medo de abrir a porta, então fiz um furo com o dedo no papel da janela.

Estava escuro e a fonte do texto era pequena, então, para conseguir ler, era preciso deixar o livro logo abaixo da vela e aproximar o rosto. Senti o cheiro de livro usado que deve ter ficado úmido nas épocas de chuva e depois ter secado, repetindo o mesmo ciclo.

No pôr do sol, vieram dois caminhões cheios de gente. Devia haver pelo menos cem pessoas. Os soldados desenharam um quadrado naquele banco de areia usando as baionetas, e mandaram as pessoas entrarem dentro desse espaço. Disseram para ficarem em pé, não sentar, formarem uma fila. Os soldados pareciam estar gritando, mas o vento ia para o mar, então não consegui escutar. O barulho dos apitos era constante, mas depois que as pessoas estavam quietas, organizadas dentro das linhas, pararam de soprar.

Um soldado que parecia ser um dos superiores berrou alguma ordem, então dez pessoas de dentro do quadrado foram para a frente, olhando para o mar. Eu estava vendo porque queria saber qual seria a punição, mas os soldados atiraram nas costas deles e todos caíram para a frente. Ordenaram que outras dez pessoas viessem para a frente, mas ninguém queria ir, então as filas ficaram bagunçadas. Quando os soldados apontaram as armas e gritaram para que ficassem em pé direito, uma dúzia das pessoas que estavam atrás saiu do espaço e fugiu em direção à minha casa.

Eu tinha vinte e dois anos, meu filho mais velho tinha completado cem dias de vida. Os soldados logo atiraram para cá, daí eu abracei meu bebê apertado e peguei um cobertor de algodão para nos cobrir. Naquela época, o abang *do meu filho tinha acabado de entrar para a Minbodan* e todos os dias estava a postos trabalhando na delegacia de polícia até de noite. Ai, éramos*

---

* Associação de proteção civil, era uma organização subordinada e de apoio à polícia. Surgida antes das eleições de 1948, deixou de existir em 1950. [N.T.]

só eu e meu bebê... Aquela foi a primeira e última vez que escutei tantos tiros assim. Depois de um bom tempo, foi ficando tranquilo e eu fui tremendo até a porta para olhar pelo buraco, e vi aquele tanto de gente, todos mortos na areia. Em duplas, os soldados foram jogando cada corpo no mar, pareciam roupas flutuando na água.

***

"Esse livro não tem fotos, mas aqui tem", Inseon disse, abrindo a página marcada com um post-it de uma caderneta de espessura fina, como uma revista *Reader's Digest*. Eu leio a data que Inseon escrevera à caneta no post-it amarelo. Outono de quinze anos antes.

Na foto em preto e branco havia uma idosa com uma aparência robusta, cabelos curtos, cacheados e cinza-escuros. Ela se sentava no deque coberto da casa e consertava uma rede de pesca. Só seu perfil foi registrado, parecendo que ela não havia autorizado que fotografassem seu corpo de frente. O recorte do depoimento abaixo da foto foi traduzido para o dialeto-padrão coreano, talvez porque fosse um artigo escrito e não uma gravação de testemunho oral.

Eu não como peixe de água salgada. Na época dos ocorridos, as colheitas estavam ruins e eu tinha um bebê, então se eu não me alimentasse não teria leite e meu bebê morreria. Por isso, precisava comer tudo que houvesse. No entanto, depois que a vida começou a melhorar, até hoje é algo que não como. As criaturas marinhas comeram aquelas pessoas, não?

O fino papel brilhoso reflete a luz da vela e parece ainda mais brilhante, a fonte é maior do que a do outro livro que eu acabara de ver, tornando a leitura mais fácil. Eu seleciono e leio apenas as partes do texto onde há citações. A maioria coincide com as informações do depoimento anterior, mas às vezes acrescentam alguma informação.

Eu me escondi debaixo do meu cobertor porque tive medo de que as balas entrassem no meu quarto, e ouvi o som dos tiros. Não parava de pensar nas crianças, meu coração se perturbava. Vi mulheres segurando bebês da idade do meu filho, em pé, também havia uma mulher grávida que parecia já estar perto do dia de dar à luz, e ela apoiava as costas com as mãos. Estava ficando escuro quando os sons de tiro cessaram, e eu fui espiar pelo buraco da porta. Os soldados estavam jogando no mar as pessoas de cara no chão, na areia ensanguentada. Primeiro achei que eram roupas boiando no mar, mas eram todas pessoas mortas. No dia seguinte, fui até a praia levando meu filho nas costas, sem que o pai dele soubesse. Pensei que certamente iria encontrar o corpo de algum bebê trazido pela água, procurei com atenção mas não vi nada. Eram tantas pessoas, mas não havia sequer uma peça de roupa nem um par de calçados. O lugar onde aconteceu a execução estava limpo, sem nenhuma mancha de sangue, porque a maré havia varrido tudo na noite anterior. Então pensei que era por isso que haviam escolhido matá-las na areia.

***

Inseon pega o mais grosso de todos os livros dispostos em cima da mesa. Pelo design relativamente sofisticado da encadernação, suponho que o livro tenha sido publicado na última década.

"Esse é o último depoimento dela."

Ela abre a página sinalizada com um marcador de página laranja brilhante colado. Aparece a foto colorida de uma idosa cujo cabelo se tornara completamente branco, como as penas de um pássaro branco. Sua pele e seus músculos haviam enrugado e secado, a densidade corporal tinha diminuído, deixando-a similar a uma criança, parecia quase outra pessoa.

Apoiava as costas na coluna do deque coberto daquela mesma casa, com os joelhos dobrados. A única parte de onde se podia sentir alguma vitalidade eram seus olhos abertos em direção à câmera.

***

Agora não venha me procurar assim. Já falei tudo, então por que continua vindo?

Tem algo que ainda não contei?
   O que será que não contei...

Começou com aqueles pesquisadores. Pediram para eu falar porque não havia muita gente que viu com os próprios olhos, então, se eu não contasse antes de morrer, ninguém iria saber. Não achei que estavam errados, então aquela foi a primeira vez que falei. Depois que contei uma vez, começaram a vir outros. A gente conversava, iam e vinham, eu sabia que ia ficar remexida por dentro durante vários dias, mas fiz o tanto quanto pude.
   Se meu marido estivesse vivo, ia odiar, mas como ele morreu cedo, não pôde me impedir. Por acaso ele ia me perseguir do outro mundo? Como fantasma, ele podia me deter aparecendo nos meus sonhos, mas isso não aconteceu até agora.

Meu marido não sofreu muito durante os acontecimentos. Ele lutou na Guerra da Coreia, passou por momentos críticos correndo risco de morte no conflito, e isso foi tudo. Naquele tempo, muitas pessoas se alistaram na marinha. Se ficasse na ilha, você podia ser pego e morto pelo exército ou pela polícia, ou, se fosse da Minbodan e seguisse os soldados e policiais, ia presenciar coisas difíceis de ver. Eram essas duas opções, né? Se você apenas saísse da ilha, ia conseguir descansar mesmo que fosse por um dia. Por isso, meu marido foi o primeiro a se alistar voluntariamente. Foram três anos sem eu saber se ele estava vivo ou morto até ele voltar, disse que teve sorte porque muitos companheiros de Jeju morreram em combate. Que era difícil ficar a salvo com tanto boato sobre as pessoas de Jeju serem comunas.

Como vou saber o que meu marido fez antes da guerra, quando seguia os soldados e policiais, se ele não me contou? Não é como se ele quisesse fazer isso. Ele estava construindo um forte com outros moradores, quando os policiais vieram e escolheram alguns para irem com eles. Eram outros tempos, diferentes de agora. Era preciso fazer aquilo que mandavam.

Eu ficava preocupada porque havia boatos de que a Seocheong, Associação Jovem do Noroeste,* era cruel e, se alguma coisa saísse errado, matavam os membros da Minbodan que os acompanhavam. Eu ouvi a história da esposa recém-casada com um homem que ficava na montanha. Eles a apunhalaram com as baionetas, depois a deixaram no pátio de um posto policial pequeno e disseram para o pessoal da Minbodan atacá-la com lanças de bambu. Quando eu falava para o meu marido tomar cuidado e não criar inimizade com ninguém, ele sempre dizia: Só faço o trabalho de intérprete. O pessoal da Seocheong não entendia o dialeto de Jeju, e o pessoal de Jeju não entendia o dialeto das pessoas do Seocheong. Meu marido me contou que, mesmo no sokai *— evacuação —, quando botaram fogo nas casas da montanha, tudo que ele fez foi bater nas portas e falar "saiam, só saiam sem nada, porque está pegando fogo". Contudo, era estranho que, desde aquele dia até ele se alistar, ele nunca tenha segurado nosso bebê. Falava que traria*

---

* Também chamada de Liga da Juventude do Noroeste. Foi um grupo paramilitar de extrema direita formado por jovens coreanos fugidos da Coreia do Norte, ocupada pela União Soviética, e que tinham um sentimento anticomunista acentuado. Atuavam de maneira bastante violenta, sendo responsáveis por torturas e massacres de civis, além de terem participado do Massacre de Jeju. [N.T.]

azar para o nosso filho se o tocasse, que eu não devia olhá-lo nos olhos, e ele realmente não nos olhava.

Até o dia em que morreu, meu marido nunca xingou nem os militares nem os policiais. Nunca saiu nada de bom ou de ruim sobre eles da sua boca. Contudo, ao contrário deles, odiava os comunas. Ele perguntava: esses grupos armados, o que eles fizeram de verdade? Mataram alguns policiais e se vingaram de famílias inocentes, se esconderam nas montanhas. Daí, em retaliação, massacraram de duzentos a trezentos moradores só daquela vila. Isso tudo em prol de criarem um paraíso na terra, mas que paraíso infernal é esse?

Então, nem comentei nada sobre aquele dia com meu marido. O que eu podia falar para alguém que entrava no meio da noite, sem fazer nenhum barulho, ia até o lado do chão não aquecido e dormia encolhido, com as costas viradas para mim?

Antes dos pesquisadores virem, só falei sobre isso exatamente uma única vez. Foi na época que nosso filho estava no segundo ciclo do ensino fundamental, então já tinham se passado quinze anos desde os ocorridos.

Um vento frio vinha durante as manhãs e as noites, mas o sol era quente. Eu estava pendurando no portão as pimentas chili vermelhas esmagadas para secar quando um homem desconhecido veio me visitar. Começou a falar de maneira educada, queria perguntar algo: se a gente morava naquela casa desde antes da guerra.

A gente estava na época do golpe militar de 16 de maio, ninguém abria a boca para falar daqueles acontecimentos. Teria sido uma boa resposta se eu dissesse que a gente morava em outra casa e depois mudamos para cá, mas eu não sei mentir nem sou o tipo de pessoa cheia das astúcias. Ele não parecia ser uma ameaça, pelos olhos e pela voz achei que fosse alguém incapaz de matar uma mosca. Então, eu o convidei para entrar. Disse para ele sentar no degrau de *pedra da entrada, deixei o portão aberto para mostrar que havia uma distância respeitável entre nós. Fiquei preocupada que alguém escutasse, então perguntei com cautela o que ele queria saber vindo até ali. Então, ele hesitou e começou a se desculpar. Pediu desculpas por aparecer de repente, perguntou se não estava me incomodando. Ai, não aguento essas coisas. Respondi que estava tudo bem, e o apressei para que ele perguntasse logo o que queria. Assim, ele abriu a boca e perguntou se naquele dia eu vi as crianças na areia.*

Logo que escutei aquelas palavras, perdi o ar, como se houvesse um ferro de passar à brasa aqui em cima da boca do meu estômago, aqui sobre o tórax, pressionando o esterno e as costelas. Eu não tinha culpa, não sei por que meus olhos ficaram turvos e minha saliva secou. Eu sabia que devia ter dito que não sabia e posto ele para fora de casa, mas, de um modo estranho, tive vontade de responder. Como se eu estivesse esperando por ele. Como se eu tivesse vivido durante quinze anos à espera de que alguém me fizesse aquela pergunta.

Respondi a verdade, que sim. Que havia crianças. Meu coração estava acelerado como se fosse romper-se, minhas palavras saíram atropeladas, e por um bom tempo ele ficou em silêncio, ansioso, e então perguntou outra vez. Perguntou se eu não tinha escutado o choro de um bebê novinho.

Era a primeira vez que eu via aquele homem, se meu marido soubesse ia ser um problemão, mas respondi de novo, sendo apenas levada como se estivesse com a cabeça vazia. Não ouvi nenhum choro, mas vi as mulheres segurando bebês. Vi de verdade. Havia três mulheres dentro das linhas desenhadas na areia, abraçavam com força os bebezinhos. Sete ou oito crianças que pareciam ter quatro, sete, dez anos no máximo estavam juntas ali. Elas levantaram a cabeça para olhar para as mulheres, e mexeram os lábios algumas vezes, mas não consegui ouvir o que estavam dizendo ou gritando.

Aquele desconhecido não se moveu, ficou sentado, então achei que não tinha mais nenhuma pergunta. No entanto, ele me perguntou outra vez se não houve nenhum bebê trazido de volta pelo mar. Se não naquele dia, no dia seguinte, ou no mês seguinte.

Eu não tinha mais forças para falar... Quis perguntar por que, depois de mais de dez anos, ele veio até aqui me fazer essas perguntas, mas as palavras não saíam da minha boca. Consegui dizer com delicadeza que ninguém apareceu, e então vi que a camisa dele estava toda molhada, do colarinho até as costas.

Por isso, entrei na cozinha e trouxe uma cumbuca com água, mas ele não quis. As mãos apoiadas em cima dos joelhos tremiam, e achei que, se ele segurasse a tigela, ia acabar virando tudo antes de conseguir beber. Ele também sabia disso, que não tinha como segurar, e, como eu também percebi, não podia ser insensível e recolher a cumbuca, por isso fiquei ali parada por um bom tempo.

Eu tinha de fazer com que ele fosse embora rápido, porque logo as crianças iam voltar da escola. Ia ser uma confusão se meu marido soubesse, torci para que ele fosse antes disso. Entrei na cozinha de novo para guardar a tigela, esfreguei meu peito escavado algumas vezes, e quando saí não vi mais o homem. Não deixou vestígio nenhum, e eu me sentei no degrau de pedra e olhei para fora, para o mar azul-escuro. Parecia que eu com certeza ia ouvir os passos dele outra vez, mas não sei se eu estava esperando ou se estava com medo.

4.
Quietude

No instante em que levanto os olhos, a escuridão me assusta. Enquanto eu lia com a cara afundada no livro, esqueci onde estava. Não tinha reparado que o tempo havia sumido. Olho sem reação para a janela escura envolta pelo silêncio, como se a agitação de antes, que fazia parecer que ela ia se quebrar a qualquer instante, fosse algo de um passado esquecido. É uma calmaria que me faz ter a sensação de que, repentinamente, abri a porta de outro sonho já estando num primeiro.

A chama da vela não treme mais. O núcleo da chama, que se parece uma semente azulada, encara o interior dos meus olhos. O corpo da vela derreteu, ficando quase do comprimento da falange média dos dedos. A cera derretida escorre pela mesa e endurece, parecendo um fio com várias contas.

Sentando-se curvada do lado oposto a mim, Inseon diz:

"Eu também visitei essa casa."

"Quando?"

"No ano retrasado. Só o filho com a esposa estavam morando lá."

Ela responde como se estivesse empurrando o silêncio com a ponta da língua a cada palavra que dizia.

"Ela faleceu no inverno do ano em que deu essa entrevista."

A cera da vela se espalha, distribuindo-se em novos fios.

"Há uma coisa que ela entendeu errado."

Inseon olha para atrás, em direção ao quarto principal, e eu também volto o olhar para a mesma direção. A única coisa que consigo ver além da porta de correr entreaberta é a escuridão.

"Não foi por causa da emoção daquele momento que as mãos do meu pai tremeram tanto a ponto dele não conseguir segurar a tigela de água."

Inseon põe o punho em cima do coração e diz:

"Ele esquentava uma pedra um pouco maior do que meu punho e botava aqui enquanto sentava com as costas apoiadas na parede do quarto principal. Ele dizia que respirava naquela posição melhor do que deitado."

Observo as veias azuladas saltadas no punho pálido de Inseon que surge da parca preta. Um punho que se parece mais com um coração do que com uma pedra.

"Quando a pedra esfriava, meu pai me chamava. Eu ia para a cozinha levando a pedra morna, minha mãe a pegava e fervia numa panela. Lembro-me de ficar olhando até subirem bolhas dos buracos na pedra preta. Minha mãe jogava fora a água quente, embrulhava a pedra num pano de cozinha e me dava para que eu levasse ao meu pai."

Inseon abaixou o punho. Ela o deposita sobre a mesa com suavidade, como se ele fosse um coração.

"Ele tinha alguma doença do coração?"

"Tomava remédio para angina. Acabou sofrendo um infarto", ela responde, serena. "O tremor que ele tinha nas mãos era sequela da tortura."

***

Enquanto observo Inseon esticar o punho e recolher as cadernetas devagar, algo me vem à cabeça.

Quando será que ela começou a reunir esses materiais?

Se ela foi visitar aquela casa na praia dois anos atrás, então deve ter começado antes. Ela podia ler ou pegar os materiais emprestados da biblioteca provincial ou do Instituto de Pesquisa Jeju 4·3, mas consegui-los pessoalmente deve ter exigido um esforço extra. Para encontrar revistas que não foram digitalizadas, ela deve ter tido de procurar em sebos, ou entrar em contato com a editora solicitando edições antigas. Esse tipo de tarefa não deve ter sido algo difícil ou desconhecido para Inseon. Durante os últimos dez anos produzindo filmes que contavam com um baixo orçamento, ela fazia sozinha a pesquisa de materiais, a seleção das pessoas e todo o resto.

No instante seguinte, me pergunto se ela não estaria preparando um filme. Ou quem sabe refazendo o último ou acrescentando algo a ele?

***

Porém, antes que eu terminasse de fazer aquelas perguntas, o rosto de Inseon se enrijece silenciosamente.

"Não é algo que eu tenha pensado."

Acho que seus cotovelos apoiados na mesa, o queixo e o lábio inferior encostados nas mãos entrelaçadas fazem com que ela se pareça, de alguma forma, com a idosa da foto que acabamos de ver. As rugas no meio da testa e a expressão teimosa são quase idênticos aos que ela mostrava durante sua participação num bate-papo com diretores. A última produção de Inseon, que não recebeu críticas muito favoráveis, tinha sido exibida num festival de cinema junto com uma breve resenha amigável de um dos organizadores, que ficou como um subtítulo: "Videopoema para a história de um pai". Assim como agora, franzindo a testa, ela rejeitou essa descrição. Não é um filme para o meu pai. Não se trata de um filme sobre história, e também não é um videopoema. Parecendo surpreso, o mestre de cerimônias sorriu e perguntou suavemente: Então, sobre o que é o filme? Não lembro como ela respondeu a essa pergunta. Entretanto, toda vez que eu ponderava sobre os motivos de Inseon ter parado com os filmes, aquele dia surgia de volta. A postura do mestre de cerimônias com uma mistura de confusão, curiosidade e frieza; o silêncio perplexo da audiência; e o rosto de Inseon, que continuava a falar devagar, como se estivesse sob a maldição de sempre ter que dizer apenas a verdade.

***

"Nos últimos quatro anos não tenho pensado em nada além do nosso projeto", diz Inseon, soltando os dedos entrelaçados e os desencostando do lábio inferior. Ela ia continuar sua fala, mas dessa vez a impeço:

"Nós decidimos que não faríamos mais, né, Inseon?"

Surge no seu rosto uma expressão de que ela não havia aceitado aquilo, talvez tenha sido igual à que fez no último verão, quando eu disse o mesmo por telefone.

"Eu te falei naquela época, eu estava errada desde o começo. E que pensei que ia ser algo muito simples."

Em vez de me rebater prontamente, Inseon fecha os olhos como se estivesse pondo os pensamentos em ordem. Por fim, abre os olhos e pergunta com calma:

"Então, como você mudou de ideia agora?"

Naquele instante, como se alguém tivesse ligado um interruptor, a sensação de dentro do sonho é revivida e eu seguro a respiração. A água escoando da terra coberta pelo gelo, a sola dos meus tênis que pisam nela. Em instantes, ela se eleva até a altura dos meus joelhos e envolve os troncos pretos e os montes tumulares.

"Sonhos são uma coisa assustadora", digo em voz baixa. "Não, eles são humilhantes. Porque eles revelam tudo sobre você, mesmo aquilo que você não sabe."

E penso comigo "que noite estranha". Estou confessando algo que nunca tinha dito a ninguém.

"Como o fato de os pesadelos saquearem minha vida noite após noite. Como o fato de não ter sobrado mais ninguém comigo, nem aqueles que estão vivos."

"Não", Inseon corta a minha fala e continua: "Não é verdade que não sobrou mais ninguém com você." Seu tom de voz era resoluto, como se ela estivesse brava, mas seus olhos aguados subitamente brilham enquanto penetram os meus. "Você tem a mim…"

***

Dessa vez sou eu quem fecha os olhos. Porque sinto uma dor silenciosa no instante em que me veio o pensamento de agora estar perdendo Inseon também.

Quando nos conhecemos, aos vinte e quatro anos, Inseon, que já se formara havia dois anos na faculdade de fotografia, e por isso tinha esse tempo de carreira, era mais madura e mais competente do que eu em quase tudo. Nunca revelei isso a ela, mas houve momentos em que senti como se ela fosse uma irmã mais velha. A primeira vez que senti isso foi quando estava sofrendo com cólicas estomacais antes de começarmos uma trilha. Era em Wolchulsan, o terceiro destino que visitamos para fazer imagens das montanhas famosas e as vilas no sopé. Inseon conseguiu encontrar analgésicos e antiespasmódicos na única farmácia do centrinho de Yeongam. Ela os estendeu para mim junto com um iogurte natural e uma colher de plástico e disse:

"O farmacêutico me deu Gelfos, um antiácido, mas de alguma forma achei que você podia vomitar mais se o tomasse, então comprei esses outros."

Mesmo tomando tudo aquilo, passei mal a noite inteira e, quando tivemos de cancelar o cronograma do dia seguinte, ela falou sossegada:

"Que tal se formos embora primeiro e depois voltarmos para cá no sábado? Eu não vou registrar as despesas de viagem desta vez. Vou considerar que é uma viagem que fiz com uma amiga que acabou ficando doente."

Na madrugada de sábado, na estação de trem, Inseon acenou para mim sem formalidades, como se fosse uma amiga de verdade. Desfizemos as malas na hospedagem do centro da cidade, e logo em seguida começamos a escalada. Quando alcançamos o desfiladeiro da montanha, Inseon instalou um tripé num ponto onde podíamos ver o cenário em volta da trilha, depois pegou os rolinhos de alga estilo *kimbap* simples que enrolara em casa. Como sempre a comida de Inseon, que depois passei a comer ocasionalmente, era simples e sem muito tempero. Fatias de pepino, cenoura e raiz de bardana eram os únicos ingredientes recheando o *kimbap*.

"Se fosse você, o que faria?"

Quando Inseon me fez a pergunta, antes que nos levantássemos depois de comer todo o *kimbap*, não consegui entender o que ela queria dizer.

"Se você fosse aquela mulher."

Estávamos terminando de falar sobre como as três montanhas que escalamos juntas tinham uma lenda sobre a rocha. As histórias seguiam um padrão quase idêntico. Um velho andarilho bate em todas as portas de um vilarejo no sopé de uma grande montanha, pede uma refeição, mas todos negam. Somente uma mulher lhe oferece uma tigela de comida. Como sinal de agradecimento, ele diz a ela: Amanhã, antes do nascer do sol, suba a montanha e não conte para ninguém. Você não deve olhar para trás até que tenha atravessado a montanha. A mulher segue o que o homem diz, e quando ela alcança a metade do caminho, a vila é engolida por um maremoto ou uma chuva torrencial. Toda vez, sem exceção, ela olha para trás, transformando-se em pedra no lugar onde está.

Era fim de maio, quando o sol fica por mais tempo no céu. Inseon enrolara as mangas da camisa até o cotovelo, estava sentada numa grande pedra, mordia um cigarro entre os dentes e, em vez de acendê-lo, guardava-o de volta no maço, repetindo a ação várias vezes — quando estava na casa dos vinte ela havia sido uma fumante inveterada, e largara depois, aos trinta. Era a época que emitiam alerta de seca, então ela estava tomando cuidado com a questão dos incêndios florestais.

"Se ela não tivesse olhado para trás, seria livre... Se ela tivesse atravessado a montanha."

Ouvindo as reclamações brincalhonas de Inseon, pensei nas rochas que vimos em nossas duas viagens. Cada uma tão esguia quanto uma estátua, cada uma outrora uma enteada, uma nora, uma serva, uma mulher perseguida no mundo abaixo — todas haviam olhado para trás e se transformado em rocha.

"Quando devem ter se transformado em pedra?", perguntei, em vez de responder a ela. "Será que se transformaram logo que se viraram? Ou demorou mais um tempinho?"

A essa altura, encerramos o diálogo e descemos a montanha antes que ficasse escuro. Abri a janela da acomodação no segundo andar para deixar o ar entrar e me lembrei daquela conversa. Isso porque através da janela era possível ver o contorno preto de uma mulher de pedra, em pé na metade da trilha da montanha, de costas para o pôr do sol.

Naquele instante, diante dos meus olhos surgiu a imagem de uma mulher surpresa pelo fato de seus pés terem se transformado em pedra. Então, ela virou o corpo novamente e pôde continuar subindo a montanha, pois apenas seus pés estavam petrificados. A mulher sobe um pouco mais arrastando os pés e, então, olha de novo para trás. Dessa vez, suas panturrilhas viram pedra. Arrastando as duas pernas pesadas, a mulher sobe mais um pouco o declive. Se ela conseguir atravessar a montanha, poderá sobreviver, caso não olhe para trás. Porém, no fim, ela vira o rosto. Não há mais nada a fazer depois que ela se transformou em pedra acima dos joelhos. Ela fica ali, em pé, até que a água que cobrira todas as casas e árvores até o topo recue. Até que sua pélvis, o coração e os ombros tenham se transformado em pedra. Até que seus olhos arregalados se tornem parte da pedra e não estejam mais cheios de sangue. O sol e a lua se alternam por milhares de vezes, e durante todo esse tempo seu corpo é atingido por chuva e neve. O que ela viu? O que ela queria tanto ver que continuava se virando?

"Disseram que ela se transformou em pedra, mas não que morreu, certo?", perguntou Inseon, aproximando-se da janela depois de ter colocado os equipamentos para carregar e organizado sua bagagem. Ela acendeu um cigarro, deu uma tragada e soltou a fumaça azulada longamente pela janela.

"Pode ser que ela não tenha morrido naquele momento. Então... aquilo pode ser uma casca feita de pedra."

Seus olhos cintilavam, travessos.

"Ah, agora que você falou, acho que é mesmo."

A expressão de Inseon parecia estar intencionalmente séria, como se não fosse brincadeira, mas de repente ela disse:

"A mulher tirou a casca e foi embora!"

Inseon levantou os braços como uma criança gritando "viva". Eu sorri em sua direção e continuei:

"Para onde?"

"Para onde ela quisesse. Vai ver atravessou a montanha e começou uma nova vida, ou foi pular na água, ou..."

Depois desse momento, nunca mais usamos a linguagem formal entre nós.

"Para dentro d'água?"

"Aham, pode ter mergulhado."

"Por quê?"

"Ela podia querer salvar alguém. Por isso que ela se virou, não é?"

A partir daquela noite, Inseon e eu nos tornamos amigas. Passamos juntas por marcos iniciais da nossa vida até que ela voltasse para Jeju. Pouco depois de eu ter parado de trabalhar na revista, no tempo em que perdi meus pais e ficava trancada dentro do apartamento vazio, ela costumava vir me visitar depois de mandar mensagens repentinamente. *Pode fazer uma coisa? Abra a porta para mim.* Eu fazia o que ela pedia, e quando abria a porta da entrada, o vento gelado e um cheiro de cigarro vinham junto com os braços, que eram passados em volta do meu ombro.

* * *

Ao abrir os olhos, o mesmo silêncio e escuro estão aguardando.

Flocos de neve invisíveis parecem flutuar entre nós. Como se as palavras que engolimos estivessem seladas entre suas hastes unidas.

* * *

Da ponta do pavio da vela que queima, uma fumaça sobe como um fio preto. Observo até que o fio se disperse, permeando o ar, e me preparo para fazer uma pergunta. Isso porque fico imaginando os soldados com tochas acesas esticando os braços em direção aos beirais das casas de pedra.

"Esta casa também foi queimada naquela época?", pergunto a Inseon.

Eu reflito. Eles vieram para esta casa também na noite que incendiaram a vila do outro lado do riacho. *Saiam, só saiam sem nada porque está pegando fogo.* Eles cruzaram o pátio, sopraram os apitos e bateram na porta?

"Quem vivia aqui naquele tempo?", pergunto.

Eles enfiaram a baioneta na porta de correr e abriram? Quem devia estar ali dentro?

"Essa casa era da família da minha mãe", Inseon responde. "Minha bisavó morava com o filho mais velho e a nora, mas, logo que deram a ordem de evacuação, desceram até a casa de um primo do meu avô que ficava perto do mar, fugindo aquela noite. Foi uma sorte terem um lugar que os abrigasse." Depois acrescenta: "Claro, essa casa também foi queimada naquela época. Só sobraram as paredes de pedra, e ela teve de ser reconstruída".

***

Penso comigo: estamos sentadas no lugar onde as chamas se alastraram.

Estamos sentadas no lugar onde as vigas desabaram e as cinzas subiram.

***

Inseon se levanta e sua sombra cresce até o teto. Enquanto ela enfia os livros na caixa e fecha a tampa, a sombra se expande e diminui repetidamente, sincronizando os movimentos com os dela.

"Vamos para o quarto?"

Não respondo, mas, como se não duvidasse de que eu fosse junto, ela fala sozinha: *O que faço com a vela?*

Inseon vai até a pia e volta com um copo de papel numa das mãos e uma tesoura na outra. Ela faz dois cortes cruzados na base do copo para criar uma abertura. Tira a base da vela, que estava fixa na cera, e a coloca ali, a cobertura branca de papel suavizando a luz do fogo que penetra.

"Vamos."

Eu não me levanto.

"Há algo que eu quero que a gente veja juntas."

A sombra de Inseon, que está duas vezes maior do que seu corpo, oscila no revestimento branco do teto e se aproxima.

Eu me levanto, afastando a cadeira para trás, porque gostaria que aquela sombra parasse. Porque não quero que ela engula minha sombra como se espirrasse tinta sobre ela.

Estendo os braços e coloco minhas mãos embaixo da caixa. Apoio o objeto relativamente pesado no peito e o carrego. Inseon guia o caminho segurando a vela. Nem um fio de cabelo nosso se encosta, mas nossas sombras balançam no teto e na parede, avançando juntas como se fossem um par de gigantes unidos pelos ombros.

Ela entra no quarto pela porta de correr com vidros opacos cuja moldura trabalhada forma padrões parecidos com o ideograma 亞. Antes de seguir em frente, olho para trás. A escuridão do deque coberto e da cozinha, sem o fogo da vela, parecia um mar de águas negras. Ao enfiar o pé dentro do quarto, onde as sombras da vela se espalham, parece que estou entrando numa cabine no fundo de um navio naufragado, cujo interior ainda conserva o ar. Fecho a porta com o ombro, como se estivesse bloqueando a corrente de água que avança.

***

Me aproximo de Inseon, que está encarando a estante de ferro.

As letras pretas nos post-its colados em todas as caixas parecem se mexer sutilmente ao receberem a luz da chama da vela. A caligrafia de Inseon é rápida e bonita. Os traços são rabiscados com força, mas ao mesmo tempo sem perder a forma. Eu leio as letras que, ao serem iluminadas, aumentam como se fossem vozes, e se aquietam logo que a chama da vela passa. A maioria delas indica nomes de lugares e anos. Nomes que aparentam ser os dos entrevistados, e números que suponho serem os anos de nascimento.

"Aqui", Inseon aponta um espaço vazio para onde eu empurro a caixa que segurava. No instante seguinte, ela se curva, seu braço desenha um arco vertiginoso e com ele a chama da vela desce até a parte inferior da estante. Eu fico tonta, como se com o balanço do navio as caixas fossem desabar em cima de mim.

"Pode segurar para mim?"

Quando pego a vela nas mãos, Inseon se abaixa mais. Com as pontas dos dedos, toca as caixas grandes e pequenas da última prateleira, como se tateasse vasculhando escombros. Me dou conta de que aquele movimento familiar, que parecia ter sido repetido inúmeras vezes, era uma resposta para a pergunta que fiz em frente ao fogão da oficina. Como ela vive aqui sozinha. O que tem feito aqui durante todos esses anos.

***

Inseon puxa metade de uma caixa para fora da última prateleira, abre a tampa e tira um mapa dobrado em três, que ela abre sobre o piso de linóleo, depois se agacha, apoiando-se num joelho, e diz:

"Essa é a escola onde minha mãe estudou, fica em Hanjinae."

Eu também me abaixo, apoio o joelho e ilumino com a chama o círculo do tamanho de um grão de arroz que Inseon aponta com o dedo indicador. Nele, há impresso o símbolo de uma construção com uma bandeira hasteada, então ainda hoje deve haver uma escola ali.

"Onde fica esta casa?"

"Aqui."

Inseon aponta para um lugar acima do que eu imaginava, dentro de contornos densos e marrons.

"Aqui fica a casa onde minha mãe morava."

Ela indica com o dedo um ponto feito com marcador preto e quase grudado à escola.

"Minha mãe me disse que, se a escola fosse um pouco mais longe, ela não poderia frequentá-la. Isso porque, naquele tempo, mandavam os filhos a pensões na cidade para frequentarem o segundo ciclo do ensino fundamental, e deixavam as filhas sem estudo."

Cobrindo dois pontos adjacentes com o dedo indicador e o médio, Inseon diz:

"Quando as pessoas da vizinhança criticaram minha avó perguntando por que se preocupava com a educação das três filhas, ela respondia: *O mundo está mudando*. Elas sabiam que a mãe não lhes dava tarefas enquanto estavam fazendo a lição de casa, então minha mãe e minha tia sempre demoravam mais tempo de propósito."

As unhas curtas de Inseon desenham uma curva lenta e comprida na parte de cima da vila.

"A ordem de evacuação foi emitida para locais a cinco quilômetros da costa, então isso não se aplicava a Hanjinae, que fica fora dessa linha. Minha avó, preocupada com os membros da família que de repente tiveram de se abrigar na casa do primo do meu avô, pensando que talvez não estivessem sendo bem alimentados, mandou minha tia mais velha e minha mãe entregarem arroz e batatas lá."

A ponta da unha de Inseon chega a um ponto preto marcado perto do mar, aparentemente a casa daquele primo.

"Era um trajeto de dez *ri*, ou quatro quilômetros de distância, e meu tio de vinte anos disse que queria ajudar a levar as malas, mas meu avô o dissuadiu, dizendo que era perigoso que rapazes saíssem, e que ele deveria ficar em casa. Minha tia caçula, de oito anos, disse que ia junto, se lavou e se vestiu sozinha para sair, mas minha avó não permitiu. Disse que ela ia ficar ziguezagueando, não aguentaria nem metade do caminho e pediria para as irmãs a carregarem nas costas."

***

"A segunda parte da história eu já te contei, lembra?"

No instante em que Inseon diz isso, tudo sobre aquela noite se torna vívido. As ruas e calçadas cobertas pela neve que não fora pisada. Acumulada em belas camadas em cima de cavaletes do comércio, partes de aparelhos de ar-condicionado e velhos parapeitos. A sensação da neve se infiltrando nos meus tênis era de um frio cortante, mas, ao mesmo tempo, quando eu pisava nela, havia uma suavidade inacreditável. A cada passo que eu dava, não sabia se o que sentia era dor ou prazer.

"Algumas coisas ficaram faltando nessa história. Coisas que eu também não entendi direito." Inseon analisa atentamente aquele ponto, que ela mesma marcara, como se ele fosse um poço, como se houvesse alguma coisa se refletindo na superfície escura da água.

"Quando as duas irmãs voltaram para a vila, os corpos não estavam no pátio da escola, mas sim no campo de cevada do outro lado dos portões, com a neve os cobrindo. O padrão é o mesmo em quase todas as vilas. Reuniam as pessoas no pátio da escola e depois as assassinavam em algum campo próximo ou margem de rio."

Deve ter sido só minha imaginação, mas tive a impressão de que os pontos no mapa se mexeram por um breve instante. Como um inseto que se finge de morto e volta a se mexer imediatamente depois de tirarem os olhos dele.

"Depois de limparem, um por um, os rostos cobertos de neve, finalmente elas encontraram seus pais, mas não viram o irmão mais velho e a caçula, que deveriam estar ali ao lado. Tinham esperança de que os rapazes tivessem avistado os soldados antes que entrassem na vila e conseguido escapar — nos eventos de competição esportiva, meu tio era sempre o último corredor da sua equipe de corrida de revezamento. Entretanto, ficaram nervosas, pois era estranho que a caçula não estivesse ali. Vasculharam de novo os cadáveres de cerca de cem pessoas no campo de cevada, e os empurravam para ver se a irmã não estava presa embaixo. Estava perto do anoitecer quando foram para o terreno queimado onde havia a casa, só para terem certeza."

***

Estava lá a irmãzinha.

Primeiro, minha mãe achou que uma pilha de trapos vermelhos tinha caído ali. Minha tia a apalpou sob a blusa ensanguentada e encontrou um buraco de tiro na sua barriga. Minha mãe afastou os cabelos unidos pelo sangue endurecido e grudados no rosto dela, e também havia outro buraco abaixo do queixo. A bala quebrou parte do osso da mandíbula e saiu voando. Talvez o cabelo endurecido estivesse estancando o sangue, pois ele voltou a escorrer.

Minha tia tirou o próprio casaco, rasgou as mangas dos dois lados com os dentes para parar o sangramento das duas feridas. As duas irmãs se revezaram para carregar nas costas a irmã mais nova até a casa do primo. Ficaram encharcadas de sangue, como se tivessem mergulhado em juk *de feijão; por isso, quando as três irmãs chegaram à casa, os adultos assustados não conseguiram dizer nada.*

Não podiam ir para o hospital nem chamar um médico devido ao toque de recolher, então passaram a noite no quartinho escuro como breu ao lado do portão. A irmãzinha, que agora vestia outras roupas dadas pela família do primo, não gemia de dor, apenas respirava em silêncio. Deitada ao seu lado, minha mãe mordeu o dedo, que começou a sangrar. Pensava que, se sua irmã o bebesse, poderia sobreviver, já que havia perdido muito sangue. Havia pouco tempo, caíra um dos dentes da frente da irmã, e minha mãe conseguia passar o dedo indicador pelo espaço exato do buraco onde um novo dente surgia. Ficou satisfeita ao ver como o sangue escorreu ali dentro. Por um momento, sua irmãzinha chupou a ponta do seu dedo como se fosse um bebê, minha mãe ficou tão feliz que mal conseguiu respirar.

***

Chamas e fuligem ardem juntas dentro das pupilas de Inseon. Ela fecha os olhos como se fosse extingui-las. Quando os abre de novo, o fogo não está mais queimando.

"Conforme sua mente ia se tornando mais turva, o que minha mãe mais falava era sobre aquela noite."

A luz da chama da vela que eu segurava ilumina o rosto de Inseon por baixo, e uma sombra tão escura quanto piche se espalha pela ponte do nariz e pelas pálpebras.

"Naquele tempo, minha mãe era muito forte. Mesmo depois de contar essa história, continuava segurando minhas mãos com força. A ponto de meus pulsos começarem a doer e eu querer soltá-los. Ela me disse que se lembrava daquilo toda vez que cortava o dedo e sangrava. Toda vez que cortava a unha muito curta e se feria, e toda vez que tocava o sal, sem querer, com uma parte machucada, ela se recordava da boca chupando seu dedo no escuro."

***

As perguntas da minha mãe não paravam:

O que será que a pequenina estava pensando quando se arrastou de volta para casa? Ter saído daquele campo escuro de cevada onde a eomeong *e o* abang *tinham morrido e estavam ao seu lado, e ido até a casa não foi porque pensou que as irmãs iam voltar? Não foi porque pensou que as irmãs iam salvá-la?*

***

Inseon para de falar.
Ouviu um som fora do quarto.

É um som tão baixo que, para escutá-lo, é preciso prender a respiração. Ele aumenta ligeiramente e depois diminui, como areia sendo varrida pela água, como alguém espalhando grãos de arroz com a ponta dos dedos.

"Vamos ficar aqui", diz Inseon calmamente, como se quisesse me desencorajar, embora eu não tenha sugerido que saíssemos. "Não precisam de nós", ela continua sussurrando. "Porque eles não vieram aqui para nos ver."

E o som, que parecia com grãos de arroz se espalhando e areia sendo varrida, aumentou um pouco. Ouvimos um bater de asas e chilreios baixos vindo do lado da gaiola, da mesa de jantar e da pia, quase simultaneamente. Me pergunto se os pássaros estavam ali. Não sombras, mas pássaros mexendo os músculos das asas para planar e balançando empoleirados no lustre em cima da mesa.

Não abrimos mais a boca até que o som cessasse. Ele foi minguando como uma corrente de água se extinguindo. Aos poucos o volume diminuiu como o fim de uma música, como o rosto de uma pessoa que adormece enquanto sussurrava e tudo fica quieto.

5.
Queda

Enquanto observo a janela imersa na escuridão, penso: *É como o silêncio dentro d'água.* Parece que uma corrente de água vai verter sobre nós se a janela for aberta.

Eu havia visto uma imagem gravada por uma câmera acoplada num veículo subaquático autônomo enquanto ele afundava nas profundezas do oceano. A luz verde-escura refratava na superfície da água, se esvaía e logo em seguida tudo ficava escuro feito piche. Na escuridão da tela, pontos de luz parecendo fantasmas lampejavam periodicamente e desapareciam. Era o brilho emitido por organismos vivos que estavam distantes. Às vezes, as figuras intactas e luminescentes das criaturas eram capturadas na tela, mas num segundo elas se escondiam. A seção vertical, onde os pontos de luz tremulavam, estava aos poucos se encurtando. A parte da escuridão que a cruzava se alongava vastamente. Enquanto eu me perguntava se escuro era a única coisa que permaneceria, capturaram uma cena em que o brilho translúcido emitido pelas águas-vivas das profundezas parecia uma tempestade de neve gigantesca. Carcaças de organismos do fundo do mar que caíam se tornando lodo. A pressão da água apagava as luzes do veículo subaquático autônomo. Não era claro se a escuridão da última cena seria por causa do abismo ou se a gravação havia sido interrompida.

***

"Eu não conhecia minha mãe muito bem", Inseon diz ao se levantar e chegar perto da estante de livros escura. "Eu só achava que a conhecia bem."

Observo sua figura de costas, alta e esguia, parecendo ainda mais alongada por causa da sombra que vai até o teto. Na ponta dos pés, ela estica os braços para a prateleira de cima, expondo um tornozelo esquelético acima das meias de cano baixo. Eu deveria me levantar para ajudar? Quando me pergunto isso, Inseon pega uma caixa e a aperta contra o peito.

***

Inseon deixa a caixa na frente do mapa e, antes de destampá-la, dobra as mangas mais uma vez. O que há ali dentro que não deve ser tocado pelas mangas?

A primeira coisa que ela tira da caixa são recortes de jornal desbotados. Alguém havia passado uma linha cinza na horizontal e amarrado com um laço para que eles não se espalhassem. Arrumadas de forma semelhante havia fotografias intercaladas por papel-pergaminho para que não se danificassem. Ela também as dispõe sobre o mapa, ao lado do outro conjunto.

Inseon desata o nó da linha que amarra os recortes de jornal. Vendo os pontos parcialmente brancos dentro do nó, parece que aquela linha, na verdade, já foi branca. Na margem da folha do primeiro artigo, há uma anotação feita com caneta esferográfica azul, a data 28/07/1960 e o nome do jornal *E-Ilbo*, mas que não foi escrita por Inseon. É uma caligrafia clara, todos os traços verticais são curvados, escritos com pressão suficiente para deixar o papel marcado.

"Ah, não", Inseon murmura baixinho, lamentando-se. Mesmo desdobrando cada recorte com delicadeza, os cantos envelhecidos esfarelam. Para que eu consiga ler o papel que Inseon virou para meu lado, preciso ficar de joelhos com o rosto quase colado nele. A chama da vela é baixa e o jornal escureceu com o tempo, então só consigo identificar o formato das imagens quando deixo o papel bem debaixo da luz da vela.

Antes de me prostrar curvando a cabeça, me pergunto: é algo que eu quero ver? Não entra na mesma categoria das fotos afixadas no saguão do hospital, as quais era melhor não olhar diretamente?

***

Porém, apoio os joelhos e a mão esquerda no chão. A mão direita, que segura a vela, se movimenta junto com meus olhos para examinar a cena de centenas de pessoas reunidas numa praça na foto em preto e branco. A maioria delas está vestida com roupas claras, provavelmente brancas. Também vejo pessoas carregando bandeiras com um brilho semelhante. Leio os ideogramas escritos com pincel num cartaz para o qual as pessoas estão voltadas. Cerimônia conjunta em memória das vítimas do massacre do distrito de Gyeongbuk. O título da reportagem também contém o ideograma 慰靈祭, que significa "cerimônia memorial". Abaixo dele, a mesma caligrafia que vi antes anotara a pronúncia de cada ideograma: *wi-ryeong-je*. Leio as partes sublinhadas no texto, feitas com aquela mesma pressão de caneta:

10 mil inscritos no programa Ligas Bodo* da região de Gyeongbuk

1500 prisioneiros da penitenciária de Daegu

na mina de cobalto de Gyeongsan e perto de Gachanggol

escavar e recuperar os restos mortais dos locais do massacre

---

* Programa criado pelo governo coreano para "reeducação ideológica" de cidadãos sul-coreanos que apresentavam risco ao regime, acusados de simpatizar com princípios comunistas e socialistas. Eles eram enviados a campos de concentração onde faziam trabalhos forçados. [N.T.]

Noto que a velocidade com a qual movo a mão e os olhos seguindo o arranjo tipográfico escrito na vertical é parecida com a velocidade com que leio em voz alta ou murmuro falando para mim mesma. Talvez seja por isso que tenho a sensação de que uma voz fraca se evade dos caracteres tipográficos. Leio outro trecho sublinhado tão intensamente que se afunda no papel, que contém a declaração da associação das famílias das vítimas entre aspas:

baseado no espírito da Revolução de Dezenove de Abril, um comitê da verdade pelas vítimas e os massacrados está em atuação

pedimos aos familiares das vítimas para que superem o antigo medo e colaborem ativamente no trabalho investigativo da nossa associação

***

Não consigo entender. Quem fez esses recortes e sublinhou o texto de um artigo do *E-Ilbo* de cinquenta e oito anos atrás?
"Achei na gaveta do guarda-roupa da minha mãe", Inseon me diz quando ergo o rosto. "Ela escreveu da forma que aprendera na escola. Inclinando todos os traços a um ângulo de quarenta e cinco graus."

***

Quando Inseon estica a mão, dessa vez não me confundo. Está pedindo a vela.
Enquanto ela recebe a vela e se levanta, observo a expressão na sua face, que não denota cansaço, benevolência nem resignação. É de alguma forma similar à expressão que ela fez alguns anos atrás, quando serviu o *juk* quente na tigela e me falou: *Dizem que pessoas que não perdem o apetite vivem bastante. Minha mãe vai viver muito.*

***

Dentre as caixas de papel, diferentes em tamanho e em estado mas de material parecido, Inseon retira uma fina caixa feita de bambu firmemente entrelaçado. Assim que ela retorna, pego a vela outra vez e ilumino um pacote chato envolto em seda vermelho-escura enquanto Inseon o retira da caixa.

 O que sai de dentro dele é uma carta desbotada. O nome do destinatário está escrito verticalmente em ideogramas: 姜正心. A data de 4 de abril de 1950 aparece no carimbo postal por cima do selo com o desenho de uma mulher e um homem segurando a bandeira da Coreia do Sul enquanto gritam *manse*, viva! Inseon retira de dentro do envelope uma folha de papel reciclado dobrada duas vezes e a abre. Ela me entrega o papel com o carimbo de "censurado" em tinta roxo-azulada, borrada na parte superior esquerda. Aproximo a chama da vela e leio as primeiras frases escritas na vertical, começando da direita.

J P
e a
o r
n a
g
  m
s i
h n
i h
m a

  i
  r
  m
  ã

É a caligrafia de alguém que escreve com letras miúdas e extremamente espaçadas. Pode ser que isso diga algo sobre sua personalidade.

Ele escreve: *Estou bem, não precisa se preocupar. Mande lembranças para Jeong-suk, para nossa avó e para os mais velhos do lado da nossa mãe. Ainda faltam seis anos para cumprir a pena, mas muitas pessoas da ilha de Jeju foram sentenciadas com quinze ou dezessete anos de prisão, então tive sorte. Fiquei contente que você me mandou uma carta, espero que me escreva outra vez.* Ele escreve uma observação com letras pequenas feito sementes de gergelim. Fala sobre algum tópico abordado anteriormente em outra carta e que parecia incomodá-lo: *Li sua carta e pensei bastante sobre ela Quando eu sair você vai ter vinte e um Jeong-suk vai ter vinte e cinco e eu vinte e oito Claro que eu sinto saudade mas não tem por que ficar chorando por isso Vamos ter muitos dias tantos quanto os pelos de uma vaca pra poder falar sobre os velhos tempos quando nos encontrarmos Por favor fale isso pra Jeong-suk*

* * *

"Ela não podia voltar para Hanjinae, que fora completamente queimada. Então, nessas circunstâncias, minha mãe e minha tia ficaram junto dos parentes maternos num quarto da casa do primo do meu avô", diz Inseon, esticando a mão e pegando a carta de volta.

"Depois que os mais velhos, deitados lado a lado no quarto abarrotado, dormiram, minha tia sussurrou no ouvido da minha mãe dizendo que o irmão delas devia ter sobrevivido. Por ser ágil correndo, talvez não o tivessem capturado. Desde antes de concluir o ensino fundamental ele acompanhava o pai até as montanhas, levava as marmitas e ajudava com os cavalos. Por isso, conhecia como ninguém lugares para se esconder. Ele trazia frutas silvestres dentro da marmita vazia, e as dava para minha mãe e para Jeong-wok. Não ia morrer de fome."

Inseon continua falando enquanto dobra a carta seguindo as marcações nela.

"Minha mãe disse que minha tia mais nova já tinha chorado por causa daquela marmita que meu tio e meu avô levavam quando iam montar os cavalos. Minha avó a repreendeu quando disse que queria comer aquela comida. Naquele dia, quando anoiteceu, meu tio entregou a minha mãe a marmita de alpaca. Minha mãe ficou pensando por que ele a estaria mandando lavar aquilo e, indiferente, abriu a caixa. Havia folhas organizadas belamente forrando a marmita e, por cima delas, estava repleto de frutinhas coloridas, como se fossem gemas. *Divida e coma com a Jeong-wok*, disse meu tio, dando um sorriso encabulado."

Enquanto Inseon faz uma pausa antes de continuar, vêm à minha mente as amoras dentro de um pote de vidro hermético que vi na marcenaria no outono anterior. Ao beber o chá azedo feito com elas, minha língua e os dentes da frente se tingiram de uma cor roxo-escura.

"Mesmo no dia em que os aviões de reconhecimento americanos jogaram folhetos, como se fossem uma nevasca, informando que quem se rendesse voluntariamente não seria punido, minha tia sussurrou para minha mãe que talvez o irmão delas lesse os folhetos e se entregasse. Sendo o físico dele pequeno para a idade que tinha, não seria baleado ao descer da montanha. Ele era o mais perspicaz, confiante e extrovertido dos irmãos, portanto, se fingisse ser ingênuo, ninguém suspeitaria dele."

***

Vejo diante dos olhos a luz solar daquele inverno de seis anos atrás. Pelas brechas das persianas da janela, ela entrava na sala de leitura da biblioteca. O dia em que decididamente pulei os testemunhos orais de moradores de aldeias desta ilha, selecionei dois livros e me sentei à escrivaninha no fim do corredor. De lá avistei a luz. Naquela tarde, li como as áreas elevadas foram incendiadas durante três meses a partir de meados de novembro de 1948, e como se deu o genocídio de trinta mil civis. Na primavera de 1949, depois que as Forças Armadas não puderam localizar os esconderijos de aproximadamente cem guerrilheiros, a tática de terra arrasada cessou. Por volta de vinte mil civis estavam se escondendo com as famílias no Hallasan. Julgamentos sumários eram realizados independentemente do sexo e da idade dos acusados, por isso descer até a costa era considerado mais perigoso do que enfrentar a fome e o frio. Em 3 de março, foi designado um comandante que anunciou o plano de varrer o Hallasan, como se passasse um pente-fino, para eliminar os guerrilheiros comunistas, e, visando uma performance eficiente do plano militar, espalhou folhetos para que os civis primeiro descessem para a costa. Nas fotos anexadas, homens e mulheres extremamente magros desciam a encosta enfileirados, com toalhas brancas amarradas em galhos para pedir que não fossem alvejados, e escondendo com o próprio corpo as crianças e os idosos.

***

Quebrando sua promessa de não os punir, milhares de pessoas foram presas, e um dos nossos parentes que teve a sorte de ser solto veio até a casa do primo. Ele contou que havia pessoas presas em cerca de dez armazéns de batata-doce atrás da destilaria, e que ele ficou preso no mesmo local com meu tio durante dois meses. Naquela noite, minha mãe e minha tia ficaram tão felizes que não conseguiram dormir. Pois, de qualquer forma, descobriam que o irmão não estava morto.

As duas irmãs, então, foram até a destilaria no dia e horário que aquele parente indicou numa notinha. Seguindo a sinalização feita num mapa simples, esperaram no flanco de um morro atrás dos armazéns, e oito rapazes enfileirados vieram subindo, carregando recipientes de água. O último deles era meu tio. Por causa da fome prolongada, seu físico estava ainda menor, seus cabelos emaranhados e sem vida, e a expressão marota, muito única, que sempre estava no seu rosto desaparecera. Minha mãe sentiu como se ele fosse um desconhecido.

Abraçado pelas irmãs que vieram pelos dois lados, meu tio ficou parado, sem esboçar qualquer reação. Então, um rapaz com uma faixa branca em volta do ombro, e que parecia liderar o grupo, disse a ele que faria vista grossa, que podíamos conversar até eles terminarem de encher os recipientes de água. Não levou mais de quinze minutos para que eles voltassem, e, nesse momento, minha mãe disse algo de que se arrependeria por muito tempo:

"Por que seu cabelo está assim? Está esquisito."

Logo que terminou o ensino fundamental, meu tio deixou o cabelo crescer e toda manhã, na frente do espelho, ele repartia o cabelo para o lado com a ponta do pente e passava pomada. Quando minha mãe perguntava quem ele iria encontrar naquele dia, ele passava um pouco da pomada na linha que dividia os cabelos curtos dela e a provocava, falando formalmente: Samchun, a senhora só penteia o cabelo se for se encontrar com alguém? Às vezes ele contava para minha mãe que gostaria de obter o certificado de professor assistente na escola para formação de professores do fundamental que abrira temporariamente na cidade. Ele pedia a ela: não conte pra ninguém, vou fazer a prova e falo pra eomeong *e pro* abang *quando passar. Além disso, algumas vezes que ela fazia lição de casa e lhe perguntava como fazer os traços dos ideogramas, ele a ensinava a procurar no dicionário de ideogramas e dizia: O que acha de você também tirar o certificado? Lá na escola há várias professoras* mulheres também. Se for tentar fazer isso, precisa terminar o ensino fundamental.

Entretanto, naquele dia, meu tio parecia indiferente a tudo, como se fosse outra pessoa. Perguntou, com uma voz apática, se os pais e a irmã caçula estavam vivos ou mortos, então encarou fixamente os olhos da minha tia, que lhe respondeu dizendo a verdade. Ele olhava como se houvesse algo além do rosto da minha tia que ele poderia ver se penetrasse nos seus olhos. Então, enfiou na boca os bolinhos de arroz que minha irmã tinha embrulhado, mastigou e, ao ver seu grupo a certa distância, correu sem olhar para trás e pegou seus galões.

Na semana seguinte, próximo ao dia em que iam visitá-lo, minha bisavó vendeu o anel para comprar arroz e mantimentos. Depois da perda da única filha, ela mal comia ou se movimentava, mas se levantou de novo. Numa marmita de alpaca, pôs arroz cozido; nas outras duas colocou alimentos para que os três irmãos pudessem comer: ovos cozidos, um peixe grelhado, e carne de porco salteada com batatas e cebolas.

Ao contrário da primeira vez, meu tio não parecia mais apático. Ele as chamou, "Jeong-suk, Jeong-shim", e, apontando para o cabelo que parecia ter sido molhado há pouco tempo, disse para minha mãe:

"Agora meu cabelo não está mais estranho, né?"

Minha mãe me disse que foi bom ouvir aquelas palavras. Naquele dia, os três se ajeitaram sentados numa pedra e comeram mais da metade da marmita. Todos riram juntos. Antes de se separarem, ficaram de mãos dadas.

Na semana seguinte, as irmãs esperaram no mesmo lugar, mas ninguém apareceu. Esperaram por quase uma hora, então uma mulher de meia-idade que morava numa casa próxima gritou por cima do muro: Ontem à noite, puseram as pessoas dos armazéns num barco e as levaram embora.

Minha tia disse à minha mãe que não deviam confiar na palavra dos outros e sair de lá, correndo o risco de se desencontrarem, então deviam esperar até escurecer. Minha mãe cochilava algumas vezes, e quando um cachorro da vizinhança apareceu atraído pelo cheiro da comida, ela passou a mão em seu pelo e fez cócegas no seu pescoço. No entanto, minha tia não desviou o olhar uma vez sequer, apenas observava a esquina da rua.

✳ ✳ ✳

Fecho os olhos.

A luz do corredor da sala de leitura está vívida, alongou-se cada vez mais pelas brechas das persianas da janela voltada para oeste, e finalmente alcançou meu rosto. Uma luz radiante como se tivesse a pretensão de volatizar instantaneamente o sangue que escorria sob os números que eu lera. Eu me lembro de ter mudado de lugar para escapar do sol ofuscante; antes disso, tinha lido uma nota de rodapé e, embora ela fosse um depoimento sobre eventos acontecidos tarde da noite, parecia estar rodeada de luz.

Chegamos ao porto de Mokpo levados por um barco noturno durante uma viagem de doze horas, mas não desembarcamos até que fosse noite de novo. Desci do barco exausto, pois não pude comer nem beber nada durante o dia inteiro. Eu me lembro da garoa e da ponte flutuante escorregadia. O atracadouro estava lotado, com mais de mil pessoas, e centenas de policiais portando armas nos ombros nos puseram em fila. Mulheres com mulheres, homens com homens, e os menores de dezoito anos eram agrupados separadamente. Levou um bom tempo até que ordenassem tudo. Era verão, mas a chuva da noite não parava de cair sobre nós, então em todos os lugares havia pessoas tossindo, escorregando e caindo. Quando começamos a subir no comboio de carros da polícia, uma moça jovem no fim da fila chorava, dizendo "não, não". Não sei se foi fome ou alguma outra doença, mas seu bebê havia morrido no barco e os policiais ordenaram que ela o deixasse no cais molhado. Não podendo fazer isso, ela lutava, mas dois policiais tomaram o cueiro, deixaram o bebê no chão, arrastaram-na para a frente e a enfiaram no carro.

É um negócio estranho, pois, mais do que a tortura inenarrável que sofri, ou a sentença injusta que recebi, às vezes fico pensando na voz daquela mulher. E também em todas as mais de mil pessoas que, andando enfileiradas, naquela noite, olhavam para trás em direção ao cueiro.

***

Abro os olhos e encaro o rosto de Inseon.
Está caindo.
Onde a luz refratada na superfície da água não alcança.
Abaixo do limiar em que a gravidade supera a flutuabilidade da água.

***

"Isso estava na caixa de costura", diz Inseon ao embrulhar a carta na seda vermelho-escura. "Foi perfeitamente costurado no interior da tampa. Eu nunca saberia se minha mãe não tivesse pedido que pegasse para ela."

Só então compreendo por que aquele pedaço de seda me parece familiar. É igual à seda que forra a tampa da caixa de costura feita de metal. Era algo que ela escondia camuflando?, penso. Sempre que quisesse ler a carta, desmanchava a costura e depois costurava outra vez?

"A primeira vez que entregaram uma carta do meu tio na casa do primo foi em março de 1950", disse Inseon. "Minha mãe respondeu, e essa é a carta que meu tio mandou em resposta, em maio. Minha tia levou com ela a primeira carta que receberam, e só esta ficou com minha mãe."

Eu sabia vagamente sobre a tia de Inseon que morava em Seul. Inseon tinha me dito que, comparada à mãe, a tia era mais alta e também falava mais alto, e que suas feições eram bonitas. Durante as férias de verão, ela levava a neta até a ilha e passavam cerca de um mês juntas. Adorava a sobrinha, que era mais nova do que sua neta, e com a chegada do inverno, tricotava cachecóis e luvas para mandar a ela. Morreu precocemente ao adoecer perto da época em que Inseon entrou no segundo ciclo do ensino fundamental.

"Logo depois de receber a primeira carta do meu tio, minha tia se casou, foi um casamento arranjado."

Inseon junta as sobrancelhas e as familiares linhas se formam no meio da sua testa.

"É estranho pensar agora em como era possível se casar em meio àquelas circunstâncias, mas minha mãe disse que naquele tempo as ações ilegítimas da Seocheong iam além da imaginação. Estupros, sequestros e assassinatos se tornaram tão comuns que havia uma atmosfera de casar logo as jovens se houvesse um pretendente adequado. Aquela observação em que ele dizia para Jeong-suk não chorar foi em resposta à carta que minha mãe escrevera contando que a irmã tinha ficado preocupada com ele durante toda a noite da véspera do casamento."

**

Inseon põe um maço de cartas na frente dos joelhos e pousa a palma da mão sobre ele. Um gesto cuidadoso, como se ali houvesse algo capaz de desenrolar o tecido sozinho e escapar.

"A guerra estourou no mês seguinte e as cartas não chegaram mais", Inseon diz em voz baixa. "Mas minha mãe não se preocupou. Os parentes do lado da minha avó a tranquilizaram dizendo que tudo ficaria bem, já que a penitenciária de Daegu ficava abaixo da orla do rio Nakdong."

As mãos delas saem do maço e vão para os joelhos.

"Como a maioria dos homens de Jeju, o marido da minha tia entrou para a Marinha e lutou na guerra", continua Inseon. "Minha mãe e minha tia andavam sempre nervosas, até que ele voltou são e salvo depois de um período de três anos. Por volta daquela época, a ordem de confinamento no monte Halla também foi encerrada, e com isso a longa estadia na casa do primo também chegou ao fim. Quando os adultos do lado da família da minha avó começaram a reconstruir a casa, minha mãe também ajudou a amontoar pedras e carregar madeira. Porém, eles não moraram mais de um ano naquela casa construída com tanto esforço. Em vez de voltar para a ilha depois do armistício, um parente que se estabeleceu em Seul vendendo produtos do exército americano fez uma proposta de parceria para meu tio-avô. Meu tio também queria deixar a ilha, então minha tia foi com ele. Minha mãe escolheu ficar nesta casa e cuidar da minha bisavó."

***

"Antes de se separarem, as irmãs foram juntas visitar a penitenciária de Daegu, em maio de 1954."

A voz serena de Inseon surge no meio do silêncio.

"Minha mãe tinha dezenove anos, e minha tia, vinte e três."

***

Meu tio não estava lá.

Só havia um registro de julho de quatro anos antes informando que ele havia sido transferido para Jinju. Como não havia transporte direto para lá, as duas foram para Busan. Pernoitaram numa hospedaria na frente da estação, logo ao nascer do dia foram para Jinju e, lá, tomaram um ônibus até a penitenciária.

Meu tio também não estava lá. O registro de transferência nem sequer existia. Permaneceram uma noite em Jinju e depois foram para o porto de Yeosu. Minha tia insistiu que não iria para Seul antes de se despedir da minha mãe. Enquanto aguardavam pelo barco que ia até Jeju, no espaço reservado à espera, minha tia disse à minha mãe: Vamos desistir. Nosso irmão está morto. Vamos considerar que foi na data em que ele foi transferido para Jinju.

***

Inseon desliza a mão para dentro da caixa de onde saíram aqueles papéis envelhecidos. Parecendo ser capaz de distinguir os objetos guardados apenas pelo tato, sem vê-los, logo ela retira um maço de papéis grampeados juntos.

Trata-se de um conjunto de folhas A4 macias, como se tivessem uma camada de revestimento fluorescente, e que haviam atravessado muitos anos de existência. Cópias de uma lista escrita à mão contendo números de série, centenas de nomes escritos verticalmente e por cima um carimbo com a data de julho de 1949. Já as datas carimbadas na coluna de observações, na parte inferior, variam entre 9, 27 e 28 de julho de 1950. No topo da terceira página, uma linha vertical foi desenhada a lápis ao lado do nome de uma pessoa.

Kang Jeong-hun. Na coluna de observações abaixo do nome, vejo a data "9.7.1950" e a informação "Transferido para Jinju" carimbados lado a lado. O que é estranho é que embaixo de todas as colunas de observações daquela página com a sinalização "Transferido para Jinju" existe uma escrita à mão escondida. Embora não as tenha identificado apenas com uma passada de olho, consigo juntar os traços que escapavam por entre os carimbos e que se repetiam em mais de trinta linhas. *Entregue para os militares e a polícia.*

"Onde você arranjou isso?"

Quando levanto a cabeça e pergunto, Inseon responde: "Não fui eu que consegui."

Estava prestes a perguntar "Então, quem foi?", mas me calo. O processo para obter cópias de documentos como esses não é simples. Vem à lembrança o momento em que duas mãos leves e enrugadas se esticam por debaixo do cobertor e seguram as minhas. *Divirta-se*. A desconfiança e a cautela, o calor apático misturados nos seus olhos que encaravam os meus.

***

"Naquele ano, aproximadamente dez mil inscritos no programa das Ligas Bodo morreram na região de Gyeongbuk", Inseon diz. "Você também sabe, né? Dizem que pelo menos cem mil pessoas morreram no país inteiro."

Ao mesmo tempo que faço sim com a cabeça, estas palavras saem da minha boca: *Mataram mais, não?*

Eu sabia sobre aquela organização fundada pelo governo em 1948, na qual inscreviam pessoas classificadas como simpatizantes da esquerda, e que, por isso, precisariam ser submetidas a uma reeducação. Se algum familiar já estivera presente durante uma fala política, isso era motivo para que você aderisse. Visando preencher a cota determinada pelo governo, muitos foram inscritos aleatoriamente por líderes de vilas e de outras regiões, outros se inscreveram de maneira voluntária diante da promessa de receberem arroz e fertilizante. Também eram inscritos em família, incluindo mulheres, crianças e idosos. Quando a guerra estourou, no verão, decretaram a prisão preventiva daqueles que estavam na lista e os executaram logo depois. Estimam que de duzentas mil a trezentas mil pessoas foram enterradas em segredo pelo país inteiro.

***

"No verão daquele ano, os integrantes das Ligas Bodo que foram detidos em Daegu eram mantidos na penitenciária do lugar", diz Inseon. Ela pega as fotos, fazendo farfalhar o papel-pergaminho que as envolve, e continua: "Todos os dias, centenas de pessoas eram trazidas pelos caminhões e, por não haver espaço para deixá-las, selecionavam os prisioneiros antigos e os executavam a tiros. Dentre os mil e quinhentos presos políticos de esquerda assassinados naquela época, cerca de cento e quarenta eram de Jeju".

Inseon desata o nó da linha e remove o papel, e então a foto é revelada. Uma imagem em preto e branco, pouco nítida, mostrando em primeiro plano esqueletos espalhados pelo chão.

"É a mina de cobalto de Gyeongsan. Tinha sido abandonada em 1942, então naquela época estava vazia."

Embora desfocados, é possível reconhecer as cavidades dos olhos e nariz dos crânios. Atrás deles, nítidos, estão três homens de meia-idade vestindo camisas de manga curta por fora da calça, agachados com lanternas acesas. Considerando o ângulo em que a foto foi tirada, necessariamente do chão, o teto devia ser muito baixo.

"Por volta de três mil e quinhentas pessoas foram fuziladas ali. Detentos da penitenciária de Daegu, participantes das Ligas Bodo de Daegu e até inscritos da área de Gyeongbuk mantidos em depósitos próximos de delegacia de Gyeongsan."

Inseon estende a mão até a cópia da lista que eu seguro.

"Durante vários dias, caminhões militares entraram na mina. Há testemunhos de residentes que dizem ter escutado barulho de tiros desde a madrugada até à noite. Depois que as galerias ficaram lotadas de corpos, eles simplesmente se mudaram para um vale próximo e continuaram a fuzilar e a enterrar os corpos."

Pondo o dedo indicador sobre a linha traçada ao lado do nome "Kang Jeong-hun", Inseon diz:

"Como a data carimbada é de 9 de julho, meu tio deve ter sido morto na mina, e não no vale. As pessoas sinalizadas com a data do dia 28 provavelmente foram mortas no vale, e não se sabe em qual dos dois lugares estão os corpos daquelas que foram levadas no dia 27."

***

Observo a linha desenhada a lápis de onde Inseon tirara o dedo. É um traçado bastante firme, ainda que não tanto quanto a pressão usada com a caneta azul. Passo a ponta do dedo sobre ele, sinto a depressão irregular no papel. A pessoa que traçou a linha também sabia?, reflito. Ela conseguiu adivinhar a relação entre a data de transferência e os locais de execução, assim como Inseon fez agora há pouco?

***

"A primeira vez que as famílias das pessoas assassinadas se reuniram ali foi no verão de 1960. Logo depois de os altos líderes do governo renunciarem, sendo derrubados pela Revolução de Dezenove de Abril."

Inseon folheia os fragmentos de jornal, segurando-os pelos cantos com cuidado, e retira um recorte dobrado ao meio. Ao desdobrá-lo com ambas as mãos, pode-se ver inteira a seção que fala sobre sociedade, e na parte inferior recortada havia anúncios. Esse é o mesmo jornal em que o artigo sobre a cerimônia memorial tinha sido publicado. A data é de aproximadamente um mês antes da cerimônia.

"É um artigo sobre a primeira visita dos parentes das vítimas à mina, depois de dez anos dos ocorridos. Essa foi a foto tirada na ocasião, mas, como não foi divulgada em nenhum lugar, as famílias prometeram fazer isso no futuro e ficaram com cópias."

Como Inseon dissera, no artigo não havia imagens da mina. Em vez disso, uma foto da entrada da mina feita em plano geral estava junto à matéria principal, e do lado esquerdo havia uma entrevista com o representante da associação da família das vítimas.

Durante esses dez anos, a mina foi invadida pela água e os ossos se deterioraram e se espalharam pelo espaço. É possível ver que não existia nem mesmo uma vítima com os restos mortais intactos. Nós descemos sem preparo prévio, não tínhamos equipamentos para a coleta nem pessoas o suficiente para esse trabalho, por isso tiramos uma foto e voltamos. A associação da família das vítimas fez uma estimativa de que passavam de três mil mortos, porém no primeiro túnel que vi havia de quinhentas a seiscentas ossadas. A entrada de um poço foi bloqueada com concreto, e quando passarmos por ele, descermos até os outros níveis e conferi-los, então poderemos saber as reais condições.

Sinto que algo vaza sob as frases calmas que teriam sido ditas com a entonação do dialeto de Gyeongbuk. Existe algo fluindo viscosamente da luz da vela acesa, algo coagulado como um *juk* de feijão-vermelho, algo sangrento.

"Como ela conseguiu recuperar esses artigos?", pergunto, levantando o rosto. "Não é possível que um jornal publicado em Gyeongbuk fosse distribuído na ilha de Jeju."

"Ela foi comprar pessoalmente", Inseon me responde tranquila, e só então me dou conta de algo. Que a pessoa de quem devo me lembrar não é a senhora que estendeu do edredom as mãos enrugadas para mim, e sim a mulher que olha para a câmera na foto em preto e branco, seu pequenino corpo todo permeado pelo vigor.

"Acho que ela participou da cerimônia em memória às vítimas realizada na estação de Daegu. Há um folheto que ela recebeu aquele dia."

O artigo sobre a cerimônia na estação ainda está aberto. Eu movo a vela e olho a foto de novo. Dois terços da multidão se compõem de mulheres. Centenas de mulheres estavam de pé, viradas para um cartaz, trajavam longas vestes de luto na cor branca amarradas na cintura, ou vestidos brancos até os joelhos.

***

Era uma roupa desse tipo?, penso enquanto observo as feições borradas das mulheres de perfil. Ela também estava usando um vestido de mangas curtas e colarinho curto assim? Enquanto eu pensava que queria me levantar para pegar a foto emoldurada na caixa, a mão de Inseon corta o ar. Leio o nome do destinatário escrito em caneta azul-marinho no envelope de documento que ela estende para mim.

姜正心 貴下. (Sra. Kang Jeong-shim)

Iluminando com a vela, leio em silêncio um endereço de Daegu no espaço do remetente e um carimbo quadrado, de tinta roxo-azulada: Associação das Famílias das Vítimas Assassinadas em Gyeongbuk.

Ponho a mão dentro do envelope gelado. Retiro um livreto de mais ou menos dez páginas feito com papel reciclado dobrado em oito e com lombada canoa. Ao abrir a capa, feita de outro papel, diferente daquele mais grosso, vejo que há uma carta.

Logo chegará o dia em que o desejo aflito das famílias das vítimas será honrado, e haverá o encontro com os entes queridos que há dez anos deixam saudades, e eles poderão ser levados para descansar.

É uma frase longa e inflamada que suponho ter sido elaborada pela mesma pessoa que escrevera: "Pedimos aos familiares das vítimas para que superem o antigo medo e [...]". Sem ler tudo, viro a página e surge uma fotografia em preto e branco, pouco nítida, de um grupo de pessoas.

"A foto foi tirada durante o inverno de 1960, na frente da mina de cobalto. Não acho que minha mãe estava lá nesse momento. Deve tê-la recebido por correspondência porque pagava as taxas de afiliação dos membros da associação de familiares das vítimas."

Apontando para um homem de óculos em pé no centro da foto, Inseon diz:

"Ele é o presidente da associação. Em maio do ano seguinte, pouco depois do golpe militar, foi preso e condenado à morte. O secretário ao lado dele recebeu a sentença de quinze anos."

Passando para a próxima página, há uma cópia da foto da mina que as famílias das vítimas compartilharam entre si e guardaram. A qualidade da imagem era ainda pior e incluía uma legenda. Se eu não a tivesse visto antes, quase não teria reconhecido, na foto só restavam as cores preta e branca, todos os detalhes e nuances foram apagados. No meio de duas páginas havia um pequeno recorte de um jornal vespertino, um artigo da seção sobre sociedade.

***

É um recorte que havia sido muito manuseado, as linhas horizontais e verticais formadas pelas dobras estavam esbranquiçadas e desgastadas. Abaixo do termo 死刑言渡, ou "pena de morte", leio uma anotação feita com caneta azul perto do ideograma mais complicado, 渡, com a sinalização da pronúncia "do"; e na margem ao lado o número de um telefone com código de área de Daegu.

"Esse número…"

"É o mesmo daqui."

Inseon estica a mão, passa outras páginas do folheto e aponta para a parte inferior da última folha. Havia impresso o número da conta do Banco da Federação Nacional de Cooperativas Agrícolas, o Nonghyup, com o nome do titular dela para pagamento de taxa de associação e doações; além disso, um número de telefone da área de Daegu.

***

Escapa um calor fraco, porém claramente perceptível, de dentro do copo de papel na minha mão esquerda. O papel revestido de uma camada branca, que rodeava a vela, refletia a luz como se fosse um espelho curvo, e, olhando de cima, parecia uma sala circular iluminada. Penso nisso enquanto observo aquele espaço.

No verão de 1961, não devia haver telefone nesta casa. Era preciso ir até o centro para fazer uma ligação.

Sobreposto à superfície curva e brilhante do interior do copo, vejo o trajeto da mulher caminhando no sentido contrário do caminho que eu percorrera na noite anterior cortando a neve. Virando para a trifurcação onde eu havia escorregado dentro do riacho seco, ela caminha entre as árvores de verão repletas de folhagem até alcançar uma rua maior com um ponto de ônibus.

O recorte de jornal dobrado em dois estava dentro do bolso dela?, me pergunto. Ou enfiado na bolsa, ou dentro de um punho úmido? Por que ligar para o escritório da associação, sendo que os membros da equipe já estavam presos? Será que ela ligou mesmo? E, se tivesse ligado, quem atenderia?

***

"Minha bisavó faleceu em fevereiro de 1960", diz Inseon. "Naquela época, minha mãe tinha vinte e cinco anos. Todos estavam preocupados por ela ter passado, naquela época, da idade ideal de se casar, mas minha mãe não desejava se casar. Sua família tinha dito que ela poderia ficar ali sem preocupação até que se casasse, mas ela comprou a casa com o dinheiro que economizou e continuou trabalhando sozinha como agricultora. Então, começou a procurar pelos restos mortais a partir do verão."

Por um momento, Inseon interrompe sua fala.

"Por mais ou menos um ano até ela ler esse artigo."

***

Nós nos encaramos em silêncio.

Afundando ainda mais.
Passando pela área onde a pressão da água cai como um estrondo, pela escuridão onde os seres vivos não emanam luz.

"Depois, não há mais documentos reunidos pela minha mãe, e isso durante trinta e quatro anos…"
Reviro as palavras de Inseon dentro da boca. *Trinta e quatro anos.*
"Até que os militares deixassem o poder e um civil se tornasse presidente."

6.
Fundo do mar

Pousei a mão, sem me dar conta, sobre o recorte de jornal com as linhas de dobra desgastadas porque tive o impulso de querer tocar a impressão digital da pessoa que anotara o número de telefone ali. Quando minha mão estendida pegou o maço de folhas antigas, Inseon não tentou me impedir. Passando o recorte de jornal desbotado com um fragmento de um artigo sobre a corte marcial do Comitê Militar Revolucionário de 1961, encontro outro que de fato avança trinta e quatro anos no tempo. O sentido de escrita do texto mudara para horizontal, da esquerda para a direita, e no título havia apenas uma ou duas palavras em ideogramas.

"Daqui para a frente eu já me lembro", diz Inseon. "No verão de algum ano, eu vim visitá-la e tanto o jornal nacional como o de Gyeongbuk estavam sendo entregues aqui. Demorava dois dias para o nacional e três para o local chegarem pelo correio. Tive dúvidas, mas não perguntei nada para minha mãe. Pensei que talvez alguém próximo dali tivesse sugerido que ela assinasse ou que estavam enviando de graça."

Ilumino com a vela o título do artigo de 1995. O artigo sobre uma entidade civil de Gyeongsan que realizou os primeiros ritos fúnebres em frente à mina de cobalto. O próximo recorte é de um artigo de 1998. Famílias das vítimas de toda área de Gyeongbuk se reúnem na frente da mina e realizam uma cerimônia coletiva em memória aos mortos. Os artigos que se seguem, do ano de 1999, são na maioria editoriais. O conteúdo dizia que, mesmo na época em que deveriam escavar a mina e retirar os restos mortais, os parentes vivos das vítimas já tinham se tornado idosos, por isso precisavam se apressar. O dia e o ano estavam escritos com caneta preta permanente e lápis na margem de cima de todos os recortes. A letra e a pressão ao escrever são parecidas com as anotações de 1960 feitas a caneta azul, todavia a pressão usada de alguma forma estava mais leve e a caligrafia ficara quase duas vezes maior.

Em seguida, o primeiro recorte de 2000 é a primeira página de algum jornal: uma foto colorida mostrando idosos reunidos na entrada da mina. O artigo informa que a associação das famílias das vítimas da mina de cobalto se restabelecera depois de quarenta anos. A partir desse ponto, o número de recortes aumenta rapidamente. Ao nos encaminharmos para 2001, vejo um artigo dando a notícia de que uma emissora de televisão pública, uma entidade civil de Gyeongsan e representantes da associação das famílias das vítimas estavam formando uma equipe de exploração que entraria no segundo nível da mina. Depois, seguem-se fotos da entrada da expedição e imagens de um documentário televisivo lançadas antes que ele fosse transmitido.

Toda vez que viro as folhas farfalhantes dos fragmentos de jornal, formatos de ossos são expostos pela luz da chama. Vejo os crânios fotografados de perfil, os ossos dos rostos virados de frente, cada um com espaços vazios nas órbitas dos olhos e cavidades do nariz, além de fêmures e tíbias. Também há ossadas que formam uma figura humana em que os ossos do ombro, a coluna vertebral e a pelve se conectam frouxamente, projetando-se do chão.

Eu inclino a vela sobre as observações do jornalista, grifadas com lápis em alguns trechos. No artigo está escrito que a equipe de exploração detonou dinamites na entrada do poço. Ao destruírem o concreto que selava a entrada durante esses cinquenta anos, uma quantidade enorme de ossadas irrompeu a ponto de não haver espaço para que eles descessem e entrassem nos outros túneis. Aquela entrada era o local de execução. O artigo afirma que se supõe que as pessoas eram obrigadas a ficar em pé ali, depois eram fuziladas e caíam dentro do poço. Acredita-se que depois que o túnel horizontal dois níveis abaixo ficou cheio de cadáveres, os outros corpos que caíram por cima chegaram até o túnel acima e se espalharam. Quando o poço foi preenchido até a superfície, os soldados foram embora.

***

Eu baixo o conjunto de recortes.
Não quero mais ver ossos. Não desejo que minhas digitais se sobreponham mais às digitais da pessoa que reuniu esses materiais.

***

"Essa foi a única expedição", diz Inseon enquanto se ergue apoiando as duas mãos no chão. "Passaram-se seis anos até que começassem oficialmente a recuperar os restos mortais."
Ela tateia a última prateleira da estante imersa no breu, e então sua mão para.
Durante três anos recuperaram quatrocentas ossadas inteiras, até pausarem o processo, em 2009. Então, os restos mortais de mais de três mil pessoas ainda estão lá.
Inseon pega um livro grande que aparenta ter cerca de mil páginas e diz:
"Naqueles três anos, não foi somente ali que escavaram e retiraram os corpos, mas também em outras localidades em que houve massacres, no país inteiro."
Passo o olho pela capa do livro que Inseon deitara no chão e empurra devagar para mim. É uma coleção de materiais publicada quando as escavações dos corpos no país inteiro foram temporariamente interrompidas.

"Foi a época em que vi as fotos dos ossos embaixo da pista de decolagem..."

***

Não quero abri-lo. Não sinto nenhuma curiosidade. Ninguém pode me forçar a atravessar essas páginas. Não tenho obrigação de obedecer.

No entanto, minha mão trêmula se estende e abre a capa. Passo por fotos de pilhas de ossos selecionados por partes em enormes cestos de plásticos. Milhares de tíbias. Milhares de crânios. Dezenas de milhares de costelas empilhadas. Fotos de centenas de carimbos de madeira; fivelas de cinto; botões de uniformes escolares gravados com o ideograma 中; grampos de prata de diversos comprimentos e grossuras; bolinhas de gude que pareciam contas de vidro com asas dentro estavam espalhadas por cerca de quatrocentas páginas.

***

"No fim, minha mãe falhou."
 A voz de Inseon fica baixa, como se ela estivesse em algum lugar distante.
 "Não conseguiu achar os ossos dele, nem um único osso."

O quão mais fundo é possível descer?, penso. É esse silêncio que está no fundo do mar do meu sonho?

No fundo do mar que se eleva até meus joelhos.
 Abaixo dos montes tumulares que se espalham pelo campo.

***

Dois suéteres e dois casacos não são suficientes para eu não sentir frio. Ele parece ter começado de dentro do meu peito, não de fora. Meu corpo treme, tudo no quarto oscila nas sombras criadas pelas chamas que se agitam junto com minhas mãos. E então compreendo o motivo de Inseon ter negado de imediato quando lhe perguntei se ia transformar essa história num filme.

As roupas encharcadas de sangue, o odor das carnes apodrecendo juntas e a fosforescência dos ossos se deteriorando durante dezenas de anos serão apagados. Os pesadelos escorrerão por entre os dedos. A violência que ultrapassa todos os limites será eliminada. Como os lança-chamas sendo acionados pelos soldados contra a população desarmada na rua, o que foi omitido do livro que escrevi há quatro anos. Como as pessoas sendo carregadas para a sala de emergência enquanto os rostos ferviam com bolhas e os corpos estavam embebidos em tinta branca.

***

Eu me levanto.

A sombra pálida de Inseon atravessa a chama da vela e se lança sobre a parede branca ao lado da estante de livros. Ao me aproximar da parede, sua sombra desaparece. Varro o papel de parede desbotado com a mão livre e paro no espaço em que o rosto de Inseon estava. Como se a solidez da parede gélida pudesse me expor o segredo dessa noite estranha. Como se existissem coisas que só podem ser perguntadas para a sombra que se esvanecera e não para Inseon, em silêncio às minhas costas.

***

Eu achava que a pessoa mais fraca desse mundo fosse minha mãe.

A voz falha de Inseon corta o silêncio.

Um fantasma.
Achava que mesmo viva ela era um espírito.

Passo pelo livro aberto, conforme eu havia deixado, e me aproximo da janela escura como breu. Deixo a vela mais perto, dou as costas para a janela e me viro em direção a Inseon.

Eu não sabia que durante aqueles três anos a associação das famílias dos presos desaparecidos de Daegu visitava a mina regularmente.
Minha mãe também foi uma dessas pessoas.
Naquele tempo, minha mãe tinha uns setenta e dois ou setenta e quatro anos, e seu quadro de artrite nos joelhos estava piorando.

Sempre que dou um passo, as sombras do fogo fazem o quarto inteiro ondular. Isso porque minha respiração ainda está trêmula de frio e, mesmo depois de ter voltado para meu lugar em frente a Inseon, aquela trepidação não cessou.

***

Foi na primavera do ano retrasado que descobri as informações de contato do presidente da associação das famílias das vítimas e o encontrei no centro de Jeju.
Era um professor aposentado de ensino médio que nascera no mês em que a guerra se iniciou, seu pai já havia falecido na época, mas ele nunca desistira de encontrar seus restos mortais.

Ele se desculpou por não ter visto o obituário a tempo e não poder prestar as condolências. Contou que minha mãe foi o membro mais fervoroso da associação das famílias das vítimas, e que ela já havia ido até Gyeongsan em 1960 quando ninguém em Jeju cogitaria isso. Também tinha sido ela quem sugerira que solicitassem à penitenciária de Daegu a cópia do registro de presos transferidos para Jinju. Eles só receberam a lista depois que alugaram uma van e foram até lá protestar juntos. Minha mãe encontrou, um por um, os nomes dos parentes assassinados dos membros da associação, e também fez a estimativa dos locais onde os restos mortais estariam enterrados. Quando se reuniam no centro da cidade de Jeju, era sempre a primeira a acordar porque morava longe, e toda vez segurava as mãos dos outros membros com as duas mãos.

A última lembrança que ele tinha da minha mãe foi no dia em que escutaram que, no fim, a retirada dos restos mortais seria interrompida, e foram todos até a mina. Ele disse que o secretário da associação das famílias das vítimas de Gyeongsan guiava o grupo usando uma lanterna, o teto era baixo e no chão corriam dois fluxos de água, por isso todos usaram capacetes e galochas até o joelho. Chegaram a um trecho onde ainda havia ossos expostos no meio do solo, assim como barras de vestimentas deterioradas. Quando se abaixaram para atravessar, agarraram-se uns aos outros para não caírem, já que eram todos idosos. Naquele momento, minha mãe sorriu suavemente enquanto segurava a manga da roupa dele com a mão que não estava apoiada na bengala.

Me desculpe, vou precisar da sua ajuda um momentinho.

Ele ajudou minha mãe a sair da mina, então, pouco antes de se despedirem e seguirem cada um seu rumo, o secretário da associação das famílias das vítimas de Gyeongsan comentou:

Há boatos de que naquela época restaram três sobreviventes, mas acredito que seria mais preciso considerar que foi apenas um. Não faria sentido que uma única pessoa tivesse batido na porta de três casas aqui perto?

No instante em que a palavra *sobrevivente* saiu da boca do secretário, todos ficaram em silêncio.

Era uma noite clara, sem nuvens, com a lua pela metade no céu. Um jovem vestindo roupas ensanguentadas pediu por uma muda de roupas, implorou dizendo que não iria contar a ninguém que ganhara as roupas daquela casa. Por serem tempos assustadores, duas das casas negaram, mas uma delas lhe deu as roupas. Assim que o jovem as apanhou, trocou as roupas rapidamente no pátio e, correndo dali, desapareceu.

O presidente me disse que seu coração ficou apertado ao saber da história. Aguçou bem os ouvidos para não perder uma palavra sequer do que era dito, porém quando voltou a si e olhou ao redor, viu minha mãe agachada vomitando. Continuou até que expelisse apenas suco gástrico.

***

"A probabilidade de que aquele jovem fosse meu tio não é totalmente descartável", Inseon sussurra falando. "Assim como um dos três mil restos mortais da mina poderia ser meu tio."

Ela acena a cabeça como se buscasse concordância da minha parte.

"Claro que posso supor que, se ele fosse meu tio, teria voltado para a ilha, de um jeito ou de outro depois... mas como posso ter certeza? Depois de sobreviver a um inferno daqueles, seria possível que ele continuasse sendo alguém que faria as escolhas que imaginávamos?"

***

Talvez tenha sido a partir desse momento que minha mãe começou a sentir uma ruptura dentro de si.

Depois que o irmão passou a estar simultaneamente em duas situações naquela noite.

Sendo um entre os milhares de corpos empilhados dentro da mina.

Ao mesmo tempo, sendo o jovem que batia na porta das casas em que a luz estava acesa. Alguém que promete não dizer onde conseguiu as roupas dadas. Por favor, queime isso rápido. Alguém que deixa o uniforme de presidiário no pátio e desaparece correndo escuridão adentro.

***

Não me convenci.
Só me questionei como ele poderia ter sobrevivido.

Esquivou-se dos tiros ao desmaiar e cair na mina logo antes do fuzilamento? E abriu os olhos no meio dos cadáveres depois que os soldados partiram? Arrastou-se em direção à entrada do túnel no primeiro nível por onde o luar escapava?

***

Os olhos de Inseon se sobrepõem aos olhos dele, que rastejava pela mina. Então pergunto a ela: "Como ele voltou?". Inseon me pergunta de volta, seus olhos lembram os daquele homem de rosto parecido com porcelana branca, disparam um brilho como se estivessem marejados.
"Quem, você diz?"
Hesito, com receio de que minha pergunta pudesse machucá-la, mas supero esse pensamento e digo:
"Seu pai..."

Ela não se magoou.
Ela é mais forte do que eu imaginava.
Sem titubear nem diminuir o volume da voz, ela me responde.
Disse que foi exatamente por isso que sua mãe foi atrás do seu pai, para perguntar como ele havia sobrevivido.

***

Ela contou que era verão quando os dois se encontraram pela primeira vez.

Minha mãe já tinha escutado fazia um ano rumores de que alguém que fora encarcerado na penitenciária de Daegu havia cumprido os quinze anos da pena e agora estava de volta. Ela já tinha visto meu pai de longe, enquanto ele morava de favor casa de parentes, mas foi preciso tempo até decidir ir de fato encontrar com ele.

Meu pai estava suportando um ostracismo silencioso.

Ele desenvolvera um tremor nas mãos por causa das torturas, mas não era tão grave a ponto de não conseguir ajudar no cultivo das tangerinas na casa dos parentes que o acolheram. Nos últimos anos que passou na cadeia, aprendeu técnicas para trabalhar com azulejo, por isso passou a atuar como azulejista na vila sem que cobrasse remuneração e, lentamente, foi ganhando uma reputação. No entanto, sendo a época do regime militar, não havia ninguém que quisesse genuinamente se aproximar de um ex-detento cujas atividades eram acompanhadas e verificadas pela polícia duas vezes ao mês.

No entardecer de um dia de verão, minha mãe o esperava na esquina da rua e quando o chamou, "Samchun", meu pai olhou para trás, porque não acreditava que alguém ali fosse se dirigir a ele daquela maneira tão afetuosa. Minha mãe disse que meu pai estremeceu ao ouvir o nome do meu tio. Ele descobriu que ela era um dos irmãos que costumavam visitar a casa dos parentes maternos dele em Hanjinae.

Contudo, meu pai não queria conversar com minha mãe. No fim do outono, quando ela o procurou de novo, ele recusou e a dispensou educadamente. Só quando ela o procurou mais uma vez depois de virar o ano, durante o começo da primavera, é que ele conversou com ela. Disse para se encontrarem no centro da cidade, pois tinha medo dos olhares alheios.

Na tarde do domingo seguinte, sentaram-se frente a frente numa casa de chá tomada por uma densa fumaça de cigarro; minha mãe tinha trinta anos e meu pai, trinta e seis.

Naquele dia, a primeira coisa que minha mãe soube foi que na primavera de 1950 meu pai tinha sido transferido para Busan. O Tribunal Superior de Daegu cuidava de casos de apelação não só da província de Gyeongsang, mas também da província de Jeolla e Jeju. Por isso, os julgamentos dos casos de apelação eram concluídos, os detentos na penitenciária de Daegu iam se tornando mais numerosos e o espaço para eles era insuficiente. Meu pai disse que, naquela primavera, a transferência em grande escala de presos em sua maioria com penas longas foi motivada por questões simplesmente práticas. Ele teve o azar de receber uma sentença mais longa comparado a outras pessoas de Jeju, porém foi isso que o deixou vivo.

Ele disse que, ainda assim, em Busan também não era seguro. A partir de julho, começou um fluxo de integrantes das Ligas Bodo de Busan chegando ali. Os presos foram mobilizados para a construção de um edifício temporário no pátio da prisão. A cada intervalo, meu pai olhava através das tendas no pátio, havia crianças seminuas famintas, abatidas, com o corpo curvado, mulheres com os cabelos trançados ou presos num coque, e idosos que, mesmo naqueles dias mais quentes de verão, não tiravam o chapéu da cabeça. Todos sentados juntos, espremidos, enxugando o suor da pele.

A partir de setembro, essas pessoas começaram a ser levadas embora em caminhões, o que causou a disseminação de boatos terríveis. Que, dentre os detentos, os presos políticos eram selecionados e mortos. Ele disse que, de acordo com os rumores, cerca de noventa das duzentas e cinquenta pessoas de Jeju foram chamadas e levadas embora. Enquanto os prisioneiros restantes de Jeju aguardavam nervosos pela próxima leva, de repente as convocações pararam. Depois souberam que as Forças Aliadas desembarcaram em Incheon,* o que reverteu a situação da guerra.

***

Ele escondeu as mãos nos bolsos achando que talvez pudessem virar o copo d'água?, penso eu.

---

* Referência à Batalha de Incheon, ocorrida entre 10 e 19 de setembro de 1950. [N. T.]

Ou não, ele não as escondeu, na verdade as deixou bem posicionadas em cima da mesa?

***

Em seguida, meu pai falou sobre coisas que minha mãe realmente queria saber.
Se meu pai e meu tio tinham se encontrado no período em que cumpriam suas sentenças. Foi durante cerca de oito meses, desde o verão em que meu tio havia sido encarcerado na penitenciária de Daegu até a primavera em que foi transferido para Busan. E, caso tenha acontecido, o que meu pai se lembrava.

Meu pai contou sobre o fato de que viram positivamente a chegada das trezentas pessoas de Jeju naquele verão. Afinal era, acima de tudo, uma oportunidade para ter notícias da família. Foi naquele momento que meu pai soube que as três mil pessoas levadas até a escola de ensino fundamental na cidade P tinham sido fuziladas na areia da praia. A pessoa que deu essa notícia também mencionou meu tio. Veio de barco junto de um rapaz cuja família materna era de Secheon--ri, e que agora tinha sido alocado na cela ao lado. Só de ouvir seu nome, meu pai logo soube quem era. Eles não tinham frequentado a escola juntos, mas se lembrava de que, quando pequenos, aquele rapaz e suas irmãs mais novas atravessavam o riacho seco e brincavam com ele. Os dois se davam bem, talvez porque meu tio e meu pai fossem filhos de famílias com muitas filhas; os dois colhiam as beijos--de-frade do pátio, as esmagavam com pedras e envolviam as pontas dos dedos das irmãs com essa pasta, brincando de pintar suas unhas.
No entanto, isso foi tudo.
Meu pai não tinha mais nada a dizer para aquela pessoa à sua frente.

Perguntei várias vezes à minha mãe sobre o fato de que meu pai só tenha vindo morar nesta casa depois de cinco anos que se encontraram pela primeira vez. Então, nesse intervalo de tempo, como os dois teriam passado? Eles se viam bastante? Quando se tornaram próximos? Minha mãe nunca me respondeu exatamente. Em vez disso, só contava histórias aleatórias. Por exemplo, falava o que meu pai havia lhe relatado sobre torturas que sofrera na destilaria. Sobre como um homem vestindo uma farda sem insígnia militar e falando o dialeto norte-coreano o tratara. Também o que aquele homem dizia toda vez que tirava a roupa do meu pai e o deixava pendurado de ponta-cabeça numa cadeira.

Que eles iriam aniquilar os comunas malditos, fazer uma limpa total. Que iam matar e exterminar todos eles, mesmo se houvesse apenas uma gota vermelha dentro desses ratos desgraçados.

Aquele homem derramava água sem parar no rosto do meu pai, que estava coberto por uma toalha. Amarrava fios de telefone no peito molhado do meu pai e deixava a eletricidade ligada. Sempre que o homem ordenava ao meu pai que desse os nomes dos amigos que mantinham contato secretamente com as pessoas na montanha, meu pai respondia: Não sei. Sou inocente. Eu sou inocente.

Toda vez que minha mãe terminava de contar essa história, ela começava a se culpar repentinamente, murmurava coisas que eu não entendia.

Por que naquele dia eu falei que o cabelo do meu irmão estava estranho? Por que não consegui falar outra coisa além daquilo?

Quando ela se lembrava e ficava se repetindo essa pergunta, soltava minha mão. O aperto forte, a ponto de machucar, com o qual ela me segurava, desaparecia como uma bolha estourando. Como se alguém tivesse queimado um fusível ali. Como se ela tivesse se esquecido de quem eu era, que estava ali a escutando. Como se não quisesse, nem por um instante, que outro corpo a tocasse.

＃ Parte 3
Chama

Você sente?
Inseon fez essa pergunta movendo ligeiramente os lábios, quase sem vibração nas cordas vocais.
"O quê?", pergunto de volta.
Estou falando de agora. Está mais quente, não? Só um pouquinho.
Está?, pergunto a mim mesma. Minha respiração não parou de tremer de frio? Alguma coisa estaria se espalhando agitada entre lampejos, como gás destilado? Uma criança acaba de abrir os olhos num campo de cevada escuro como piche. *Agora meu cabelo não está mais estranho, né?* Uma criança com cabelos meio ondulados crescendo feito grama, e vestindo uma jaqueta com punhos e bainhas franzidos.
Em vez de responder, estendo a mão e a posiciono em cima das fotos dos ossos.
Em cima daqueles que não têm olhos nem língua.
Pessoas cujos órgãos e músculos apodreceram.
Em cima daquilo que deixou de ser humano.
Não, em cima daquilo que ainda é humano.

Isso que toco agora?, penso dentro da quietude sufocante.
Na borda da fossa abissal com sua boca ainda mais aberta, o fundo do oceano onde nada irradia luz.

* * *

Inseon estende a mão para mim. Está pedindo que eu lhe entregue a vela.

Ela ergue a chama, indo em direção à porta de correr, e a abre. A sombra se agita no teto, como asas. Também apoio as mãos no chão e me levanto. Passo do lado do quarto principal aberto, vejo algo estagnado em frente ao guarda-roupa como se fosse mercúrio levemente brilhando. Então me detenho, porque alguma coisa escura parecendo imersa em tinta preta está agachada sobre o brilho. Porém, sem luz, não consigo identificar nada.

Inseon para de caminhar na ponta dos pés e se vira para mim.

"Vou te mostrar", sussurra com o dedo indicador sobre os lábios.

"O quê?"

"A terra para plantar nossas árvores."

Ela acena com a cabeça, como se assentisse no meu lugar.

"Não é muito longe daqui."

"Agora?"

"A gente volta rápido."

"Mas está muito escuro", eu disse. "Acho que não sobrou muito da vela."

"Está tudo bem", disse Inseon. "Podemos voltar antes que ela acabe."

Eu fico de pé, hesitando em responder. Não queria ir para lá. Porém, também não queria mais ficar dentro dessa calmaria.

Senti o silêncio tenso como se fosse um tecido colocado num bastidor para bordado, escutei o som da minha respiração perfurando esse silêncio como se fosse uma agulha, e me aproximei de Inseon. Ela passou a vela para mim. Enquanto eu a segurava iluminando o espaço, Inseon se agachou e calçou as botinas de trabalho. Ao se levantar, dei-lhe a vela de volta. Enquanto eu calçava os tênis, ela aproximava a luz de mim, como se fôssemos irmãs trabalhando juntas em sintonia.

***

Antes de sairmos pela porta de entrada, tateei a prateleira da sapateira e peguei a caixa de fósforos. Ao agitá-la, ouvi o barulho de três ou quatro fósforos se chocando. Guardei-a no bolso e saí para o pátio. A única coisa visível na escuridão era o raio de alcance de iluminação da vela. E também os flocos de neve que caíam, cintilando enquanto passavam pelo círculo formado pela luz e depois desapareciam.

"Kyung-ha", Inseon me chamou. "Venha pisando pelo espaço onde já andei."

A chama da vela se aproxima um pouco de mim no meio do escuro. Inseon deixa o braço estendido na minha direção.

"Consegue ver as pegadas?"

"Sim", respondo pressionando o pé no buraco côncavo na neve, que Inseon havia feito.

Era preciso manter o intervalo de dois passos entre nós para que eu não perdesse a luz que iluminava as pegadas e também para não esbarrar em Inseon. Seguimos em frente como duas pessoas movendo o corpo dentro de uma mesma coreografia. O som da neve sendo esmagada sob a mesma batida musical rompia o silêncio gélido.

Quando passamos a árvore onde Ama e Ami estavam enterrados, galhos parecidos com longas mangas brancas penduradas entraram no raio de alcance da luz e se tornaram nítidos. Inseon continuou avançando, sem voltar o olhar para a árvore. Seu andar era indiferente, como se ela acreditasse que o pássaro que enterrara já não estivesse mais aqui.

Ela só parou de caminhar quando chegamos ao muro de pedra, no fim do pátio. Eu a alcancei, peguei a vela, e então Inseon apoiou ambas as mãos no muro, passou uma perna de cada vez e atravessou para o outro lado. Eu lhe entreguei a vela e também pulei o muro. Logo que meus pés passaram por ele, Inseon voltou a guiar o caminho.

***

Embora eu pisasse somente dentro das pegadas de Inseon, não pude evitar que meus tênis e a barra da calça se molhassem. Continuei seguindo adiante, os dois braços abertos para manter o equilíbrio, concentrada em não perder a distância de dois passos. Toda vez que os flocos de neve grudavam nos meus cílios, eu os esfregava com as costas das mãos. Queria saber se Inseon também sentia esse frio repentino. Se a neve também derretia e escorria nas suas bochechas. E, se ela fosse um espírito, até onde me levaria.

Entramos na floresta cujas árvores estavam irreconhecíveis por conta da neve e da escuridão. Os passos de Inseon estamparam um arco no solo, talvez porque o caminho fosse curvo. A chama da vela oscilou para cima e para baixo, desenhando uma linha vermelha no ar. Como um sinal indecifrável. Como uma flecha voando infinitamente devagar.

Inseon diminuiu a velocidade. Ajustei meu ritmo ao dela e também segui mais lentamente. Não havia sequer um sopro de vento. A sensação dos flocos de neve roçando minhas bochechas era inacreditavelmente suave. A dois passos à frente, a chama dentro do copo de papel estava tremulando sem barulho, como uma pulsação incessante.

"Ainda está longe?"

"Estamos quase lá", Inseon respondeu sem olhar para trás.

Olhei para cima em direção ao topo das árvores coberto de neve. As copas não eram visíveis. Cada vez que a luz da chama passava pelos galhos estendidos na altura dos olhos, os flocos de neve reluziam como grãos de sal.

"Inseon."

Eu me detenho, quebrando o ritmo das passadas juntas. Inseon deixa outra pegada na neve e suas costas vão se afastando.

"Espere um pouco, Inseon."

Ao voltar o olhar para mim, o rosto dela brilha na luz. As mãos que envolvem o copo de papel estão tingidas de vermelho pela luz do fogo.

"Quanto ainda resta da vela?"

"Ainda está tudo bem."

Eu vi que o corpo da vela, que aparecia atravessando o furo da base do copo de papel, estava do tamanho da falange de um dedo. Mesmo se voltássemos agora, ela teria queimado por completo antes de chegarmos à casa.

"Depois que passarmos essas árvores, encontramos o riacho seco", diz Inseon, como se estivesse me tranquilizando.

Eu pensei que aquilo era impossível. A rota era diferente daquela da qual eu me lembrava. No entanto, pode ser também que eu tivesse perdido o senso de direção. Pode ser que o riacho seco circundasse as árvores.

"Vamos voltar", digo eu. "Depois a gente vem, quando a neve parar saímos de novo."

Balançando teimosamente a cabeça, Inseon diz:

"Talvez não exista uma próxima vez..."

***

Não penso mais no quanto o corpo da vela teria sido consumido.

Também não calculo mais o quão longe estaríamos da casa de Inseon.

Quando senti que não queria mais parar a caminhada, e que também ia ficar contente se nunca mais voltássemos, Inseon olhou para trás e disse:

"Chegamos."

Nenhuma árvore aparecia na luz da vela que ela carregava. Uma escuridão absoluta encobriu o raio de alcance da luz. Estávamos afastadas das árvores.

Eu segui atrás de Inseon conforme ela mudou o percurso. Parecia que estávamos subindo ao longo da beira do riacho seco. Formas que se assemelhavam a pequenos sacos cobertos por neve, e que presumi serem moitas ou arbustos, entraram pelo lado direito no círculo de luz e desapareceram.

Por que não atravessava direto? Estava procurando um ponto da margem que não fosse íngreme, ou um declive sutil onde não escorregaríamos caindo na neve? A velocidade com a qual Inseon avançava não era mais lenta. Quebrei o ritmo da passada, mudei a batida, e a luz não tocava mais meus pés. Todos os lugares onde os pés de Inseon não haviam traçado um caminho estavam cobertos de neve funda e fria. Enquanto eu abria caminho para avançar, sem que me desse conta, a figura de Inseon vista de costas estava imersa na escuridão. Via-se apenas uma luz distante, flutuando no ar como um pequeno espírito.

A luz parou no ar e balançou no lugar. Agora ela vai atravessar? Puxei a perna afundada na neve e dei outro passo em frente, com todo o meu esforço, e a luz começou a se mover de novo. Não estava longe. Estava fluindo lentamente na minha direção, como se fosse uma vela flutuando na água.

***

"Olhe isso aqui."

Na palma da mão estendida de Inseon havia algo que parecia ser uma fruta pequena e firme.

"Não parece um ovo?"

Um ponto vermelho estava estampado como sangue na sua superfície esférica e lustrosa.

"Vai crescendo aos poucos como se fosse uma gota de sangue. Então, vai se partindo como um passarinho saindo do ovo."

Sendo assim, não é uma fruta. As pétalas cor de marfim firmemente juntas, similares a contas, estavam cobertas de neve seca, como açúcar. As partículas cintilavam sob a luz da chama da vela.

"É uma árvore jovem, por isso fui tirar a neve de cima dela, mas o botão de flor já estava rompido."

Inseon apertava os lábios como se estivesse desapontada. Vendo seu perfil, pensei que se parecia com uma criança. Ao mesmo tempo, o cabelo coberto de neve parecia ser inteiramente cinza, como se fosse grisalho. Vejo a palma da outra mão segurando o copo de papel. A vela havia encurtado tanto que foi preciso empurrar todo o seu corpo para dentro do copo.

"Você está certa", Inseon murmurou de forma quase inaudível enquanto fechava o punho com o botão de flor dentro dele. *Logo a vela vai acabar.*

"Temos de voltar agora", murmurou Inseon em seguida.

Nesse momento, eu me pergunto: eu quero voltar? *Existe um lugar para voltar?* Foi então que ela se sentou na neve, como se fosse um pano de seda deslizando para baixo.

"Vamos voltar daqui a pouco", disse ela, levantando o rosto e olhando para mim. "Vou preparar um *juk* para você."

***

A neve era pouco densa e tão suave que, ao me sentar, tive a sensação de que continuaria afundando infinitamente. Estávamos separadas por algo parecido com um anteparo feito de neve. Só conseguia enxergar o rosto de Inseon e a chama da vela que recolhera ao peito, a parte inferior do corpo estava escondida pelo muro de neve.

O vento continuava sem soprar. Cada um dos flocos de neve caía infinitamente lento, pareciam se juntar no ar como enormes padrões numa cortina de renda.

"Às vezes eu vinha com minha mãe até aqui."

Lancei o olhar para a direção em que Inseon estava olhando. Só havia escuridão, como um mar de tinta. Não conseguia distinguir até onde o riacho chegava, e onde a margem do outro lado começava.

"A primeira vez que vim aqui foi depois de uma tempestade, no dia seguinte. Minha mãe havia me dito para irmos ver a água. Acho que eu devia ter dez anos. Não foi muito tempo depois da morte do meu pai."

O rosto de Inseon se vira para mim. A neve, acumulada quase até a altura dos nossos ombros, refletia o brilho da chama como se fosse uma placa de prata, e parecia que a luz escapava de dentro das suas bochechas pálidas.

"Eu lembro que uma árvore tinha sido arrancada, suas raízes enormes estavam expostas. A árvore em si não era muito grande, mas suas raízes aparentavam ter três vezes mais que o tamanho da copa. Fiquei fascinada, e sem me dar conta parei de andar porque estava observando, mas minha mãe continuou seu caminho. O céu estava claro, porém ventava forte naquele dia. O cheiro de terra molhada subindo, o cheiro dos galhos junto com as folhas caídas e o cheiro da grama tombada no sentido em que a água escorrera durante a noite toda, tudo isso se mesclava e pinicava meu nariz. Meus olhos ficaram ofuscados pela luz do sol refletida nas poças onde a água da chuva se acumulara. Minha mãe fendia o vento, avançando com o corpo, como se fosse uma tesoura cortando ao meio um gigantesco tecido de algodão. Sua blusa e sua calça solta se inflavam, e para mim, naquele momento, minha mãe parecia tão imensa quanto um gigante."

A propagação de todos os sons era sugada pelos flocos de neve do ar. Eu não conseguia escutar a respiração dela. O som da minha respiração também era engolido pelas partículas de neve.

"Minha mãe parou aqui e olhou para o outro lado do riacho. A água havia subido até bem perto da altura da margem, e fluía fazendo um som parecido com o de uma cascata. Então, ver a água era isso, lembro que pensei enquanto alcançava minha mãe. Minha mãe se agachou, e eu a imitei ficando ao seu lado.

Ela sentiu minha aproximação, olhou para trás sorrindo com delicadeza e passou a palma da mão na minha bochecha. Também acariciou a parte de trás da minha cabeça, meus ombros, minhas costas. Lembro daquele amor impiedoso queimando e impregnando minha pele. Perfurando minha medula, encolhendo meu coração... Foi aí que eu soube. O quão terrivelmente doloroso é o amor."

***

Depois de voltar para a ilha, às vezes eu pensava naquele dia.
Tornou-se mais frequente depois que minha mãe, cuja condição mental estava rapidamente se deteriorando, vinha toda noite até meu quarto, passava pela soleira da porta engatinhando feito uma criança.

Ela acariciava meu rosto e enfiava o dedo na minha boca enquanto eu dormia. Fazia isso chorando como uma criança. Eu aguentava, pois não podia obrigá-la a afastar aquele dedo salgado e viscoso. Quando minha mãe, que era uma pessoa bastante forte, me abraçava tão apertado a ponto de eu não conseguir respirar, não havia outra alternativa a não ser abraçá-la de volta.
Na escuridão da casa onde não havia mais ninguém além de nós duas, conforme aquele abraço esmagador continuava, menos eu conseguia distinguir o corpo da minha mãe e o meu. A pele fina, os poucos músculos por baixo, a temperatura corporal morna e a confusão mental se mesclavam ao meu corpo, tornando tudo uma massa só.
Minha mãe não achava sempre que eu era a irmã mais nova no leito de morte. Houve muitos outros momentos acreditando que eu era a irmã mais velha, e às vezes, que eu era uma estranha. Uma adulta desconhecida que tinha vindo para salvá-la. Minha mãe agarrava meu pulso com uma força tremenda e dizia: "Me salve". Quando o sol se punha, ela mergulhava numa confusão

mais profunda e queria deixar a casa. Não importava o quão frio fizesse lá fora, nem o quão finas fossem suas roupas. Toda vez que eu tentava impedi-la, praticamente travávamos uma luta física, seu corpo suado se contorcia mais a cada insistência minha e me parecia que eu estava lutando com mais de um oponente. Como uma idosa quase sem músculos podia ter tanta força assim? Quando a luta acabava, eu a deitava no colchonete e ficava ao lado dela, também deitada, de olhos fechados, mas ela recobrava a consciência e me sacudia quando eu estava prestes a cair no sono. Isso porque o caos mental a aguardava de perto, com a boca escancarada. Tinha receio de perder todas as conexões que havia feito no instante em que adormecesse. Eu implorava a ela que me deixasse continuar dormindo por meia hora, mas minha mãe não escutava. Me ajude. Não durma. Me ajude, Inseon.

Assim como um juk *queimado, fervendo durante a noite inteira, nós duas juntas respingávamos, e transbordávamos. Me ajude, me salve. Ela adormecia em meio aos sussurros. Eu estendia a mão até seu rosto e, ao tocar suas bochechas molhadas como alguém que estava se afogando, me virava de costas e pensava: como eu poderia? Como eu poderia te salvar?*

A verdade é que eu queria morrer. Por um bom tempo só pensava que eu realmente deveria morrer. Apenas quando uma cuidadora começou a vir todos os dias, por quatro horas, é que eu consegui suportar tudo. Eu descia até a cidade, fazia o mercado, e dormia por pelo menos duas horas dentro da caminhonete. Porém, chegava o horário em que ficávamos apenas nós duas. Brigávamos para trocar as fraldas; eu levantava seus joelhos para poder passar o talco e, mesmo que eles fossem leves, sentia uma dor aguda nos pulsos. Então, minha mãe adormecia agarrando minhas mãos, eu enterrava a cabeça no travesseiro ao lado e pensava: ninguém vem nos salvar.

Seus momentos de extrema lucidez vinham como um lampejo. Quando isso acontecia, ela falava e falava sem parar. Como o corpo de uma pessoa cortado ao meio. Como se as memórias sangrentas vertessem ininterruptamente. Assim que o lampejo passava, logo em seguida a confusão voltava. Ela costumava me arrastar para debaixo da mesa para nos escondermos. No mapa topográfico dentro da cabeça da minha mãe, o quarto dela era sua casa da infância em Hanjinae, meu quarto era o dos parentes por parte de mãe, e o espaço onde ela engatinhava até a cozinha era o caminho que levava até o bosque. Minha mãe, que continuava me segurando embaixo da mesa, chegou a me surpreender algumas vezes quando chamava meu nome corretamente. Com o queixo tremendo, tentava me proteger, eu que nem era nascida naquele tempo.

Observei o processo que parecia uma corrente elétrica fluindo abrasada por milhares de fusíveis simultaneamente, e então cada um deles queimando. Em dado momento, minha mãe começou a acreditar que eu era ou sua irmã mais nova, ou a mais velha. Não pensava mais que eu era uma adulta que vinha salvá-la, e não pedia mais ajuda. Aos poucos foi parando de falar comigo, e quando ocasionalmente se expressava, suas palavras eram dispersas como ilhas. A partir do momento em que não respondia mais "sim" ou "não", seus desejos e pedidos também cessaram. No entanto, quando eu lhe dava uma tangerina descascada, ela a dividia em duas metades e me oferecia a que tinha mais gomos, seguindo um hábito entalhado durante toda a sua vida, e ao me entregar a fruta sorria gentilmente. Lembro que em momentos como esse meu coração parecia se expandir. Também refletia se, caso me tornasse mãe e criasse uma criança, sentiria algo assim.

Depois dessa época, minha mãe dormia. Dormia durante dois terços do dia, e depois mais de três quartos, como se nunca tivesse existido um período sofrido em que não me deixava dormir. No último mês, transcorrido numa unidade de cuidados paliativos, ela passava quase o dia inteiro dormindo. Como se fosse um mar incomum onde a maré alta perdurava por muito tempo. Como se *a água nunca mais fosse puxada de volta depois que cobrisse a areia por inteiro.*

Não é estranho? Eu achava que quando minha mãe partisse, finalmente eu voltaria para a minha vida, mas a ponte que fazia a ligação havia se rompido. Já não havia minha mãe engatinhando até meu quarto, mas eu não conseguia dormir. Eu não precisava mais morrer para me libertar, mas continuava querendo morrer.

Então, certa madrugada eu vim até aqui.

Lembrei-me, de repente, da promessa que eu havia feito a você. Por isso, vim verificar direito a terra que eu dissera que serviria para plantar as árvores.

Era um dia encoberto por um nevoeiro denso. Só era possível visualizar a copa dos bambus que, num período de dez anos, tinham crescido ainda mais. Porém, quando a penumbra desapareceu e começou a ventar, as figuras inteiras e obscuras ficaram expostas. A partir daí, não foi difícil localizar o terreno da casa do meu pai. Só havia um deles onde tinha camélias plantadas no lugar de cercas, e um túmulo rodeado por uma mureta de pedra no centro do pátio. Uma espécie de bambu rasteiro crescia no campo que se alargava atrás das pedras que serviam de alicerce e que estavam cobertas de grama. Os bambus pareciam se alastrar infinitamente envoltos pelo nevoeiro que ainda restava.

Esse foi o começo.

A partir do dia seguinte, comecei a pesquisar materiais sobre Secheon-ri. Depois de visitar a casa à beira-mar onde vivia a idosa que deixara o depoimento, li um artigo científico estimando que milhares de corpos de pessoas jogadas no mar foram levados pela corrente até a ilha de Tsushima. Também foi perto da época em que eu havia encontrado os materiais sobre meu tio na gaveta do guarda-roupa da minha mãe. Como próximo passo, eu me perguntava se deveria ir até a ilha de Tsushima, pensava vagamente em como faria para encontrar corpos que surgiram na costa ou afundaram durante a locomoção na água setenta anos atrás.

Naquele momento mudei de direção, como se rodasse o timão de um navio pesado. Passei um dia após o outro preenchendo as lacunas dos materiais reunidos pela minha mãe com o máximo de informações que eu encontrava. Senti que estava enlouquecendo aos poucos enquanto calculava horários e supunha rotas de barcos, ônibus e trens que minha mãe havia usado para suas idas e vindas entre Daegu, Gyeongsan e esta casa em 1960.

Durante o dia, eu cortava árvores na oficina e, quando anoitecia, voltava para a casa principal e lia materiais que continham depoimentos orais. Eu comparava e confirmava cada informação com dados de outras pessoas mortas. Relembrando eventos pela documentação do exército americano que havia deixado de ser sigilosa e pôde ser acessada depois de cinquenta anos; pelas reportagens da imprensa da época; pela lista de condenados de Jeju que foram presos sem julgamento em 1948 e 1949; e pelos materiais sobre os massacres das Ligas Bodo. A partir de certo momento em que os materiais se acumularam e os contornos ficaram claros, eu mesma me senti transformada. Um estado onde eu acreditava que nada que um ser humano fizesse para outro me espantaria... Alguma coisa do fundo do meu coração havia caído, o sangue que impregnava o buraco formado naquele espaço e depois escorria não era mais vermelho-escuro nem jorrava intensamente; e apenas a resignação faria parar a dor oscilante na extremidade lacerada...

Eu sabia que era esse o lugar onde minha mãe também esteve. Ao acordar de um pesadelo, lavar a cara e me olhar no espelho, via que alguma coisa que estava persistentemente gravada no rosto dela também permeava o meu. O inacreditável era que os raios de sol voltavam todos os dias. Dentro da imagem consecutiva do meu sonho, quando eu caminhava para o bosque, a luz brutalmente maravilhosa penetrava entre os espaços das folhas e criava dezenas de milhares de pontos iluminados. Formas de ossos reluziam por cima daqueles círculos. Na luz, vi aquela pessoa baixa com os joelhos dobrados dentro do buraco sob a pista de decolagem, e não só ela, mas também todas as pessoas deitadas ao seu lado. Os espectros tinham carne e rosto. Vestiam roupas cujas manchas não eram pretas e brancas, mas sim vermelhas de sangue fresco, e dentro daquele buraco havia suaves ombros, braços e pernas que havia pouco estavam vivos.

Eu não sabia mais como era minha vida. Só depois de muito tempo me esforçando é que consegui me recordar. Toda vez eu perguntava para onde estava sendo arrastada. Quem eu era naquele momento.

Não é coincidência o fato de que naquele inverno trinta mil pessoas tenham sido massacradas nesta ilha, e no verão do ano seguinte mais duzentas mil na península. Houve um comando do exército americano para impedir a propagação de simpatizantes do comunismo, mesmo que fosse necessário matar todas as trezentas mil pessoas que moravam na ilha. Membros da Liga da Juventude do Noroeste, jovens de origem norte-coreana com ideais de extrema direita, estavam repletos de rancor e vontade de realizar esse plano. Então, depois de duas semanas de treinamento, entraram na ilha vestidos com uniformes da polícia e do Exército. A costa foi bloqueada e a imprensa controlada. A insanidade de apontar uma arma para a cabeça de um recém-nascido era algo permitido, ou melhor, recompensado; assim, mil e quinhentas crianças menores de dez anos foram mortas. Antes mesmo que o sangue derramado durante esse precedente secasse, a Guerra da Coreia estourou. Duzentas mil pessoas de todas as cidades e vilas do país, incluindo as da ilha, foram selecionadas, transportadas de caminhão, encarceradas, fuziladas e enterradas escondido, e ninguém foi autorizado a recuperar os restos mortais. Pois a guerra não havia chegado ao fim, era apenas um armistício. Porque o inimigo ainda estava além da linha de demarcação militar. As famílias estigmatizadas das vítimas e também as outras pessoas que seriam tachadas como defensoras do inimigo no momento em que abrissem a boca permaneceram em silêncio. Passaram-se dezenas de anos até que os montes de *bolinhas de gude e os pequenos crânios perfurados fossem escavados nos vales, na mina e na pista de decolagem, e ainda há ossos misturados entre si enterrados.*

Aquelas crianças.

Crianças mortas em prol de um extermínio.

Foi a noite em que saí de casa pensando naquelas crianças. Era outubro, mês em que não se formavam tufões, mas uma rajada de vento passava pelo bosque. As nuvens corriam engolindo e cuspindo a lua, as estrelas brilhavam em bando, como se fossem começar a se vergar, e todas as árvores se retorciam como se fossem ser arrancadas. Os galhos se erguiam ferozmente como fogo, e o vento que inflava minha jaqueta como se fosse um balão quase levantou meu corpo. Eu pisava na terra dando cada passo usando toda a minha força, ia cortando o vento e nesse momento pensei: elas vieram.

Eu não tinha medo. Não, estava tão feliz que mal conseguia respirar. Andei cortando o vento gelado, por entre as pessoas usando aquele corpo de vento, tomada por uma paixão estranha sem saber se ela era agonia ou êxtase. Como se milhares de agulhas transparentes estivessem espetadas pelo meu corpo inteiro, sentia a vida fluindo como se recebesse uma transfusão de sangue. Eu devia parecer uma pessoa louca, ou pode ser que eu tenha enlouquecido de verdade. Imersa naquele deleite intenso e excêntrico como se meu coração fosse se romper, pensei: Agora eu posso começar o projeto que faria com você.

***

Esperei na neve.

Que Inseon continuasse sua fala.

Não, que ela não continuasse.

***

As árvores atrás de mim estavam mergulhadas na serenidade. A alguns quilômetros, o som distante dos galhos se quebrando.

Inseon murmurou vagamente, enquanto envolvia a vela com as duas mãos e encostava a cabeça na neve: *Parece que estamos dentro de um algodão.*

À medida que o muro de neve cobre o fogo da vela, o entorno fica mais escuro. Os flocos de neve que caem em frente aos meus olhos parecem quase cinza. Aquilo que brilhava eram apenas flocos de neve que caíam onde Inseon estava deitada. Puxei o capuz do casaco militar, que estava por baixo de outro casaco, cobri a cabeça e também me deitei na neve. Virei a cabeça em direção à voz de Inseon, e da barreira feita de neve espessa uma luz incidiu nebulosa e sombria sobre meu rosto.

***

É estranho, Kyung-ha.
Pensei em você todos os dias, e você veio mesmo.
Houve um momento em que o pensamento vinha com tanta frequência que era como se eu realmente pudesse te ver.
Era como olhar para dentro de um aquário escuro feito piche.
Como se eu colasse o rosto no vidro e analisasse com insistência, e encontrasse alguma coisa ali dentro cintilando.

***

Alguma coisa está nos olhando agora?, eu me pergunto. Alguém está escutando nossa conversa?

Não, são somente as árvores em silêncio.
É apenas a neve que tenta nos selar na base da encosta.

***

Foi dessa maneira que eu pude compreender a história que minha mãe me contou na primeira vez em que viemos até aqui.
Ela me disse que durante os quinze anos em que meu pai esteve fora da ilha, ele observava aquela margem do outro lado.

Algumas noites, a lua surgia brilhante, e sob sua luz, as folhas das camélias apareciam lustrosas. Durante certas madrugadas, corças e gatos-leopardos passavam pelo meio da rua principal da vila. Quando as chuvas torrenciais caíam, os novos fluxos de água corriam dentro do riacho. Disse que foi assim que ele viu o bambuzal, que havia sido queimado pela metade, e as camélias crescerem e ficarem espessas de novo. Depois de observar a cena de dentro da cela onde a luz era mantida acesa a noite inteira, se ele fechasse os olhos surgiam pequenas chamas parecidas com grãos de feijão flutuando no espaço onde acabara de ver as árvores.

Claro que não acreditei na história.
Não sei se minha mãe levava essa história a sério, que era duvidosa até para uma criança de dez anos. Não sei quando ela escutou esse relato do meu pai, e nem se os dois chegaram a atravessar a margem do outro lado.

***

Naquele momento, apareceu diante dos meus olhos a figura daquela mulher de costas. Ela usava uma blusa e uma calça solta infladas pelo vento, como se fossem asas. Era ela que apertava a ponta da caneta com toda a força contra o papel e escrevia o *hangul** fazendo todas as voltinhas dos traços das letras. *Vamos desistir. Vamos considerar que foi na data em que o transferiram para outra prisão.* Ela que voltou sozinha de barco para a ilha e que ficou remoendo as palavras que acabara de ouvir. Ela que, finalmente, conseguiu estar diante das dezenas de milhares de ossos. Ela que abaixou a cabeça e curvou ainda mais as costas arqueadas e entrou no meio do escuro.

***

---

* Sistema de escrita coreano. [N.T.]

"Agora eu não considero aquela história estranha", disse Inseon.

Nem o fato de que meu pai ficou na penitenciária por quinze anos, mas ao mesmo tempo esteve ali do outro lado do riacho.

Nem que eu estava embaixo da escrivaninha com os joelhos dobrados, e ao mesmo tempo no buraco sob a pista de decolagem.

Ou quando eu pensava no seu sonho, e enxergava a sombra lampejar dentro do aquário escuro como se fosse uma nadadeira.

***

Alguém realmente está aqui?, pensei. Como luzes que existem em dois lugares ao mesmo tempo, e que se fixam num só lugar no momento em que tentam observá-las.

É você?, pensei no instante seguinte. Agora você está ligada à ponta de um fio que vibra? No seu leito do hospital, tentando reviver como se olhasse para um aquário escuro.

***

Não, pode ser que seja o contrário. Talvez eu esteja olhando esse lugar insistentemente, morta ou prestes a morrer. De dentro da escuridão num ponto mais abaixo daquele riacho seco. Deitada no seu quarto frio para onde voltei depois de enterrar Ama.

Contudo, como a morte pode ser tão vívida assim?
Como a neve que caiu nas minhas bochechas pode permeá-las tão gélida assim?

***

"Não podemos dormir aqui, mas...", sussurrou Inseon. "Vou fechar os olhos e descansar um pouco, é só por um instante."

Ela estica o braço por cima da mureta de neve, na palma da sua mão está o copo de papel. Eu levanto o braço e seguro a vela. O tamanho da vela não chegava ao de uma falange do dedo, mas o copo de papel estava todo quente. Eu não podia distinguir se era por causa do calor da chama ou pela temperatura corporal de Inseon.

Segurando o copo de papel na frente dos olhos, deitei virada para o lado onde Inseon estava. As chamas subiam do pavio sem parar, propagando sua luz, e eu podia ver brasas que pareciam se formar no núcleo de cada floco de neve que caía. Os flocos que tocavam as bordas da chama tremiam e derretiam, como se tivessem sido atravessados por uma corrente elétrica. Na sequência, caiu um enorme floco de neve e, no instante em que ele tocou o núcleo azulado da chama, ela se extinguiu. O pavio mergulhado na cera derretida soltava fumaça. A fagulha que piscava se apagou.

"Tudo bem. Eu tenho fogo", eu disse voltada para o lado escuro onde estava Inseon.

Levantei o tronco e tirei a caixa de fósforos do bolso. Com as pontas dos dedos, senti a superfície áspera para fricção. Ao riscar o fósforo ali, a faísca e a chama surgiram. O cheiro do enxofre queimado se alastrou. Tirei o pavio imerso na cera derretida, passei a chama do fósforo para ele, mas ele logo se apagou. Ao balançar o fósforo, que tinha queimado até chegar ao meu dedo, tudo foi apagado pela escuridão novamente. Não conseguia ouvir o som da respiração de Inseon. Não sentia nada vindo do outro lado daquele monte feito de neve.

Não desapareça ainda.

Pensei em segurar sua mão quando acendesse o fogo. Vou derrubar a barreira feita de neve, ir até você rastejando e limpar a neve acumulada no seu rosto. Vou furar o dedo com os dentes e lhe oferecer meu sangue.

No entanto, se eu não puder segurar sua mão, significa que agora você está abrindo os olhos na cama do hospital.

Lugar onde vão, outra vez, espetar agulhas na área ferida do seu corpo. Lugar onde sangue e corrente elétrica fluem juntos.

Inspirando o ar, risquei o fósforo. Não pegou fogo. Ao tentar mais uma vez, o fósforo se partiu. Tateei a ponta quebrada, segurei o palito e, ao riscá-lo novamente, a chama surgiu. Como um coração. Como um botão de flor palpitando. Como o bater das asas do menor pássaro do mundo.

Palavras da autora

Em junho de 2014, escrevi as duas primeiras páginas deste livro. Só no final de 2018 comecei a escrevê-lo de fato, por isso não sei se deveria considerar que este romance ficou atado à minha vida pelo tempo de sete ou de três anos.

Agradeço a Yang Eun-seok, Im Hye-song, Im Heung-soon, Kim Min-kyung, Lee Jung-hwa, Kim Jin-song, Bae Yo-seop, Jung Dae-hoon e Jo Jung-hee pela valiosa ajuda para que eu escrevesse esta obra. Gostaria de agradecer ao editor Lee Sang-sul, que esteve aguardando por um longo tempo; à editora Kim Nae-ri, que me deu forças até o fim; e a todos que me incentivaram com todo o entusiasmo.

Há alguns anos, quando alguém me perguntou "o que você vai escrever em seguida?", lembro-me de ter respondido que desejava que fosse um romance sobre amor. Agora, meu sentimento é o mesmo. Espero que esta seja uma obra sobre amor genuíno.

Agradeço a todos de coração.

Início do outono de 2021
Han Kang

작별하지 않는다 © Han Kang, 2021. Originalmente publicado pela editora Munhak.

Todos os direitos desta edição reservados à Todavia.

Grafia atualizada segundo o Acordo Ortográfico da Língua Portuguesa de 1990, que entrou em vigor no Brasil em 2009.

Este livro foi publicado com o apoio do Instituto de Tradução de Literatura da Coreia (LTI Korea).

capa
Marcelo Delamanha
preparação
Silvia Massimini Felix
revisão
Ana Alvares
Huendel Viana

Dados Internacionais de Catalogação na Publicação (CIP)

Kang, Han (1970-)
  Sem despedidas / Han Kang ; tradução Natália T. M. Okabayashi. — 1. ed. — São Paulo : Todavia, 2025.

  Título original: 작별하지 않는다
  ISBN 978-65-5692-800-5

  1. Literatura coreana. 2. Romance. 3. Ficção contemporânea. I. Okabayashi, Natália T. M. II. Título.

CDD 895.7

Índice para catálogo sistemático:
1. Literatura coreana : Romance 895.7

Bruna Heller — Bibliotecária — CRB 10/2348

todavia
Rua Luís Anhaia, 44
05433.020 São Paulo SP
T. 55 11. 3094 0500
www.todavialivros.com.br

fonte
Register*
papel
Pólen natural 80 g/m²
impressão
Ipsis